Irmgard Hierdeis   Späte Reise

Impressum:
Erste Auflage 1995
alle Rechte vorbehalten
Verlag Uta Halft
Gartenstraße 10
53773 Hennef
ISBN 3-925570-16-0
Umschlag: Karl Siegfried Büchner

Irmgard Hierdeis

SPÄTE REISE

Roman

Verlag Uta Halft

1

Die Dame im grauen Trenchcoat stand mit dem Rücken zu den wartenden Passagieren und sah aufs Rollfeld. Ein Kameramann hätte die Scheinwerfer auf diesen leicht vorgebeugten Rücken gerichtet, um einen Nachkriegsfilm ausklingen zu lassen. Nein, keinen Liebesfilm. Es war die Einstellung zur Schlußszene, aus der deutlich wird, daß einer übrigbleibt, vielleicht eine Mutter oder eine verlassene Ehefrau. Ende einer Reise.
Aber Karla stand vor einer großen Reise. Zum zweiten Mal in ihrem Leben würde sie fliegen. Beim ersten Mal, bei einer Gruppenreise nach Mallorca, hatte sie vor allem ihre Mutter beruhigen müssen, die ihren Rosenkranz bei der Landung hervorzog und sich weigerte, etwas zu sich zu nehmen.
Jetzt war sie allein.
Allein wartend, bis sie einsteigen konnte. Sie ging von den Fenstern weg zu den Sitzreihen mit grellblau überzogenen Polstern. Alle Sitze gingen nach einer Richtung, wie in der Kirche. Die uniformierten Meßdienerinnen, in dunkelblau, hinter dem Altar. Nummern leuchteten vorne, aber keiner schlug das Gesangbuch auf, um nach den Liedern zu suchen.
Die letzten Sitzreihen wurden aufgerufen. Gehbehinderte und Familien mit kleinen Kindern. Sie blieb sitzen und beobachtete zwei junge Leute mit einem schreienden Baby, die sich zum Ausgang bewegten. In der Jackentasche der Kaugummi wurde weich. Sie durfte nicht vergessen, ihn beim Start in den Mund zu stecken.

Um sie herum stand eine ganze Gruppe auf, ging zu den kontrollierenden Stewardessen. Es war wohl jetzt auch für sie Zeit zum Einsteigen. Sie fühlte nach ihrer Bordkarte. F 35, window seat, no smoking section.
Die Muster am Boden verschwammen, sie rückte ihre Brille zurecht. Alte Sprichwortbefehle blinkten in ihr auf, allen voran: Reiß dich zusammen. Wo waren die Aspirins?
Ein metallener Käfig, in den sie geschleust wurde. Es gab kein Entkommen mehr, sie betrat das Flugzeug, freundlich begrüßt von einer uniformierten Dame am Eingang.
Welcome on board.
Es fing bei 8A, 9A an; sie hatte einen weiten Weg bis zu 35 F, an gepäckbeladenen Passagieren vorbei.
Sie fischte nach dem Anschnallgürtel.
Wie spät war es eigentlich? Noch eine Viertelstunde bis zum Abflug. In ungewohnter Muße saß sie da, die Hände an den Seitenlehnen. Ein anständiges Mädchen sitzt nie untätig da! Die alten Sprüche kamen zu allen unmöglichen Gelegenheiten. Mutters Überich, würde Anna spötteln. Meine eigene Unsicherheit, tadelte sie sich selbst. Schluß! Amen! Karla hob ihre schwarze Handtasche vom Boden auf.
Die Stewardess ging kontrollierend durch die Reihen, der Kapitän schrie unverständliche Botschaften aus dem Lautsprecher, die Bildschirme leuchteten auf mit den Anweisungen für den Ernstfall. Das erste Anrollen war schon Ernstfall genug für sie. Ihre Hände wurden feucht. Sie kaute und versuchte, gleichgültig auf das langsam vorbeirollende Feld zu schauen. Grauer Himmel, vereinzelt Schneeflocken, typisches Weihnachtswetter, null Grad. Heute war der große Verdauungstag, an dem die weitere Verwandtschaft pünktlich um drei Uhr nachmittags zum Kaffee anfuhr, den Rest der Plätzchen begutachtete, unbedingt Cognac brauchte vor dem Salatabendessen und dann zeitig aufbrach in die kalte Nacht, ängstlich dem Wetterbericht lauschend. Auf Wiedersehen bis zum nächsten Weihnachtsfest oder bis zum nächsten Begräbnis.
Karla dachte daran, wie lange sie vor dieser Reise zurückgescheut hatte. Erst im letzten Moment, also Anfang Dezember, gab sie dem Zureden der Familie nach. Ihre Familie, das war die Familie ihrer Cousine Hilde, bei der sie alle Feiertage verbrachte, seit dem Tod ihrer Mutter vor fünf Jahren. Weihnach-

ten war es ihr besonders wichtig, gleich nach Schulschluß von Passau wegzufahren, weg von den teilnahmsvollen Erkundigungen, den halbherzigen Einladungen, die sie ohnehin nie angenommen hätte. Sie wußte ja schließlich, was sich gehörte. Und Weihnachten gehörte der Familie.
Sie verbringen die Feiertage wieder in München, nicht wahr? hatte Schwester Direktorin gefragt. Grüßen Sie doch bitte die ganze Familie recht herzlich von mir.
Es war ihr schwergefallen, nein zu sagen. Nein, Schwester Direktorin, diesmal nur den Heiligen Abend. Danach fliege ich nach Kalifornien, zu meinem Vetter, Hildes Bruder. Er hat mir schon voriges Jahr das Ticket geschickt, zu meinem 50. Geburtstag. Aber ich konnte mich nicht eher entschließen.
Fahren Sie mit Gott, sagte Schwester Laetitia und drückte ihr die Hand. Und kommen Sie heil zurück.
Karla war froh, als sie das Lehrerzimmer nach der kleinen Weihnachtsbesinnung mit dem Klostergeistlichen verlassen konnte. Inzwischen wußten alle Kolleginnen - es gab nur drei Männer im ganzen Kollegium: den Pfarrer, den Mathematik- und Physiklehrer und einen Referandar für Deutsch, Geschichte, Erdkunde - Bescheid und wünschten ihr teils neidisch, teils mitleidig (50 Jahre hat sie gebraucht bis sie sich endlich nach Amerika traut!) gute Reise.
Die Reise nach Mexiko, von der Wilhelm in seinem Einladungsbrief noch geschrieben hatte, behielt sie für sich. Vielleicht erinnerte er sich überhaupt nicht mehr daran.
Sie saß allein im Flugzeug, wie sie allein im Zug saß und allein im Leben. Paare und Familien zogen an ihr vorbei, das ganze geschäftige Leben zu zweit, zu dritt, zu viert. Bei denen passierte ständig etwas, mußte etwas Wichtiges gekauft, gegessen, bezahlt werden. In der Choreographie der Familien gab es keinen Stillstand, keine ruhenden Bilder. Da bewegte man sich zueinander hin, voneinander weg, mit Liebe, mit Haß, aber immer in Eile. Da sprach man viel schneller, als wenn man allein seine Wörter suchte nach dem langen Schweigen. Die ersten Sätze waren am schwierigsten, schon von der Stimme her. Und meistens kam es nur zu ein paar Anfangsmitteilungen, wie geht's und was kostet's und wo ist der Bahnhof. Karlas Ferienerlebnisse, die aus wenigen Sätzen bestanden, beim Einkaufen, im Restaurant, am Strand. Sie beobachtete die Aktivi-

ten der Mehrlinge, wie sie bei sich die Familienrudel nannte, die, erschöpft von den Rotationen des Tages, schon beim Abendessen ermüdet in Schweigen verfielen.
Karla stülpte die Decke über den Kopf und das Leben über den Schlaf. Es kam Bewegung in die einsame Nacht.
Eine schüttere Schneedecke, als sie abflog. Machte man die Augen halb zu, gewann die Weiße an Dichte. Sibirien. Da, wo Vater begraben lag, außerhalb eines Lagers, Workuta.
Sie würde da nicht mehr hinfahren. Vaters Tod in einem Birkenwald. Alle waren mit dem Blick in die dürren Äste der Bäume gestorben. Sie hatte sich in den Herbstwald gelegt, auf die Blätter, und Tod geübt. Wenn sie spazierenging und in die zusammenlaufenden Baumspitzen sah, wenn sie im Gras lag oder auf einer Parkbank saß, drehte sich das Karussell der Blätter und brachte sie nach Sibirien.
Das Flugzeug flog aber nach Westen, und Karla schlief zuerst, wurde wach von der freundlichen Stewardess-Frage nach ihrem gewünschten Menu, unterhielt sich mit ihrer Nachbarin, einer Austauschstudentin namens Martina, trank ein Bier, tauschte Adressen mit der Studentin aus, schlief wieder und wachte endgültig auf, als sich Schlangen vor den Waschräumen bildeten und die Passagiere anfingen, ihr Gepäck zusammenzusuchen.
Sie kaute immer noch an ihrem Kaugummi, als sie in der Riesenhalle auf ihren Koffer wartete.

2

Sie ließ einen Moment ihren Blick vom Rollband abschweifen, schaute nach oben und entdeckte ihren Vetter in einer Menschenmenge, die nach unten blickte. Sie winkte kurz. Und er hatte sie wohl schon vorher entdeckt und hob die Hand.
Ja, er war es. Und er war es nicht. Seine Figur wirkte kleiner, kompakter als früher. Er hatte sich die Haare wachsen lassen. Sie hingen ihm in die Stirn, grau und dicht. Onkel Erich hätte

ihn gleich zum Friseur geschickt. Turnschuhe trug er, blaue Jeans, eine helle Jacke.
Jetzt hob er wieder die rechte Hand.
Hinter dem Glas verzerrten sich die Bewegungen leicht. Jetzt machte er gar einen Aquariumsmund, auf und zu. Karla stellte ihre Augen auf unscharf, und Wilhelms Silhouette verschwamm, verdoppelte sich. Die Menschen um ihn herum, die auch winkten und sich an die Scheiben drückten, vollführten ein Wasserballett, dessen Luftblasen als Lichtreflexe über ihnen tanzten.
Karla mußte ihre Augen wieder auf den Boden bringen. Ihr wurde schwindelig. Sie war wirklich müde. Sie konzentrierte sich auf das Förderband, auf dem ihr brauner Lederkoffer sich zu ihr hin bewegte. Jetzt mußte sie noch durch den Zoll.
Und dann stand Wilhelm in Lebensgröße vor ihr, nahm ihr den Koffer ab und küßte sie leicht auf die Wange.
Schön, daß du dich endlich entschlossen hast. Wie war der Flug?
Seine Stimme, immer noch tief und melodisch, hatte einen neuen Akzent. Die Wörter kamen über eine Schwelle. Er sprach langsamer als früher. Karla wollte sagen: Wie anders du jetzt sprichst, du redest deutsch, aber es klingt nicht deutsch.
Du hast dein Deutsch nicht verlernt, das war es, was sie laut sagte.
Nebeneinander gingen sie durch weite, helle Räume, fuhren auf Rolltreppen und Förderbändern bis zur Garage.
Das war ein seltsames Gefühl, im Gleichschritt zu gehen mit jemandem. Die Jahre der Einsamkeit schlichen neben ihr her, Jahre, in denen sie sich eine schnelle Gangart angewöhnt hatte. Nur nicht aussehen, als ginge sie allein spazieren! Nein, auf ein Ziel zu mußte marschiert werden.
Jetzt bremste sie sich, um nicht vor Wilhelm herzulaufen. Sie brauchte ja nicht zu verbergen, daß sie Zeit hatte, daß sie nirgendwohin mußte, daß sie am Ziel war, vielleicht. Sie brauchte sich auch den Weg nicht zu merken, denn Wilhelm würde ihn finden.
Und er ging langsam, zog einen Fuß hinter sich her. Oder gar beide Füße? Neben ihrem unhörbaren Gang auf Gummisohlen hinterließen seine Schritte Kratzer im Ohr.
Heb Deine Füße! kommandierte Onkel Erich bei den Sonntags-

spaziergängen, wenn die Kinder vor den Erwachsenen herzugehen hatten und ihr Benehmen durchgehechelt wurde.
Wie der Kerl schon wieder die Schultern hängen läßt! Ja, das tat Wilhelm immer noch. Vielleicht lag es am Gewicht des Koffers.
Laß mich auch mal tragen!
Nein, was fällt dir ein! Bei uns in Amerika tragen wir sogar unsere Frauen auf Händen!
Da müßt ihr alle tolle Muskeln haben! Laß mal deine sehen!
Er krempelte die Ärmel hoch. Abgeschabte Manschetten, aus denen einzelne Fäden hingen. Wilhelm spannte lachend seine Muskeln an. Seine Haut war immer noch sommersprossig, leicht gebräunt. Karla sah weg.
Ich glaub's dir. Du warst immer schon ein begabter Sportler.
Sie lachten beide. Der ewige Streitpunkt zwischen Wilhelm und seinem Vater: Geh in den Turnverein! Mach beim Schwimmfest mit! und schließlich: Ich weiß nicht, wem dieses verweichlichte Muttersöhnchen nachschlägt. Mir nicht!
Onkel Erich hatte das goldene Sportabzeichen noch mit 54 erworben. Er stand damals in den Sportnachrichten. Das Photo mit dem strahlenden Erich, der seine Medaille für den Photographen hochhielt, geisterte jahrelang im Küchenfenster herum.
Da gibt's nichts mehr zu lachen, meinte Wilhelm. Ich habe Jogging gemacht, jeden Tag vor der Arbeit.
Karla sah auf seine gedrungene Figur, auf seinen vorstehenden Bauch.
Wie lange ist das her?
Einige Jahre. Aber ich fange wieder an, vielleicht gleich morgen.
Nimm mich mit! Dann können wir gleich um die Wette laufen.
Gut, erinnere mich morgen früh. Ich brauche nur eine knappe Stunde Fahrzeit bis in den Park, und dort gibt es herrliche Joggingwege.
Was, du fährst eine Stunde mit dem Auto, um dann eine halbe Stunde zu laufen? wollte Karla sagen. Aber sie dachte es nur.
Jetzt waren sie beim Auto angekommen. Wilhelm sperrte einen großen, glänzenden Wagen auf.
Schau, sagte er, ich habe mein schönstes Auto genommen, um dich abzuholen.
Heißt das, du hast auch noch weniger hübsche zu Hause?

Das heißt es. Aber du wirst schon noch sehen.
Karla stieg ein, und der Sicherheitsgurt rastete automatisch diagonal zur Türseite.
Was ist denn das? Karla war erschrocken.
Ja, das sind die amerikanischen Hexereien. Ich dachte, diese Art von Seatbelts gibts bei euch schon.
Kann schon sein. Mein Auto hat sie jedenfalls nicht.
Sie fuhren an Hunderten von geparkten Autos vorbei. Am Schlagbaum zog Wilhelm fünf Dollarscheine aus der Hosentasche und bezahlte damit.
Fünf Dollar! Ein Dollar! Überhaupt Dollars! Der Inbegriff von Geld, von Reichtum. Schon lange war ein Dollar nicht mehr vier Mark wert. Aber der Glanz des Wortes hatte sich erhalten.
Schließlich saß sie neben ihm, sie fuhren in einen grellen Sonnenschein, auf vielspurigen Autobahnen. Die vergangenen Stunden wichen zurück, und sie hätte nicht mehr sagen können, ob es Morgen war oder Mittag. Wilhelms Stimme kam aus den Autopolstern heraus, als hätte sie vorher jemand dort eingezwängt. Karla versuchte, aufzuwachen.
Sie horchte auf Wilhelms Ortsbeschreibungen, auf seine Fragen über den Verlauf der Reise.
Ja, sagte sie leise, ich bin wirklich müde.

3

Karla blickte zur Decke. Spinnweben hingen an den groben Holzleisten.
Sie suchte einen Punkt der Entspannung an der Wand. Über dem Fußende des Bettes ein Photoposter, Berge. Das hätte in der Schweiz sein können. Zürcher Oberland vielleicht, Hörnli-Gegend.
Karla schloß erneut die Augen. Aber die innere Ruhe wollte sich nicht einstellen. Das Flugzeug, die Menschen neben ihr, die Angst bei der Landung, und Wilhelm, der sich jetzt Bill nannte. Eine recht seltsame Behausung. In ihrem spartanisch

eingerichteten Zimmer gab es nur einen bekritzelten Tisch mit abgeschabten Stellen, einen Polstersessel, aus dem die Füllung herausquoll, und die Pritsche, auf der sie lag, eine Landserpritsche. An dieses Wort hatte sie lange nicht mehr gedacht. Das kleine Fenster duckte sich unter Gitterstäben, aus den braunen Vorhängen staubte es, als sie versuchte, an der Kordel zu ziehen. Sie ließ es gleich wieder sein, machte sich ihre eigene Dunkelheit, durch die aber die farbigen Bilder der letzten Stunden flimmerten. Nein, an Schlaf war nicht zu denken.
Sie setzte ihren Fuß auf den rötlichen Teppich, einen Glatzenteppich mit schütteren Stellen, die dunkelgelb durchschimmerten.
Es war Zeit fürs Tagebuch, fürs Gebetbuch. Wo hatte sie es gleich verstaut? Wahrscheinlich lag es noch im Koffer. Sie drückte vorsichtig die Türklinke. Da war aber nur ein Knopf. Links oder rechts? Es knallte beim Öffnen, und Karla schlich auf Zehenspitzen in den Gang hinaus, suchte den Weg ins Bad. Dort atmete sie kräftig ein, bevor sie in die dunkelschlierige Duschwanne stieg. Dieses Gefühl kannte sie seit den Jugendherbergszeiten nicht mehr.
Danach lag sie wieder in ihrer Zelle und lauschte auf die fremden Geräusche. Es mußte Morgen sein. In der Küche klapperten Töpfe. Ob sie aufstehen sollte, dem Kaffeegeruch nachgehen?
Bill stand barfuß auf dem Küchenboden.
Oh, Charly, guten Morgen.
Er umarmte sie.
Das Gefühl kam von weither, eine Minute lang, wahrscheinlich kürzer.
Gut geschlafen?
Wunderbar.
Jetzt sollte sie lächeln. Was sonst sollte sie noch tun?
Setz dich, mach dir's bequem. Der Kaffee ist fertig, schwarz wie Knabenfüße.
Zeig mal deine Fußsohlen. Könnte stimmen.
Untadelig saß sie am Frühstückstisch und nippte am Kaffee.
Bill trank ein großes Glas Wasser in einem Zug aus.
Wasser trinkst du? So viel?
Trinken war unfein, Wassertrinken ordinär. Beherrsch dich. Suche Rat bei dem, der sich zu beherrschen weiß. Das stand in

Karlas Poesiealbum, die Lateinlehrerin hatte es der Zehnjährigen hineingeschrieben. Wer sich nicht selbst beherrscht, kann auch andere nicht beherrschen. Und Ludwig XIV., Katharina die Große, Stalin ? Von denen waren Wutausbrüche bekannt, Willkürakte und Grausamkeiten. Bei wem hätten die wohl lernen sollen, sich selbst zu beherrschen. Philipp II., der hätte als Beispiel gepaßt. Der unglückliche, beherrschte Herrscher. Die Gesichter der Weltgeschichte lachten sie aus, lachten ihre Erziehung aus.
Es gab Spiegelei.
Ich wußte gar nicht, daß du kochen kannst.
Du weißt manches noch nicht.
Als sie nach dem Frühstück in ihr Kämmerchen ging, war ihr wohler. Sie holte den Descartes aus der Reisetasche, die Notizblöcke, das Tagebuch, das Gebetbuch, und stellte die gewohnte Schreibordnung auf dem Tischchen her. Vorne mußte der Text liegen, rechts das leere Papier für die Kommentare. Und ganz links, stets greifbar, die Gebete des Tages, aufgeschlagen für den 26. Dezember. Über all dem Neuen durfte sie nicht vergessen, worauf sie ihr Leben eingerichtet hatte. Ad maiorem Dei gloriam. Zur größeren Ehre Gottes.
Sie setzte sich, langte über Descartes hinweg und wollte mit der Tagesmeditation beginnen.
Hello Charly. Bill klopfte an.
Ja, komm doch rein, Wilhelm.
Seit Jahren hat mich niemand mehr mit dem vollen Namen angeredet.
Und mich im Leben noch nie jemand mit Charly. Das hätten meine Schülerinnen hören sollen.
Dann erzähl es ihnen. Das macht dich populär.
Populär?
Ja, dann mögen sie dich.
Beliebt, meinst du.
Von mir aus. Beliebt. Bist du beliebt?
Bei manchen.
Hast du einen Spitznamen?
Ja, das schon.
Ach, welchen?
Rate doch!
Das ist viel zu schwierig. Ich habe keine Ahnung, welche Mak-

ken du in den letzten Jahren entwickelt hast.
Dann denk dir selber einen Spitznamen für mich aus, so wie du mich vor 30 Jahren genannt hättest.
Das sind Aufgaben, so früh am Morgen!
Keiner hat gesagt, daß du deine guten Noten geschenkt kriegst.
Hab Mitleid, Baby!
Sag lieber Charly als Baby zu mir, ich bitte dich.
Du magst doch Charly?
Ja, ist o.k.
Also, wir fahren in die Stadt, wenn du magst. Ich habe auf der Bank zu tun, und dann muß ich noch einen Besuch machen. Ich bring dich in einen kleinen Buchladen mit Café. Wenn du genug hast vom Bücherschmökern, dann mach's dir gemütlich und trink einen unvergeßlichen amerikanischen Kaffee. Oder geh die Straße entlang, schau dir die Schaufenster an. Ich bin in ungefähr zwei Stunden wieder im bookshop, und wenn du nicht da bist, warte ich dort auf dich.
Karla zog sich ihre braunen Fußbettschuhe an.
Nein, sagte Bill. So geht das nicht. Hast du immer noch Schuhgröße 40, wie ich?
Er brachte ein Paar Turnschuhe, ein dunkelblaues T-Shirt, Blue Jeans.
So, jetzt zieh dich um. Wie eine Nonne brauchst du hier nicht rumlaufen. Ist auch zu warm für deine Klamotten.
Er ließ Karla mit den Kleidern allein. Sie war viel zu verblüfft über Wilhelms Direktheit, als daß sie widersprochen hätte.
Absurde Staffage. Was stand auf dem T-Shirt? Love drives me crazy. Ein weißer Hund mit Schlappohren drüber. Auf Bills Hemd tobten wirre Szenen. Das war auch nicht besser. Und so war man richtig angezogen, um zur Bank zu gehen und Besuche zu machen?
Sie zog ihren grauen Pullover aus, legte ihn zusammen und öffnete den Wandschrank. Briefkuverts, Unterwäsche und Sokken kamen ihr entgegen. Ein Pullover rollte aus dem Schrankfach heraus, entfaltete sich am Boden zu einer körperlichen Karikatur, die Ärmel verdreht, der Brustkorb zerquetscht, umgebogen der Halsausschnitt. Wenn sie auf einmal so daläge! Wenn ihre Knöchel so nahe dem Rücken wären wie die Socken dem Pullover! Am liebsten hätte sie den ganzen Schrank aufgeräumt und neu geordnet. Aber dazu war jetzt keine Zeit. Sie

sollte sich ja schnell anziehen. Also packte sie das Durcheinander, beförderte es wieder in den Schrank und drückte die Tür fest zu. Ihren grauen Pullover legte sie vorerst einmal aufs Bett, den Flanellrock dazu. Dann streifte sie das T-Shirt über, schlüpfte in die Jeans und zog die Turnschuhe an. Alles paßte.
Eigentlich sollte ich mich im Spiegel betrachten. Ich möchte wissen, wie ich mich in amerikanischer Verkleidung mache.
Sie wollte ins Bad, aber Bill fing sie ab. Gut siehst du aus, wirklich. Du kannst meine schwarze Lederjacke drüberziehen, falls dir die air condition im Laden zu kühl ist.
Welchen Wagen würde er wohl nehmen?
Bill steuerte auf den größten zu, einen Mustang Baujahr 59.
Das ist aber ein tolles Ding, sagte Karla bewundernd.
Wenn du ein Auto richtig pflegst, dann kannst du es praktisch unbegrenzt fahren.
Mag sein. Ich kenne mich mit Autos überhaupt nicht aus. Du weißt, ich bin technisch unbegabt.
Das haben sie mir früher auch einreden wollen. Maschinen und Technik waren unfein, ich weiß es nur allzu gut.
Karla versuchte die Tür aufzumachen, aber es gelang ihr nicht.
Heb sie ein bißchen an, mit Gefühl!
Tatsächlich, sie öffnete sich.
Da siehst du, wie technisch begabt du bist, wenn man dich nur läßt.
Bill entfernte eine rostige Stange vom Lenkrad. Damit verstärke ich die Handbremse. Sie tuts nicht mehr richtig. Demnächst muß ich mich mal eine Woche mit dem alten Mädchen beschäftigen.
Eine Woche des Lebens für ein altes Auto investieren! Karla versuchte sich vorzustellen, wie sie eine Woche mit ihrem VW in der Garage verbringen würde.
Der Sinn des Lebens. Bills Sinn, und ihrer. Welchem Sinn war sie nach Mutters Tod gefolgt? Studieren, unterrichten, beten, die Entscheidung vor sich herschieben, in den Beichtstuhl schieben, in Gespräche mit der Mutter Oberin neue Gesichtspunkte einbeziehen. Die Regelmäßigkeit der Tage, verstellte sie nicht den Blick auf die menschliche Natur? Und die menschliche Natur war unvorhersehbar. Das Klosterleben, das sie in ihrem Tageslauf imitierte, kam ihr mit einem Male vor wie eine Krücke, um das Leben zu überstehen.

Ja, mein Leben ist manchmal chaotisch, beantwortete Bill Karlas Gedanken.
Ich brauche ein bißchen Zeit für dieses Leben hier.
Ich kann's mir denken. Ich muß mich nur 30 Jahre zurückerinnern. Anfangs war es kaum auszuhalten. Du kannst dich hier auf gar keine Geschichte beziehen. Es gibt keine in den Köpfen der Leute. Später habe ich dann bemerkt, daß das viele Vorteile hat. Du lernst, daß du heute lebst. Es gibt keine Ausreden.
Keinen Himmel?
Ja.
Karla schwieg. Sie hatten nur dieses eine Leben. Und alles mußte hier und möglichst sofort geschehen. Ein Lebensstreß. Und sie? Ihre Skrupel, ob sie sich fürs Klosterleben eignete, ob ihr Leben Bestand hatte vor Gott: Ein Ewigkeitsstreß.
Nach ein paar Minuten hielt Bill vor dem Buchladen.
Karla stieg aus.
Sie sah sich um, sah auf die kleinen Tischchen, an denen junge Leute saßen. Alle wurden seit langem immer jünger, die Schüler, die Abiturienten. Wie daheim, umgeben von Jugend, wie daheim, die Älteste.
Sie saßen mit übergeschlagenen Beinen da, rauchten, lachten laut und unterhielten sich, lasen Zeitung oder schrieben in Hefte. Hier ging es lustig zu. Jeder konnte sich zu jedem an den Tisch setzen und ein Gespräch anfangen.
Wir haben uns im Café kennengelernt, auf der Parkbank, in der U-Bahn, im Zug, im Flugzeug.
Sie hatte noch nie jemanden an solchen öffentlichen Plätzen kennengelernt, noch nie hatte jemand sie angesprochen oder einfach sich zu ihr gesetzt und übers Wetter geredet, - nicht einmal in Paris, wohin sie letztes Jahr an Pfingsten mit einer Omnibusgesellschaft gefahren war. Stundenlang saß sie allein in den Cafés und sah den Vorbeiflanierenden zu, von einem Eckplatz aus.
Man sah ihr die Bedeutungslosigkeit an, das mußte es sein. Als sie jetzt entschlossen ihr Kuchenstück mit der Gabel aufspießte, setzte sich ein Mann zu ihr.
Hello, sagte er, dann noch etwas, das sie nicht verstand. Er lächelte sie freundlich an. Sie lächelte zurück und sagte auch hello, ziemlich leise. Dann senkte sie gleich wieder ihren Blick.
Da sinniere ich, daß ich immer allein im Café sitze, und wäh-

renddessen setzt sich einer zu mir. Wirklich zum Lachen.
What's so funny? fragte ihr Gegenüber.
Oh nein, sie hatte tatsächlich vor sich hingelacht. Was sollte sie nur sagen?
Sie flüsterte, daß ihr Englisch nicht ausreiche für eine Konversation.
Das mache gar nichts, er verstehe alles, sie solle nur deutsch reden, er spreche zwar schlecht, verstehe aber gut.
Woher wissen Sie ...
Er lachte schon wieder. Wir haben hier einige deutsche Studenten, auch ein paar Lehrer, da hört man den Akzent gleich. Ich war auch ein paarmal in Deutschland, meine Vorfahren ...
Sie hatte jedes Wort verstanden, er sprach jetzt langsam, wie von der Sprachkassette.
Sie sind Englischprofessor?
Ich, warum?
Weil Sie so gut Englisch sprechen.
Schon wieder lachte er laut.
Sie werden hier eine Menge Leute finden, die gut Englisch sprechen. Nein, kein Englischlehrer.
Sondern?
Raten Sie!
Jetzt mußte sie ihn näher ansehen. Sie sah in braune Augen. Hellbraun gelockte Haare, graumelierter Bart.
Im Sitzen war er so groß wie sie.
Er legte breite Hände auf ein dickes Buch. Am rechten Mittelfinger, der verbreiterte Nagel, der Schreibhöcker. Spuren von grün am kleinen Finger. Ein Geruch von Lavendel, von ferne, aus Großmutters Wäscheschrank. Ja, Großmutter machte den Wäscheschrank auf. Sah er nicht auch Großmutter ähnlich? Das war kindisch. Er war ein Mann. Und doch. Der Mund. Das war es. Er hatte den gleichen weichgeschwungenen Mund wie Großmutter, die leicht nach oben gebogenen Mundwinkel. Immer weiter nach oben. Jetzt lächelte er.
Ist es schwierig?
Eine tiefe Stimme. Onkel Ernst? Nein, keine Befehlsstimme. Außerdem trank er Milch, völlig unmännlich. Kein Mann trank Milch, jedenfalls nicht in ihrer Familie, keiner außer Wilhelm, neuerdings.
Und er saß zur Bürozeit im Café, war also mit Sicherheit kein

Buchhalter, Manager oder Banker. Keine Krawatte. Ob er reich war? Zeit hatte er jedenfalls. Ein junger Mann kam vorbei, tippte ihm leicht auf die Schulter. Hi, wie gehts. Beiden ging es gut, man sah es.
Dieser Mensch verbreitete Harmonie, bei ihm paßte alles zusammen: die lässige Kleidung, der offene Blick. Nein, kein Kollege. Die waren alle in sich abgeschlossen, trauten sich auch nicht mehr, mit einer fremden Frau zu reden oder sie ihren Beruf raten zu lassen. Aber dieser Mann hier war Amerikaner, das machte wohl den Unterschied. Dieses Selbstbewußtsein, oder war es eher Selbstverständlichkeit? Das war es, das machte den Unterschied. Und daß man es zeigen durfte. Daß man nicht ermahnt wurde, mit demütig gesenktem Blick zu jeder Niete aufzublicken.
Karla sah ihm jetzt auch fest in die Augen. Sie griff ihre Kaffeetasse, aber die war leer.
Was mochte er lesen? Der Titel des dicken Buches war nicht zu erkennen. Schwarze Streifen am Rand. Abbildungen? Ein Kunstband?
Sie sagte: Kunst?
Er setzte sein Milchglas ab. Woher wissen Sie das?
Ich bin Hellseherin.
Ach, das gibts nicht.
Jetzt lachte auch sie. Ich habe es Ihnen doch gerade bewiesen.
Be honest. Tell me.
Sie wollte ihn gerade auf den Kunstband aufmerksam machen, da stand Bill an ihrem Tisch.
Kaum läßt man dich allein, schon bandelst du an.
Er lächelte, doch sie merkte seine Verstimmung.
Ich bin sowieso fertig. Good bye, see you.
Wer war denn das?
Irgend ein Künstler, Kunstprofessor oder sowas.
Und was wollte der von dir?
Bloß am gleichen Tisch seine Milch trinken.
Und wovon habt ihr geredet?
Ist das ein Verhör?
Oh, entschuldige.
Sie gingen schweigend zum Auto. Beide schauten auf die Straße.
Also Bill, sei doch nicht eingeschnappt. Ich bin es einfach nicht

mehr gewöhnt, daß jemand mich kontrolliert. Übrigens war das heute überhaupt das erste Mal in meinem Leben, daß mich jemand im Café angesprochen hat. Mir ist das noch nie passiert, nicht einmal in Paris. Ich dachte, das wäre eben amerikanisch.
Ist es auch.
Sie setzten sich ins Auto.
Deswegen brauchst du doch nicht gleich beleidigt zu sein. Schließlich sind wir nicht verheiratet.
Nein, sagte er, sind wir nicht. Leider.
Jetzt hör aber auf. Wer ist denn abgehauen?
Ihr kamen die Tränen in die Augen, sie fühlte ihre Nase heiß und rot werden. Nein! sie hustete plötzlich. Um Gottes Willen, nur jetzt keinen Asthma-Anfall. Tief durchatmen, entspannen, auf die Autoscheiben konzentrieren.
Draußen glitt ein Einkaufszentrum vorbei.
Könntest du bitte hier einmal halten, versuchte sie in ihrer sachlichsten Tonlage. Ich will mir ein T-Shirt kaufen, eines ohne Aufdruck.
Bill hielt.
Die Handtasche? Ach, die war ja zu Hause. Also mußte sie Bills Geld nehmen, vorerst.
Sie fand ein schwarzes mit kurzen Ärmeln. 7 Dollar.
Als sie wieder ins Auto stieg, dröhnte ihr Beethovens Fünfte entgegen. Das Schicksal! Es war so grotesk, daß sie lachen mußte.
Das Geld gebe ich Dir zu Hause wieder. Ich hab's einstweilen aus Deinem Taschenreservoir genommen.
Bill gab keine Antwort.
Sie fuhren schweigend die zehn Minuten bis zu seinem Haus. Als sie die Autotüre aufmachen wollte, knackte es im Scharnier. Es klemmte. So stieg Bill aus, manipulierte von außen den Griff und öffnete schließlich.
Bitte sehr, gnädige Frau.
Hab ich was kaputt gemacht?
Aber nein. Du weißt, der alte Gaul hat so seine Mucken.
Karla nahm ihren Einkaufsbeutel, Bill holte einen Papiersack aus dem Fond, und sie gingen die paar Schritte über einen ungepflegten Rasen, auf dem eine Palme vor sich hin vegetierte.
Wir hatten im November einen unerwarteten Frost. Vielleicht

muß ich sie fällen. Sie ist immerhin schon 10 Jahre alt, so alt wie meine Scheidung. Alles lebt sich ab, oder ?
Sie gab keine Antwort. War er ihren Blicken gefolgt?
Hinter ihm ging sie in den schmalen Wohnungsschlund hinein. Es roch leicht nach Moder, wie im Kamnitzer Haus zur Sommerzeit, wenn die Türe zum Keller offenstand. Für einen Moment schloß sie die Augen. Wilhelm war acht Jahre alt, kam aus dem Dunkel, hielt ihr die Augen zu, gab ihr einen dicken Schmatz aufs Ohr, daß es krachte und schrie: Kussiene, Kussiene!
Schön, dich hier zu haben, Kussienchen, sagte Bill, stellte seine Tüte ab und schloß sie in die Arme. Er küßte sie aufs Ohr. Es knallte ein bißchen.
Du hast immer noch die schönsten Ohren auf Gottes Erdboden.
Sie glaubte es sogar, dachte daran, wie sie früher ihre Haare streng zurückgekämmt hatte, damit die goldenen Biedermeier-Ohrringe besser zur Wirkung kamen. Bis wann, eigentlich? Großmutters Ohrringe, als sie im Jahre 47 aus dem wattierten Jackenfutter befreit wurden, in der unbeheizten Passauer Altbauwohung. Mit 16, an ihrem Geburtstag, durfte sie das erste Mal die länglichen rubinbesetzten Gehänge anlegen. Da war Großmutter schon drei Jahre tot.
Wo sind eigentlich die Ohrringe geblieben, fragte Bill in die Stille.
Die liegen wieder daheim im Taufbecher. Ich habe sie Uschi versprochen. Weißt du, daß du mir unheimlich bist? Du antwortest auf Fragen, die ich mir selber stelle.
Ich bin eben auch Hellseher. Das muß bei uns in der Familie liegen.
Immer noch sauer?
Nein. Überhaupt nicht. Ich weiß gar nicht, was in mich gefahren war.
Er ließ sie los und ging wieder an den Küchentisch, packte seine Einkäufe aus, ordnete sie teils im Riesenkühlschrank, teils in den dunklen Regalen ein. Fettfreie Milch, cholesterinfreie Butter, Bohnen, Joghurt, Salat, Haferflocken, Äpfel, eine Ananas.
Wenn wir heute noch nach Mexico aufbrechen wollen, dann mach ich schnell ein Thunfischsandwich zum Lunch, und danach check ich den Motor.

Es war Mittag inzwischen.
Rentiert es sich denn überhaupt noch, wenn wir heute fahren?
Wir werden sehen.
Ich könnte doch was kochen, während du am Auto bastelst.
Nein, das wäre zu viel. Heute abend gehen wir aus. Eigentlich wollte ich dich zu meinem Lieblingssteakhouse bringen, an der Küstenstraße, keine 200 Meilen von hier. Aber du hast recht, lassen wir uns Zeit. Fahren wir morgen. Und ich zeig dir mein Lieblingsrestaurant hier, ein chinesisches.
Setz dich, ich bring dir Milch.
Milch?
Ja, zum Sandwich.
Du meinst, zum Fischbrot soll ich Milch trinken?
Er goß sich ein großes Glas ein. Die Milch schimmerte bläulich.
Nein, danke. Wenn du ein Glas Mineralwasser hast...
Mineralwasser ist gar nicht gesund, wir trinken hier alle Leitungswasser.
Er stellte ihr ein Glas Wasser hin, warf einige Eiswürfel hinein.
Sie schnupperte. Findest du nicht, das riecht nach Chemie?
Aber nein, wir haben gutes Wasser hier. Ich habe die Untersuchungsergebnisse im Chronicle gelesen.
So riech doch mal. Irgendwas stimmt nicht.
Ich rieche nichts. Jeden Tag trinke ich selber dieses Wasser, gleich nach dem Aufwachen.
Sie nippte. Wie der offene Deckel zur Hausapotheke.
Eigentlich hab ich gar keinen Durst.
Du mußt aber trinken.
Wer sagt denn das? Erinnere dich an Großmutter: Wer Leitungswasser trinkt, kriegt Läuse in den Bauch.
Tatsächlich, ja, ich erinnere mich. Daß du dir diesen Unsinn gemerkt hast.
Meine Mutter hat es oft genug wiederholt. Wir sollten ja überhaupt wenig trinken. Das war unfein, nicht ladylike. Ich habe auch fast nie Durst.
Ein weiteres unterdrücktes Bedürfnis... Also, hier mußt du trinken, darauf werde ich achten.
Ja, Onkel Bill. Aber dieses Wasser trinke ich nicht.
Irgendwo gibt's noch eine Flasche Tonic. Zwar auch ungesund, aber wenn du dich ansonsten weigerst...

Er ging, die Pantoffeln auf dem Linolboden schleifend, zur Türe, die vom Wohnzimmer in die Garage führte, schloß die Tür sofort, verschwand dahinter und kam mit einer Zweiliter-Plastikflasche zurück.
Hast du dort dein Getränkelager?
Ja, auch.
Wohin gehts da?
In die Garage.
Aber deine Autos stehen draußen auf der Straße.
Wir brauchen hier eigentlich keine Garage. Alle meine Nachbarn benützen ihre Garagen als Werkstatt und Abstellplatz.
Dein Tonic schmeckt gut.
Ungesund.
Ach, hör doch auf. Das ganze Leben ist ungesund. Seit wann bist du denn so ein Gesundheitsfanatiker?
Wenn du es genau wissen willst, seit dem letzten Herzinfarkt, seit drei Jahren.
Davon hast du nie etwas erzählt.
Wozu? Ich möchte es vergessen, da erzähl ich es nicht herum.
Karla setzte sich an den Küchentisch, sah zu, wie Bill eine Thunfischkonserve öffnete, den Inhalt mit Mayonnaise vermischte und zwischen zwei biegsame Toastschnitten quetschte.
Er setzte sich zu ihr.
Das ist ein amerikanisches Mittagessen.
Ziemlich spartanisch.
Dafür essen wir am Morgen und am Abend warm. Und viel.
Karla hatte Mühe, das Sandwich waagrecht zu halten. Sie biß von der Seite her hinein. Als vom anderen Ende her die Thunfischbrocken herausfielen, nahm sie beide Hände und stützte sich mit den Ellbogen auf der Tischkante ab.
Amerikanische Tischmanieren, nehme ich an. Stell dir vor, Großmutter sähe uns zu.
Nach deinem Glauben wird sie es.
Und nach deinem?
Das Jenseits ist ganz von mir abgebröckelt. Ich bin froh, wenn ich das Diesseits schaffe.
War es schlimm?
Es ging, du siehst ja. Ich bin noch ganz schön lebendig.
Noch?
Ja, noch. Bist du satt geworden? Magst du noch Eiskrem? Ver-

such mal das Joghurteis, sehr gesund, jedenfalls ohne Fett und Zucker.
Bill füllte zwei Glasschälchen mit hellgelbem Vanille-Eis.
Sie löffelte brav.
Nein, danke, nichts mehr.
So, jetzt hast du Zeit für einen Mittagsschlaf. Ich fahr noch zur Werkstatt, Ersatzteile besorgen. Gegen Abend bin ich wieder da.
Diesmal zog er einen hellgrauen Anorak über sein T-Shirt, steckte allerhand Papiere in die Innentaschen.
Also bis dann. See you.
Als sie in ihre dunkle Kammer trat, kam ihr vor, sie wohnte schon seit Jahren da. Auf dem Tischchen ihr Descartes, die Notizen, das Tagebuch. Allerdings, am Boden stand ihr Koffer.
Sie schlug die graue Decke zurück. Ihre Augen fielen schon wieder zu, fast noch im Stehen.

4

Es donnerte, als das Flugzeug zur Landung ansetzte, ihre Mutter sie hilflos fragte: Wo sind wir, Kind?, und sie ihr Weinglas festhalten wollte, das vom Tischchen rutschte. Mutter! rief sie, und von draußen antwortete es: Kaffee gibts, steh auf!
Karlas Augen richteten sich auf die Schweizer Berge. Wessen Stimme war das gewesen? Mutter hatte doch gefragt.
Ja, ich komme!

Weißt du, ich trinke nie Kaffee am Nachmittag, das ist zu ungesund, und ich liege die halbe Nacht wach. Aber ich kam bei der French Bakery vorbei, sah die Erdbeertörtchen und habe mich an unsere europäischen Bräuche erinnert.
Wie gut es riecht!
Auf dem Küchentisch stand eine Glasplatte mit zwei Erdbeertörtchen, glasiert leuchtend.
Du trinkst doch heute mit? fragte Karla. Wenn du den Kaffee

mit Milch verdünnst...
Nein, das soll man nicht. Kaffee mit Milch, das gibt eine besonders ungesunde Mischung.
Wie? Davon hab ich nie gehört.
Ein Arzt hat mich davor gewarnt.
Ach, wir sterben so oder so. Da will ich lieber starken Kaffee mit Sahne trinken, solange er mir noch schmeckt.
Wie findest du das Erdbeertörtchen?
Sie wollte schon sagen "wie Papier", lächelte aber und sah ihn an: Fast wie in Paris.
Sie schwiegen beide. Bill goß sich heißes Wasser in den ohnehin schwachen Kaffee. Warst du mal wieder dort?
Ja, voriges Jahr.
Auch in Fontainebleau?
Nein.
Beide dachten an die ersten Austauschferien, die Gastfamilie, die Gruppe, die sich jeden Abend im Pfarrhaus traf, Fondue fabrizierte, billigen Weißwein trank und mit Michel, dem Kaplan, über die Wahrscheinlichkeit von Himmel und Fegefeuer diskutierte. Durch Michel, einen Freund von Erichs Freund Ludwig, war der Austausch überhaupt erst möglich geworden. Er hatte für die Gastfamilie gesorgt und für ein Matratzenlager im Dachboden des Pfarrhauses, wo die jungen Männer nächtigten.
Wie geht's Michel?
Hast du denn keinen Kontakt mehr mit ihm?
Bill räuspert sich. Nein.
Für Karla war Michel geistlicher und weltlicher Berater in einem geblieben. Sie schrieb ihm Briefe, als er Moraltheologie in Lyon lehrte, besuchte ihn, als er später Pfarrer in einem Vorort von Paris war und mit drei Kollegen, einem Installateur, einem Drogenberater und einem Schreiner in einer Wohngemeinschaft lebte, sie schrieb ihm nach Beirut, wo er Priester betreute, und sie hatte ihn voriges Jahr kurz in Meaux besucht, in einem uralten Palast, gleich neben der Kathedrale Bossuets, den sie beide nicht mochten. Über ihren Klostereintritt waren sie bisher verschiedener Meinung gewesen. Michel hatte ihr nie zugeredet, im Gegenteil. Er war daran schuld, daß ihr immer wieder neue Zweifel kamen.
Man kann Gott überall dienen. Dazu müssen Sie nicht ins Klo-

ster.
Weißt du, wie es ihm geht?
Ja, er ist inzwischen Weihbischof in der Nähe von Paris. Und nächstes Jahr gibt's wieder Arbeit für ihn. Uschis Freund wird mit dem Studium fertig.
Michel, der Familiengeistliche. Als sie sich damals in Fontainebleau von ihm verabschiedet hatten, rief er ihnen nach: Ich komme zur Hochzeit!
Fünf Jahre später traute er stattdessen Johann und Hilde in Bamberg, taufte Uschi und war zur Beerdigung von Mutter gekommen. Karla war erst Trauzeugin, dann Taufpatin. Das mußte so zehn Jahre nach Bills Verschwinden gewesen sein. Sie sah sich auf den alten Photos im beigen Kostüm, ordentlich frisiert, die Haare streng nach hinten, wie es sich um des lieben Friedens willen gehörte.
Übrigens, sagte Bill, ich hab dich beim Friseur angemeldet. Eine Nachbarin gleich um die Ecke hat so eine Art Friseursalon.
Was hast du?
Ich dachte, du wolltest vor der Reise noch einmal zum Friseur. Hier treiben die Frauen einen unglaublichen Aufwand mit ihren Haaren. Ich hab einfach nett sein wollen. Also geh hin.
Karla trug ihre braunen Haare mit den grauen Strähnen zusammengebunden und aufgesteckt seit dreißig Jahren.
Rapunzel, laß dein Haar herab, sagte Bill.
Hör auf.
Er stand schnell auf.
Gut, ich bring dich jetzt hin.
Sie kam sich überrumpelt vor, zog aber folgsam ihren Mantel über T-Shirt und Hosen und ging hinter ihm zur Türe.
Draußen war es frisch, roch nach Harz. Sie atmete tief ein, nahm Bills Arm. Er war immer noch gleich groß wie sie.
Sie überquerten die Straße mit völlig gleichartig aussehenden Häusern, bogen in einen Park ein, an dessen Ende ein winziges Holzhaus stand.
Da wohnt Chrystal, sie ist eine tolle Frau, oder war es. Ist lange vorbei, ich meine mit uns beiden. Just friends. Sie ist sogar wieder verheiratet, mit Al, einem patenten Burschen.
Patent! Und Bursche! In Passau gab es keine patenten Burschen mehr.

Hi, Chrystal, rief Bill, hier ist meine Cousine. Mach das Beste aus ihrem Typ!
Eine kleine, dicke Blondine kam ihnen lachend entgegen. Karla streckte die Hand aus. Aber Chrystal strahlte Bill an.
Erst als er gegangen war, wandte sie sich zu Karla, griff ihr in den festgezurrten Knoten, entfernte Nadel um Nadel.
Nice hair!
Karla war verlegen, setzte sich auf dem Stuhl vor dem Waschbecken zurecht und sah sich im großen Spiegel an. Chrystal band ihre Haare auf, die bis über die Schultern reichten.
Ein kleines bißchen schneiden, wenigstens die Spitzen.
Und schon fielen die ersten Strähnen. Karla wollte protestieren, aber ihr kamen die richtigen Wörter nicht in den Sinn. Die Passivität des Mittagsschlafs setzte sich fort. Ihr fielen schon wieder die Augen zu. So überließ sie sich den Händen, die Schaum und warmes Wasser auf ihre Kopfhaut brachten, später dann den heißen Föhn.
Hin und wieder konnte sie ihrem Spiegelbild nicht ausweichen. Bin ich das, in einem Friseursalon in Amerika? Das letzte Mal war ich vor 20 Jahren beim Friseur, zu Uschis Taufe. Damals haben sie mich bearbeitet, die Haare schneiden zu lassen. Aber ich ließ sie gleich wieder wachsen, es war praktischer.
Ob es auch schöner war? Was soll das? Du bist unverheiratet und wirst es bleiben, solange Mutter lebt. Eine Art Gelübde. Willkommen im Familienkloster.
Da mußte nach der Schule das Frühstücksgeschirr weggeräumt werden, mußte Gemüse und Fleisch für Mutter püriert und gewärmt werden. Sie fütterte Mutter, und zwischendurch aß sie selbst etwas, so nebenbei. Lebte, so nebenbei.
Jetzt nahm Chrystal einen großen Spiegel und hielt ihn Karla in den Nacken.
O.K. You like it?
Karla wachte endgültig auf und starrte in den Spiegel vor und hinter ihr.
Das sollte sie sein?
Locken kringelten sich um ihr Gesicht, bis auf die Schultern hinunter. Und die Farbe! Irgendein rötlicher Stich kam durch. Sie sah sich lange an.
Thank you, sagte sie und griff nach ihrer Handtasche.
Nein, rief Chrystal, das ist alles schon abgerechnet. Ich rufe

Bill an, er wird gleich kommen.
Es gab noch eine Tasse dünnen Kaffee; sie trank mit Todesverachtung einen Schluck. Dann trat Bill durch die Tür, lachte laut auf amerikanisch und klatschte in die Hände.
Toll siehst du aus, wirklich. Umwerfend! Schöner denn je!
Nur gut, daß die Frau nichts verstand.
Karla wischte sich imaginäre Haare von den Schultern. Laß mich wenigstens bezahlen.
Aber nein, mach dir keine Gedanken, sie hat nur alte Rechnungen beglichen, glaub mir, es macht ihr Freude, mir einen Gefallen zu tun.
Sie gingen den Weg durch den Park zurück, bogen in die kleine Straße ein.
Margos Auto!
Das braune Gras des Rasenstückes im Vorgarten raschelte, als sie auf die Haustüre zugingen, Bill voraus. Sie folgte ihm in den dunklen Gang. Wieder roch es heimelig. Ob das Haus schimmelige Ecken hatte?
Mach die Fenster auf, rief Bill seiner Tochter zu, die in einem dampfenden Topf rührte.
O.K., lachte sie, gleich. Laß mich erst mal Tante Karla begrüßen. Willkommen in Amerika.
Margo drückte ihr einen Kuß auf die Wange. Sie war größer als ihr Vater, schlank, und wirkte amerikanisch auf Karla. Lag es an den langen braunen Haaren, die sie nach hinten schüttelte?
War es ihr breites Lachen, ihre Freundlichkeit?
Wie schön, dich wiederzusehen, Tante Karla.
Tante Karla, äffte Bill seine Tochter nach. Du darfst Charly zu ihr sagen, sie hat es sogar mir erlaubt.
Also Charly, und ohne Tante! Du siehst verändert aus, laß dich mal anschaun. Super, wie ein Model.
Daran ist Bill schuld und eine gewisse Chrystal.
Ja, die alte Kupplerin.
Wie?
Ach, meinte Margo geringschätzig, nur so eine Redensart.
Karla wollte das Thema wechseln. Was macht das Studium?
Sie erinnerte sich, daß es irgendetwas mit Theater zu tun hatte, jedenfalls vor ein paar Jahren. Immer noch Theaterwissenschaft?
Aber nein, das war nur ein Kurs damals. Nein, ich habe mich

für Englisch und Deutsch eingeschrieben. Aber die Examina sind fern, und bis dahin laß ich mir's noch gutgehen.
Bill tätschelte seiner Tochter die Schulter . Ja, sie nimmt's nicht so schwer wie wir damals. Sie hat ja auch einen Daddy, der bezahlt.
Karla sah betreten weg. Genau diese Taktlosigkeiten hatte Wilhelm an seinem Vater so gehaßt.
Margo wandte sich wieder dem Ofen zu.
Wie ihr euch wohl denken könnt, koche ich ein Begrüßungsdinner, und dazu brauche ich noch eine Weile. Dad, du kannst mir helfen.
Karla ging in ihr Zimmer.
Vor dem blinden Spiegel stehend, fiel sie in ein flüssiges Bild, verschwommen und wässrig, nahm ein Bad im Spiegel, wo sich die Proportionen verzerrten. Karla löste sich im Spiegel auf, ließ sich mitschwemmen von dem fremden Bild ihrer selbst, stürzte in den Reflex, bis sie in der Dunkelheit unterging. Ihr bisheriges Leben bewegte sich von ihr weg, versank in einem Photo von früher, das zusehends vergilbte. Schon segelte es davon, aus diesem ins nächste Jahrhundert.
Sie merkte, daß sie schon wieder schläfrig wurde.

Karla, schrie ihre Mutter auf dem Totenbett, in dem sie drei Jahre lang lag und phantasierte, Karla, schrie sie, jetzt kommt er. Aus dem Garten rannte Karla ins Haus, umklammerte das Krankenhausbett. Mutter ! schrie sie, aber da atmete sie schon wieder friedlich und war eingeschlafen.
Lag man erst einmal in dem hohen Bett auf Rollen, stand man nicht mehr so leicht auf. Alle wußten das und alle sagten das Gegenteil, als wären Parolen ausgegeben worden. Ihr Haus war gekennzeichnet. Keiner brauchte mehr ein Lamm zu schlachten. Ja, da liegt die alte Frau im Sterben, schon seit Jahren.
Seit dem Tod ihrer Mutter träumte Karla von ihr. Sie wachte auf von ihrem eigenen Weinen. Die Kolleginnen meinten, Karla blühe auf. Sie schlief länger, hatte die Wochenenden für sich. Sie fuhr in die Ferien, wenngleich nur zu Verwandten. Sie ging wieder in Konzerte, oft mit gebrechlichen Freundinnen ihrer Mutter. Sie korrigierte langsam an den auf einmal geruhsamen Nachmittagen, machte sich Tee, zündete eine Kerze an. Sie nahm an Fortbildungstagungen teil. Sie kaufte sich einen

neuen Mantel, dunkelviolett. Was für eine Farbe, hätte ihre Mutter mißbilligend gesagt. Sie war meistens allein; sie war gern allein. Ihre Lieblingsschallplatten ließ sie immer wieder laufen, und niemand klagte, Karla, bitte, warum denn schon wieder diesen langweiligen Pachelbelkanon. Und zu ihrem fünfzigsten Geburtstag kam Wilhelms Kitschpostkarte mit dem Scheck für ein Flugticket. Karla hätte sich so beschrieben, in Hauptsätzen. Wie alt bist du, wo wohnst du, was arbeitest du? Schon lange fragte sie niemand mehr. Es gab vorsichtige und gleichgültige Menschen um sie her, aber keine neugierigen oder gar zudringlichen mehr. Das hätte bedeutet, bei ihr gäbe es etwas zu entdecken. Eine interessante Frau! Sie hielt sich für das Gegenteil. Von ihr glaubten die meisten schon alles zu wissen. Solide, aufopfernd, religiös, pflichtbewußt. In diesem Altjungfernleben gab es nichts, auf das Nachbarn oder Bekannte hätten neugierig sein können. Sie war wie eine Glasfigur. Sogar über ihre Krankheiten und den Inhalt ihres Einkaufskorbes wußten alle Bescheid. Die ärztlichen Atteste des Gesundheitsamtes erzählten ihr Leben.
In deinem Alter solltest du nicht mehr schifahren.
In deinem Alter geht man nicht mehr im Februarregen spazieren.
In deinem Alter!
Als ihre Mutter siebzig wurde, stand sie vor dem Spiegel und sagte: Ich kann es nicht fassen. Ich bin doch noch die gleiche. Und mein Gesicht ist so anders.
Karla versuchte, es zu fassen. Sie ging zum Photographen. Sie sah aufmerksam in den Spiegel.
Sie hielt den Scheck in der Hand, machte zwei vorsichtige Ausflüge zum Reisebüro.
Wie wäre es, wenn. Nur mal gesetzt den Fall, ich würde wirklich. Wie wäre der Flugplan, wenn es Ihnen nichts ausmacht.
Die vielen Wenns und Abers, auf die sie trainiert war, wenn es um sie selbst ging.
Iffy, das war das englische Wort dafür, kurz und treffend, sowas fiel ihr im Deutschen nie ein. Sei nicht so iffy! Nach Wörtern rang sie manchmal wie nach Luft. Anfälle von Formulierungsasthma. Dann lutschte sie Hustenbonbons, atmete kontrolliert aus und ein, wie sie es als Kind gelernt hatte. Niemals mehr Luftnot! Sie hatte ihr Asthma verloren, aber nicht die

Angst davor. Die schnürte ihr manchmal die Kehle zu, in Konzerten, beim pianissimo. Dann war sie dankbar für ihre Atemübungen, die immer noch funktionierten. Ihre Angst wurde kleiner, mündete in ein Erstaunen, daß sie überlebt hatte.

Wie werden wir hier überleben? Das war Mutters ständige Sorge. Wer sorgt für uns? Erst der Onkel, dann die katholischen Schwestern, die gleichen, bei denen Karla geblieben war. Dankbarkeit? Anhänglichkeit? Angst?
Die gleiche Angst, nicht weiter zu suchen, nachdem Bill, der damals noch Wilhelm hieß, nach Amerika verschwunden war. Sogar den Lebenspartner in der Verwandtschaft zu suchen: Ins Bekannte zu flüchten, immer wieder, unter Mutters Rockschoß. Niemand ahnte, wie sie Mutter vermißte: Heimkommen zu Mittag, gleich durch die offene Schlafzimmertüre schauen, ob sie die Augen offen hatte oder schlief. Was brauchte sie: Katheterwechsel, Stomabeutelwechsel, Aufsetzen, Waschen, Musik andrehen, sie streicheln, ihre Hand über die eigenen Haare führen. Einen dankbaren Blick, ein erleichtertes Aufseufzen, wenn sie in die frisch geschüttelten Kissen zurückfiel. Hin und wieder ein paar geflüsterte Worte. Du Liebe, sagte sie noch am letzten Tag. Wie lieb du bist.
Karla ließ die Türe immer offen, stellte ihren Schreibtisch so, daß sie die Mutter sehen konnte. Sie war sich nicht sicher, ob Mutter verstand, was sie ihr erzählte, von Schülern, vom einsamen Leben inmitten der Kollegen, ihr ganzes Leben am Krankenbett, am Sterbebett. Sie ging von der Sterbenden zu den Lebenden, wechselte Kleider und Gesichtsausdruck.
Wie du das schaffst, sagten Nachbarn und Kollegen. Es war wie guten Tag, gehörte zu den Begrüßungsformeln. Später sagten sie: Wie traurig - aber auch wie befreiend.
Es hatte keinen Sinn zu erklären, wie Karla immer noch mit ihrer Mutter verbunden war. Sie lächelte vielsagend, nichtssagend. Die Wörterlinie dazwischen. Selbst heute, nach fünf Jahren, wachte sie manchmal nachts auf, hörte ein Stöhnen und wollte zu ihrer Mutter ans Bett eilen. Danach lag sie stundenlang wach.

Sie ging auch nicht mehr auf Klassentreffen. Vor zehn Jahren, als die Absencen ihrer Mutter anfingen, war sie das letzte Mal

im Heilig Geist-Keller, dem Stammlokal aller Ehemaligen.
Einige alte Matres kamen, heutzutage wurden sie Schwestern genannt. Es gab nicht mehr nur die Putzschwestern, nein, auch die Lateinlehrerin wurde Schwester genannt.
Ein paar Stunden lang waren sie alle wieder Kinder, waren sie wieder die Externen, die Heimschülerinnen, die Stillen, die Schönen. Das Mitleid verschonte Karla vor Fragen. Sie hatte trotzdem Angst davor.
Du hast es gut, du hast nicht geheiratet.
Tiraden auf die Männer, mit Augenzwinkern.
Und die Klassenbeste fragte frech: Was ist eigentlich aus diesem Wilhelm geworden, war er nicht sogar dein Cousin?
Nicht mal außerhalb der Familie war sie fähig, nach einem Partner zu suchen, das Baby.
Ist deine Mutter immer noch so vital? Übersetzt: Du läßt dich also nach wie vor tyrannisieren, du Schaf.
Karla hörte nur noch die Untertöne, sie lagen schon vorgefertigt in ihr bereit. Manchmal dachte sie sich witzige Antworten aus, oder gehässige. Aber wenn es dann soweit war, fiel ihr nichts mehr ein. Sie kaute auf ihren Wangen herum, lächelte oder sah traurig vor sich hin. Den anderen verging die Lust zu sticheln, aber auch, sich überhaupt mit ihr zu beschäftigen. Sie saß dann bei ihrer früheren Deutschlehrerin, die mit siebzig noch im Dienst war. Es gab ein Photo, das die Runde machte, auf dem sie in Haltung und Miene ein Spiegelbild ihrer alten Lehrerin darstellte.
Karla sah von ferne, mit ihrem ganz für solche Gelegenheiten eingestellten inneren Auge, wie ihr Leben vor den anderen ablief. Ein langweiliger Film, vor dem das Publikum davonlaufen würde.
Was machst du denn so?
Das war auch eine von den Fragen, auf die ihr eigentlich hätte etwas Schlagfertiges einfallen sollen.
Halt Schuldienst.
Da hast du wenigstens dein eigenes Geld, bist unabhängig.
Kaum hatten sie das gesagt, als sie schon wieder merkten, daß nicht einmal das stimmte.
Ach so, du lebst mit deiner bettlägrigen Mutter zusammen.
Und so versiegten auch diese Worte.
Hin und wieder tauchten längst gebrauchte Formulierungen

wieder auf, an Weihnachten, vor den Ferien, nach den Ferien.
Du bist wirklich aufopfernd, so die Freundinnen aus dem Lehrerkollegium.
Sie sollten nicht über die Grenzen Ihrer Leistungsfähigkeit gehen (die Schwester Direktorin).
Kind, bleibe tapfer (der Beichtvater).
Hatten sie sich beide, Wilhelm und sie, nicht immer gewünscht, weit zu reisen und nie wieder zurückzukehren? Ein Fullbrightstipendium in den Fünfzigern war eine Fahrkarte ins absolute Abenteuer.
Warum bewirbst du dich nicht auch?
Du kennst doch Mutter.
Mach dich doch endlich frei von der ewigen Bevormundung.
Sie würde wieder weinen.
Und du weinst lebenslang.
Ich bin nicht sicher.
So, du bist nicht sicher. Du willst wirklich nicht mitkommen. Du willst hierbleiben?
Du kommst doch zurück?
Mit dir vielleicht. Ohne dich, weiß ich nicht.
Wilhelm flog allein, Karla schrieb viele Briefe, bekam nicht genau so viele Antworten, nach einem Jahr nur noch eine Karte und einen Familienbrief zu Weihnachten.
Tante Luise war froh. Die Gefahr einer Verwandtschaftsheirat war gebannt. Wo doch die Großeltern schon Cousin und Cousine waren, damals sogar eine päpstliche Dispens brauchten, anno 1899.
Die Gefahr war gebannt, und die Zeit hielt die Luft an, und alles ging weiter als wäre nichts gewesen. Dein Vetter in Amerika, das klang nach Filmtitel und Reichtum.
Von Onkel und Tante erfuhr Karla, daß Wilhelm eine Amerikanerin geheiratet hatte und daß er später mit Frau und Tochter nach Kalifornien zog. Als sie 40 war, sah sie ihn das erste Mal wieder, bei den Verwandten in München. Da war er schon geschieden und reich. Damals hatte es nur zu einer kurzen Begrüßung gereicht, dann war sie geflohen.
Diese Erinnerung hatte sie zugeschüttet, wollte sie nicht in Worte fassen. Solche Geschichten änderten sofort ihre Bedeutung, wenn sie entweder durch den Mund an die Luft oder durch die Buchstaben aufs Papier kamen und auf dem kurzen

Weg oxydierten, zur sogenannten Realität, der aber das innere Echo fehlte, auf ewig.

Hallo, Karla, Charly, wo steckst du? Komm zum Essen!
Wilhelm kam, ein gefülltes Glas in der Hand, an ihre Türe.

5

Karla nippte am Wein. Angenehm kühl, fast ohne Blume. Sie nahm ihr Glas mit in die Küche.
Ein wunderbarer Knoblauchduft, stellte sie fest.
Ja, sagte Bill, bei mir gibt's zwei Klassen von Menschen, solche, die Knoblauch lieben und solche, die Knoblauch hassen. Eine Lebenserfahrung.
Sie lachten, tauchten das French bread in die Butter-Petersiliensoße und holten das Innere aus den heißen Schnekkenhäusern.
Dann gab es noch ein Riesensteak mit grünen Bohnen. Karla wartete vergeblich auf Rotwein. Als Abschluß gab es Vanille-Eis, soviel man wollte. Bill stellte einen riesigen Plastikbehälter auf den Tisch.
Margo trank Milch dazu.
Karla schüttelte es innerlich.
Sie wurde so müde, daß sie Mühe hatte, gerade am Tisch zu sitzen. Es war aber erst neun Uhr abends.
Margo wollte noch zu einer Studentenversammlung.
Wir begrüßen die Neuankömmlinge aus Europa.
Wenn du eine Martina aus Düsseldorf triffst, dann sag ihr schöne Grüße von mir!
Margo brach gleich nach dem Essen auf.
Bis nächste Woche! Und habt ein schönes Wochenende in Mexico!
Bill schob das Geschirr nachlässig in die Spülmaschine. Unter dem leisen Plätschern von Vorwäsche und Hauptwaschgang versickerte ihr Gespräch.

Ich denke, ich gehe jetzt schlafen.
Du mußt ja wirklich todmüde sein.
In Europa war es jetzt erst Mittag. Johann und Hilde saßen sicher beim Mittagessen, und Uschi tischte ihnen ihren Menübeitrag auf, ihre mousse au chocolat aus weißer Schokolade.
Als Karla auf der Pritsche lag, versuchte sie, wie jeden Abend, den Tag zu überdenken. Aber es blieb bei dem Versuch. Sie war sofort eingeschlafen.

Karla wollte nach ihrem Wecker greifen, um ihn abzustellen. Aber sie schlug mit der Hand gegen die Wand. Während die Glocke schrillte, versuchte sie aufzustehen und merkte, daß sie verkehrt herum im Bett liegen mußte.
Langsam orientierte sie sich. Das war nicht ihr Schlafzimmer, und auf dem Nachtkästchen stand kein Wecker. Sie war in Amerika! Und was da so lärmte, war auch kein Wecker, sondern eine andere Klingel. Sie sah auf ihre Armbanduhr. Mitternacht vorbei. Wo war eigentlich der Lichtschalter? Karla stand auf, fühlte den Türgriff und den Schalter daneben.
Es läutete immer noch. Das mußte das Telefon sein. Warum Bill nicht abhob? Karla trat auf den schmalen Gang hinaus.
Alles war schon dunkel. Wo stand hier das Telefon?
Sie tastete sich in die Küche. Nein, da war nichts.
Da gab es noch Bills Zimmer und Margos ehemalige Bude.
Wilhelm!?
Keine Antwort. So tief konnte doch keiner schlafen. Karla klopfte an seine Tür.
Hallo, das Telefon!
Keine Antwort.
Sie machte einen Spalt auf. Wilhelm!
Dann knipste sie das Licht an.
Oh Gott! Karla erschrak vor dem Durcheinander in dieser Höhle. Ein Riesenschreibtisch direkt vor dem Fenster, darauf ein Computer. Auf dem Boden eine Art Matratze mit zerwühltem Bettzeug und Decken. Zwei Bücherregale, aus denen Zeitschriften und Zeitungen quollen. Ein offener Koffer auf der Bettenwüste. Das Telefon! Es stand links vom Computer. Jetzt war es auf einmal still.
Karla horchte. Niemand war im Haus.
Sie schloß die Türe schnell, ging auf den Flur hinaus und in

Margos Zimmer. Ein großer Raum, mit verschiedenartigen Teppichböden belegt, zwei Rennräder, an der rechten Seite lehnend, eine Musikbox daneben. Wieder so eine Art Abstellkammer. Auch da war niemand.
Karla ging ins Wohnzimmer. Sogar der Fernsehapparat lag im Dunkel. Ohne das Flimmern glich der Raum einem Wartesaal. Karla fror. Jetzt bemerkte sie die gestapelten Zeitungen und Zeitschriften an der linken Wand, mindestens einen Meter hoch. Sie griff sich die oberste Zeitung, "Barrons", machte einige Zahlenreihen aus, die ihr nichts sagten, legte sie wieder vorsichtig auf den Stapel.
Wo mochte Wilhelm sein? Er hatte nichts von einem Spaziergang gesagt. Lag vielleicht ein Zettel oder ein Briefchen auf dem Küchentisch?
Da stand nur ein leeres Weinglas.
Ein leichter Weißer wäre jetzt gut, dachte Karla, öffnete den Riesenkühlschrank. Da stand im rechten unteren Regal noch der Rest des Chardonnay. Ob sie die Flasche leeren sollte? Nein, das würde auffallen. Sie stellte den Wein wieder zurück, holte sich ein Glas vom staubigen Bord über der Durchreiche und drehte den Wasserhahn auf. Chlor, das war pures Chlor. Sie hätte fast ausgespuckt.
Eine halbe Stunde nach Mitternacht! Für einen Spaziergang war es wirklich zu spät. Und zum Lesen waren ihre Augen zu müde. Am besten wäre es, wieder einzuschlafen.
Aber sie spürte schon, daß es damit so bald nichts werden würde. Zu sehr gab ihr Bills Abwesenheit zu denken, zu sehr klopfte ihr Herz. War es das durcheinandergeratene Zeitgefühl, ihr übermüdeter Körper? Oder hatte sie Angst?
Sie setzte sich an den Tisch in ihrem Zimmer. Sie würde an Uschi schreiben. Schließlich kannte sie die Umgebung hier und würde verstehen, was sie bewegte.
Karla holte den Briefblock aus ihrem Koffer. An ein paar Kolleginnen würde sie auch gleich schreiben.
Liebe Uschi, schrieb sie, dann wollte sie sich an das Datum erinnern. War gestern der 26. Dezember gewesen, oder der 27.? Sollte sie einen Tag zurückrechnen?
Sie suchte ihren kleinen Taschenkalender.
Wo mochte der stecken?
Hatte sie ihn überhaupt schon ausgepackt? War er noch in ihrer

Kostümjacke?
Sie ging an den Wandschrank im Flur, suchte nach ihrem Kostüm. Da hingen aber nur Anoraks und karierte Jacken. Hatte sie nicht ihr Kostüm in diesen Schrank gehängt? Wo gab es in der Wohnung noch einen zweiten Schrank?
Karla ging wieder in Bills Zimmer. Ja, da war noch ein Wandschrank. Widerstrebend öffnete sie ihn. Wenn jetzt wirklich Wilhelm heimkäme, was sollte er von ihr denken? Aber da hing ihr Kostüm, gleich an erster Stelle. Sie griff in die linke Seitentasche. Da war kein Notizblock. Und in der rechten auch nicht. Karla wühlte in den Seitentaschen. Nichts. Wo hatte sie ihn nur hingesteckt? Sie wurde alt. Hoffentlich war wenigstens ihr Paß noch da, und die Flugkarte. Die mußten in der Mantelinnentasche stecken. Auch ihr grauer Trench hing in Bills Schrank. Karla fühlte hastig in der Futtertasche, holte Paß und Ticket heraus, legte sie vor sich hin. Wenigstens hier hatte sie sich nicht getäuscht. Sie steckte beides wieder zurück in den Mantel, durchsuchte dann die Außentasche. Nein, auch da fand sie ihr Adreßbuch nicht.
Sie ging in ihr Zimmer zurück, sah den angefangenen Brief und versuchte sich zu erinnern.
Warum bin ich plötzlich auf der Suche nach meinem Adreßkalender?
Ach ja, das Datum. Einen Tag nach der Ankunft, schrieb sie, wollte es aber gleich ausstreichen. Es war Nacht. Sie ließ es stehen.
Es war zwei Uhr früh, als sie "Dir und Deinen Eltern alles Liebe, Deine alte Tante Karla" unter den Brief setzte.
Sie klebte das Kuvert nicht zu, eine alte Angewohnheit. Meistens fiel ihr noch irgend etwas Wichtiges ein.
Karla rückte den Stuhl wieder zurück.
Morgen früh würden sie nach Mexico aufbrechen. Ihr kam alles unwirklich vor, ihr Dasein hier, die späte Stunde, die Abwesenheit Bills.
Sie versuchte sich zu erinnern. Nein. Wilhelm hatte nichts von einer Einladung erzählt. Und seine Tochter? Die war auf einer Studentenversammlung. Ob sie wohl Martina getroffen hatte? Die Telefonnummer stand im Notizbuch. Sie würde versuchen, Martina über Margo ausfindig zu machen, falls ihr Adreßbüchlein unauffindbar blieb. Die Gastfamilie hatte einen geläufigen

Namen. Karla schloß die Augen. Farmer! Ja, das war der Name. Sie schrieb den Namen auf den Briefblock, für alle Fälle.
Und jetzt wollte sie es noch einmal mit Schlafen versuchen. Sie legte sich hin, holte Descartes' Discours aus der Aktentasche, las ein paar Zeilen, klappte das Buch zu, löschte das Licht.
Als sie um 3 Uhr früh erneut auf die Uhr sah, war sie vollkommen wach. Sie machte wieder Licht, ging ins Bad, schaute kurz in Bills Zimmer. Da war niemand.
Karla fand alles zutiefst beunruhigend. Und diesen Morgen wollten sie zu einer Reise aufbrechen, Hunderte von Kilometern. Ob ihm etwas passiert war?
Karla erinnerte sich an ihr Wild-West-Amerikabild, die Reportagen über Alltagskriminalität, über Mordstatistiken.
Und sie saß untätig hier herum und wartete.
Aber was sollte sie tun? Die Polizei rufen?
Sie ging auf die Suche nach einem Telefonbuch, sah in Küche und Wohnzimmer nach, landete schließlich wieder in Bills Zimmer, inspizierte den Schreibtisch. Nirgendwo entdeckte sie ein Telefonbuch.
Sie ging in ihr Zimmer, nahm die Stundengebete vom Tisch. Es war halb vier.
Im Bett setzte sie sich auf, versuchte zu beten, wurde ruhig, löschte das Licht.

6

Karla erwachte von Musik. Pachelbels Kanon! Durch die grauen Vorhänge drang Sonnenlicht.
Wie lange hatte sie geschlafen? Es war 9 Uhr.
Draußen klapperte Geschirr. Sie merkte, daß ihre Zimmertüre offen stand.
Hallo, Charly, du Langschläfer, raus mit dir, der Kaffee ist fertig!
Bill war schon angezogen, in Amerika-Tracht: Jeans und T-

Shirt. Barfuß schlurfte er über den Boden, holte Bestecke aus dem Kasten, stellte alles auf den Tisch.
Da, setz dich.
Aber ich muß mich doch erst anziehen.
Nein, mußt du nicht. Das kannst du später machen. Du weißt ja, Kaffee schmeckt frisch am besten. Und warme Croissants hab ich auch geholt heute früh.
Ja, warst du denn ...? Karla hielt inne. Nein, das war indiskret. Schließlich, Wilhelm saß wohlbehalten vor ihr, war gut gelaunt, hatte ein duftendes Frühstück für sie gemacht.
Karla setzte sich in ihrem Schlafanzug an den Tisch, und Bill brachte zwei Spiegeleier; dazu gab es Salami, das frische Baguette und Kaffee. Auf die Croissants strichen sie noch Butter und Himbeermarmelade.
Bill schmatzte laut. Beinahe hätte er sich verschluckt. Keiner redete. Hin und wieder stand er auf, lief flink in der Küche hin und her, bediente Karla mit seiner selbstgemachten Marmelade.
Ich habe einen kleinen Garten gemietet, nicht weit von hier, ganz nahe bei der Bibliothek. Meine Beeren und Tomaten sind berühmt, jedenfalls bei meinen Freundinnen. Frauen mögen häusliche Männer, besonders dann, wenn sie auch andere Qualitäten haben, du verstehst.
Karla verstand. Jetzt sprach er schon in der Mehrzahl. Du meinst deine Freundin Gloria?
Ja, die auch. Aber nicht nur. Ich bin ja gottseidank nicht mehr verheiratet.
War es so schlimm?
Am schlimmsten, daß ich es erst hinterher gemerkt habe. Diese Einschränkung auf eine Person, diese Unfreiheit, die bis in die Einzelheiten geht. Sogar mit dem Essen sollst du ständig warten. Und so ist es mit den meisten Dingen. Schließlich vergeht einem nur noch der Appetit. Ja, am schlimmsten ist die Langeweile, die Gewohnheiten, das nur allzu Bekannte. Seelische Verkalkung, und körperliche sowieso. Ich habe mir ein System zur Vermeidung von Gewohnheiten ausgedacht, z.B. mit meiner Zahnbürste, und auch mit dem Schlafplatz. Jeden Tag verändere ich den Platz der Bürste im Bad, und jeden Tag das Kopfkissen. Einen Tag nach Norden, den andern nach Süden. Die Überraschung am Morgen ist gut für den Kreislauf.- Ich mach dir gleich noch mehr Kaffee!

Bill stellte Wasser auf den Gasherd, nahm eine italienische Filterkanne winzigen Ausmaßes und kippte einen Eßlöffel Kaffee ins Glas. Dann goß er mit kochendem Wasser auf.
Jetzt habe ich mehr Kaffee genommen, da wird es schmecken wie zu Hause. Ich hab schon gemerkt, daß er dir zu schwach war. Aber er ist natürlich gesünder. Das solltest du dir auch angewöhnen, jetzt, wo du älter wirst.
Danke, Doktor, für den guten Tip.
Karla sah ihm zu, wie er auf dem Küchenbuffet werkelte, dabei das Wasser beobachtete und sich mit ihr unterhielt.
Wo hast du eigentlich kochen gelernt?
So allmählich. Früher konnte ich überhaupt nichts, ich wußte nicht einmal, wie man Kaffee kocht, ich dachte, der müßte kochen.
Bill brachte einen braunen Schaum zustande.
Ich bewundere dich, sagte Karla. Du hast wirklich viel dazugelernt. Wenn ich da an Onkel Erich denke ...
Das vermeide ich nach Tunlichkeit. Es war schlimm genug, davon will ich nichts mehr hören.
Kann ich verstehen, meinte Karla. Sie dachte an Wilhelms Vater, der bei der geringsten Unvollkommenheit in maßlose Wut geraten konnte. Wo, Herrgottnochmal, steht das Salz? Habt ihr keine Augen im Kopf? Der Löffel gehört auf die Untertasse, nicht daneben!
Hast du schon gepackt? fragte Bill in Karlas Gedanken hinein.
Ich habe gar nicht erst ausgepackt.
Du trinkst jetzt in Ruhe deinen Kaffee, ich bringe noch einige Sachen in Ordnung, und dann fahren wir. O.K.? Übrigens, ich habe dein Kostüm aus der Garderobe weggehängt, es war zu sehr verdrückt. Willst du es mitnehmen? Ich würde sagen, nimm es mit. Es hängt in meinem Zimmer im Wandschrank.
Karla schwieg, tauchte das letzte Croissant in den Kaffee und aß. Ihr Gewissen arbeitete. War sie unehrlich, weil sie nicht sagte, was sie wußte? Sie kam zu dem Schluß, daß es für beide besser war, wenn sie ihr Wissen für sich behielt. Schließlich hatte auch Bill nichts gesagt.

Draußen schlug Bill den Kofferraum des kleinen Fiesta hoch, hob einen Karton hinein und einen Rucksack.
Jetzt muß ich noch einer Nachbarin Bescheid geben. Sie hat ein

Auge auf mein Haus. Ich bringe ihr die Schlüssel. Karla sah vom Küchenfenster aus, wie er läutete, eine schwarzhaarige Frau öffnete, wie sich beide um den Hals fielen und küßten. Sie scherzten miteinander, und Bill drückte ihr die Hausschlüssel in die Hand.
Eine nette Nachbarin?
Ja, wunderbar. Sie wohnt schon genau so lange hier wie ich, 11 Jahre. Wir waren mal, wir hatten mal... na ja...
Seit kurzem ist sie wieder verheiratet. Ihr Mann arbeitet in der Bibliothek, er kann dir jede Menge Bücher besorgen. Also, wenn du mal was brauchst, dann sag es ihm.
Ja, danke. Ich suche seit langem nach einer bestimmten Descartes-Biographie.
Ich glaube nicht, daß er dir da helfen kann. Er arbeitet in einer städtischen Bücherei. Für so ein Buch müßtest du in die Uni-Bibliothek. Er hat übrigends jede Menge Videos, CDs und Kassetten, ich leihe mir jede Woche die neuesten aus. Bei den Parties steuere ich dann meinen Teil zur Unterhaltung bei.
Sie gingen zum Auto.
Du meinst, ihr schaut euch Filme an, wenn ihr euch einladet?
Ja, natürlich. Sonst wäre es auch zu langweilig. Man weiß ja schon nach dem ersten Treffen, wovon einer am liebsten und am meisten redet. Nein, das interessiert keinen. Mich wundert, daß du dich immer noch mit den alten Knackern beschäftigst. Immer noch Descartes! Kaum zu glauben. Für mich sind das Fossilien, man bewundert sie in den Vitrinen, aber wozu sie wiederbeleben? Sie kommen aus einer anderen Welt, und wir haben nichts mehr mit ihren verqueren Spekulationen zu tun. Latein und Philosophie, das liegt bei mir auf gleicher Ebene, ist nur Ballast, mit dem wir früher gehindert wurden, eigene Erfahrungen zu machen und eigene Gedanken zu entwickeln. Das ist Gottseidank vorbei.
Bei uns ist das keineswegs vorbei, und ich finde es gut so.
Sag bloß, bei euch gibt's immer noch Latein und Griechisch in den Gymnasien?
Ja, so ist es. Und ich habe manchmal auch Latein unterrichtet, in der Unterstufe, wenn wir mal keinen Lehrer dafür auftreiben konnten.
Nein, daß es das noch gibt!
Karla kam sich alt vor, schlimmer noch, altmodisch, eben fos-

silienhaft. Sie stellte sich vor, wie Wilhelm sie sah: immer in den gleichen Denkbahnen, von Aristoteles über Thomas zu Descartes, während die wahren Menschen des Zeitalters auf dem Mond landeten, Atombomben konstruierten und Lebewesen züchten konnten.
Ja, sagte Bill, ich hätte mich daran erinnern sollen. Margo hat mir vor Jahren davon erzählt, als sie ein paar Wochen mit Uschi in der Schule war. Sie kam wieder und breitete die Arme aus. Amerika! Sie hatte vorher unsere Freiheit gar nicht bemerkt. Aber als sie aus München wieder heimkam, da mußte sie erst kräftig durchatmen, den ganzen Mief ausatmen. Alles fand sie eng, die Straßen, die Pausenhalle, aber vor allem die engen Familienbande, das ununterbrochene Zusammenhocken mit Großtanten, mit uralten Freunden von Oma und Opa, die Feiertage mit Braten und Sahnetorten zum Nachmittagskaffee. Sie fühlte sich dauernd kontrolliert, bis ins Pausenbrot hinein. Damals prägte sie das Wort von der Fertighausfreiheit in Deutschland.
Wie?
Du hast nur ein paar Standardfertigteile von Freiheit, und aus denen mußt du dein Leben zusammenbasteln. Was anderes ist ganz einfach nicht auf dem Markt. Margo meinte, ein Jahr Gymnasium in Deutschland, und sie hätte keine Freunde mehr, keine Freizeit. Sie fand, Uschi mußte pausenlos lernen und für jede Minute Freiheit ein schlechtes Gewissen haben. Hier ist es umgekehrt. Die jungen Leute haben so viel Freiheit, daß sie ein bißchen Lernen schon als Verletzung ihrer Persönlichkeit empfinden. Aber später, das mußt du zugeben, gleicht sich das irgendwie aus. Unsere Studenten sind auch nicht dümmer als eure, und unsere Wissenschaft steht sicher nicht schlechter da als eure.
Unser Internatsleben hätte Margo sicher noch mehr geschockt als die Zeit am Gymnasium in München. Klostererziehung hat sich nie vor Härte gescheut. Das verstehen wir unter Vorbereitung auf das Leben.
Ich denke, das Leben ist hart genug. Laß die Kinder die Kindheit, die Teens ihre Jugend genießen!
Wir im Kloster gehen davon aus, daß die Askese eine bessere Lebensvorbereitung ist...
...und gleichzeitig Hoffnung und Lebenslust zerstört.

Karla antwortete nicht gleich. Wir im Kloster - hatte sie gesagt. Das war mehr als ihre Solidarität als Lehrerin. Sie fühlte jetzt, wie sehr sie sich mit den Erziehungszielen des Klosters identifizierte und erstaunte über sich. Im Kollegium war sie dafür bekannt, daß sie gegen die Schulbeichte und den verpflichtenden Gottesdienstbesuch gestimmt hatte. Und gerade diese zwei unterschiedlichen Reaktionen machten ihr bewußt, wie sehr sie mit dem Klosterleben verbunden war.
Ja, sagte sie langsam, von dieser Seite kann man es natürlich auch sehen. Wir legen zu viel Gewicht auf die Zukunft, das stimmt, auf das Leben , das immer erst nach der Schulzeit zu beginnen scheint, und dann, das versteht sich, auf das ewige Leben. Die Schulzeit stimmt ein auf die ständige Vorbereitung, als die wir das Leben insgesamt sehen. Vielleicht haben wir nicht so viel Talent zur Gegenwart wie ihr hier, und deswegen konzentrieren wir uns auf das zukünftige Leben.
Sie fuhren längst auf Straßen, deren Namen zu den exotischen Gewächsen vor den Häusern paßten, Paradise Drive, Potrero Avenue, Coyote Drive.
Schön hier! Was für eine Vegetation.
Wart's ab, sagte Bill, es kommt noch besser.
Karla lehnte sich zurück und versuchte, die Beine auszustrekken.
Greif nach rechts an den Drehknopf, damit kannst du den Sitz nach hinten stellen.
Karlas Hand ging auf die Suche nach dem Knopf, wurde aber nicht fündig.
Es ist egal, nein, laß doch, es ist nicht schlimm.
Nein, sagte Bill bestimmt, wir fahren an den nächsten Parkplatz. Ich wollte ohnehin Kaffee machen. Wir kommen gleich an die Einser, und hinter Santa Cruz beginnt die Schokoladenseite unserer Reise.
Bist du noch immer wild auf Schokolade und Süßes wie früher?
Bill holte aus dem Handschuhfach eine von den dunkelroten Hershey's mit dem plastischen Silberaufdruck heraus und hielt sie Karla hin. Den Weißt-du-noch-Geschmack auf der Zunge, dachte sie an das von Amerikanern besetzte Hotel Passauer Wolf in der Bahnhofstraße, in dessen Hinterhofkammern Karla mit ihrer Mutter Unterschlupf gefunden hatte, an die Abfallei-

mer der amerikanischen Köche, wo sich die Dosen mit Eiscremeresten und Schokoladensoße stapelten, und an die strikten Verbote der Erwachsenen, in den Abfällen zu wühlen. Einmal hatten sie eine noch halbvolle Dose mit flüssiger Hershey-Schokolade gefunden und miteinander ausgeleckt, in einem verschlossenen Kellerabteil jenes Hotels, wo sie sich ein kleines Vorratslager mit Kippen, Kaugummis und Dosen angelegt hatten. Wilhelm und Hilde, die mit dem anderen Teil der Sippe im Lokschuppen der Bundesbahnoma hausten, genossen damals eine Freiheit, die im gleichen Maße mit der Normalität des Lebens wieder abnahm. Eltern und Großeltern waren ständig beschäftigt, auf Hamstertouren Äpfel oder Nüsse oder Krautköpfe zu organisieren; für eine Beaufsichtigung der Kinder blieb keine Zeit mehr. Und die Kinder hatten ein System der wechselseitigen Verantwortung erfunden, bei dem sie, je nachdem wer fragte, sagen konnten, wir waren bei der Oma, oder: wir waren bei Karla und Tante Emmi, und sicher waren, daß niemand sich die Zeit nahm, groß nachzuforschen.
Nur an Sonntagen unternahmen Kinder und Erwachsene zusammen Ausflüge.
Sie gingen dann in der alten Formation , die Vogelflugfamilie aus der Nachkriegszeit, die am Sonntag nach Hauzenberg fuhr oder nach Haibach spazierte, immer Onkel Erich voran, mit Stock, den er auf bemerkenswerte Blumen oder Gebäude richtete. Hinter ihm die zwei Frauen, und, mit Abstand, die drei Kinder. Wenn man einkehrte, durfte ein Kracherl bestellt werden und ein Butterbrot. Die Erwachsenen tranken Kaffee, und wenn sie in Österreich waren, bestellte Erich jovial ein Kaffeetscherl, worüber die Kellnerin zu lachen hatte. Damals schon übte Karla an der Gegenwartsverschiebung. Sie versuchte, die kostbare Sonntagszeit anzuhalten, auf Seite 100 bei Karl May, den sie heimlich las, immer die Lateingrammatik mit einer Seite im Anschlag. Aufhören zu lesen, weil man in die Kirche mußte, zum Mittagessen, zum Ausflug, das hieß, für kurze Zeit aufhören zu leben, die Luft anzuhalten wie beim Tauchen, so tun, als überfliege man die Pflichtzeit. Später konnte sie sich an fast nichts mehr erinnern, wenn Mutter von den Familienspaziergängen erzählte. Weißt du noch, als wir damals im Juni auf dem Dreisessel waren und Wilhelm in den Ameisenhaufen fiel? Sie wußte nichts mehr. Und wenn sie mit

den Schulklassen zu den traditionellen Zielen an den Wandertagen fuhr, kam ihr alles unbekannt vor. Sie hatte es nicht wahrnehmen wollen. Sie war lieber bei Winnetou geblieben, oder bei Nesthäkchen, oder bei Elke, dem Schlingel. Da hatte sie die Fähigkeit erworben, die Gegenwart gering zu achten. Am Abend raffte sie die Stunden zusammen, bündelte sie, warf sie zum Abfall. Dann konnte das eigentliche Leben, das sie hatte unterbrechen müssen, wieder dort weitergehen, wo sie es verlassen hatte. Die hundert Jahre, die der Koch innehielt, mitten in der Ohrfeige. Nur die Hecke wuchs, ihre Dornröschenhecke, an der sich ihr wahres Alter maß.
Karla brach sich ein Stück Vollmilchschokolade ab, ließ es im Mund zergehen, schloß die Augen. Aber es war mehlig süß, wurde zu einem Kloß und schmeckte nicht. Sie mochte lieber Bitterschokolade.
Wie oft ihr der Vater einfiel, seit sie hier war! Wilhelm ist ganz Karl nachgeschlagen, hatte es früher geheißen. Damit meinten sie Körperbau, Haarfarbe, Augenstellung. Die Familienkennzeichen: die leptosome Gestalt, der dichte blonde Pelz, die buschigen Brauen, die sich in der Mitte berührten. Auf dem Photo erkannte Karla diese Merkmale vage wieder, aber sie wäre nie auf den Gedanken gekommen, Wilhelm damit zu vergleichen. Zu sehr war die alte Photographie entrückt, hatte mit ihrer Wirklichkeit nichts mehr zu tun. Das Beste wurde immer von Vater geredet, eine Tonlage milder als der normale Umgangston. Wie sollte sie dieses vollkommene Bild mit anderen, sterblichen Menschen vergleichen? Etwa mit Onkel Erich, dem Zwillingsbruder von Vater, Wilhelms Vater?
Der war von einer dröhnenden Gegenwart, Solobaß im Kirchenchor, Lehrer, Oberlehrer und Schulrat schließlich, einsachtzig groß und zentnerschwer, ein Koloß, dem nicht widersprochen wurde. Seit Karla sich erinnern konnte, gab es Zwist, Handgreiflichkeiten und tägliche Streitereien im Hause von Onkel Erich und Tante Luise. Tantchens Griff ans Herz bei den Attacken gegen ihren Sohn: Laß doch den Jungen in Frieden. Er lernt doch so gut.
Als wenn das alles wäre. Körperlich ist er eine Niete. Treibt keinen Sport, in Turnen ausgerechnet den einzigen Dreier. Eine Schande, wie du ihn verzärtelt hast. Aber ich kann mich nicht um alles kümmern. Sieh wenigstens zu, daß deine Tochter

nicht den ganzen Tag faul herumlümmelt. Am Sonntag soll sie kochen, darauf bestehe ich. Wäre doch gelacht, wenn sie nicht mal das bißchen Braten zuwege brächte.
Onkel Erich war so vollkommen, daß ihm keiner gewachsen war. Von ferne durfte man ihn bewundern, ihn um Hilfe bitten, um Rat fragen. Wenn er selbstlos helfen konnte, dann wurde er noch größer. Sein Bauch über dem grauen Westchen dehnte sich, seine Schultern (goldenes Sportabzeichen, Ostfront, Westfront, Kriegsgefangenschaft) hoben sich unter den Polstern der Anzugjacke. Er nahm dann ein gebügeltes, blütenweißes Taschentuch und wischte sich über die glänzende Stirn, huldvoll lächelnd. Ich bitte dich, ist doch selbstverständlich.
Mutter hatte in ihm eine gewisse Stütze. Andere Frauen begannen ihre Sätze mit "mein Mann", und Mutter sagte: Erich meint aber,...daß du nicht aufs Humanistische solltest, ...daß du lieber Klavier statt Cello lernen solltest, ...daß du dich endlich für den Haushalt interessieren solltest, ...daß wir einen Untermieter aufnehmen sollten, ...daß es keinen Sinn hat, wenn du nach Amerika gehst, weil sie dort kein gutes Englisch sprechen.
Onkel Erich meinte, und er meinte es immer gut.
Einmal hatte sie ihm widersprochen, an Weihnachten, als er Wilhelm vor der erweiterten Familie eine runterhaute, weil seine Brille auf dem Steinboden zersplittert war. Sie hatten vorher alle drei rumgebalgt, und dabei war das Unglück passiert.
Wilhelm kann ja nichts dafür, hatte Karla empört geschrien, wir sind alle gleich schuld. Du bist ungerecht.
Ein unvergeßliches Weihnachtsfest, als Mutter weinend mit dem verstockten Kind an der Hand durch den Heiligen Abend stapfte, heimwärts in die ungeheizte Wohnung, weil man wie jedes Jahr über die Feiertage in Onkel Erichs Reihenhaus am Stadtrand übernachten sollte. Die Nächte, wo sie mit ihrer Cousine Hilde im gleichen Bett schlief, Wilhelm und der Großmutter Streiche spielend, das war an jedem Fest das Schönste.
Du Rotznase, willst mir erzählen, was gerecht ist, das fehlte noch. Da seht ihr die Früchte der Weibererziehung! Die Göre kennt keine strenge Hand, kennt ihre Grenzen nicht!
Erich, tu mir das nicht an, nicht heute, hatte Mutter mit aufge-

rissenen Augen gebettelt.
Sofort bittest du Onkel Erich um Verzeihung, knie dich hin und leiste Abbitte! Sonst verdirbst du allen das Fest!
Großmutter schaute zu Boden, Wilhelm biß sich auf die Lippen, bis er keine mehr hatte, Tante Luise hielt die erstarrte Hilde an den Händen und flüsterte Beschwichtigungen, die zwei unverheirateten Tanten, Luises Schwestern, auch Lehrerinnen, waren diskret aus dem Weihnachtszimmer gegangen; wahrscheinlich saßen sie in ihrem Kellerverschlag mit Marmeladegläserdekoration, das zwei Feldbetten in ein Gästezimmer verwandeln sollten, und bereuten, überhaupt gekommen zu sein. Sie lebten schon seit 20 Jahren zusammen, in Dingolfing, und sahen sich zum Verwechseln ähnlich, obwohl sie keine Zwillingsschwestern waren, während Vaters Bild und Erichs Körper sich immer mehr voneinander entfernten.
Karla war an jenem denkwürdigen 24. Dezember nicht niedergekniet, hatte nicht um Verzeihung gebeten, war nicht vor dem Allmächtigen zu Kreuze gekrochen.
An der Hand der zitternden Mutter war die damals Zwölfjährige in den kalten Schneewinterabend getreten, hatte die zwei Ohrfeigen der völlig aufgelösten Mutter mehr überrascht als schmerzhaft empfunden, war weinend über die Kränkung und den unerbittlichen Ausgang des Weihnachtsabends mit der immer mehr versteinerten Mutter die 20 Minuten in ihre Wohnung gestolpert, die Mutter immer einen Schritt vor ihr, wimmernd zuerst, verstummt am Ende, war nach ihr in den Gang gehuscht, am winzigen Bäumchen vorbei, das die Mutter am Nachmittag noch geschmückt hatte, ohne Umwege in ihre Kammer. Die Mutter hatte nur die Tür aufgemacht, sie hineingeschoben und die Tür wieder geschlossen.
Dann war Weihnachten vorbei.
Bervor Karla sich auszog, bitter weinend vor Enttäuschung und über die Verschwörung der Erwachsenen, wollte sie noch zu ihrer Mutter gehen, getreu dem Grundsatz, nie im Bösen einzuschlafen. Mutti, bitte, versteh mich doch, wollte sie anfangen, aber das rote Gesicht ihrer Mutter blieb ohne Reaktion. Sie schob sie mit Gewalt in ihr Zimmer. Diesmal sperrte sie zu.
Keiner wußte damals, daß dies die letzte gemeinsame Weihnachtsfeier hätte werden sollen. Im Sommer darauf, zum neuen Schuljahr, zogen Onkel und Tante mit Wilhelm, Hildegard und

der Großmutter nach Landshut, wo Erich seinen Schulratsposten antrat.
Beide Familien hatten kein Telephon, und ein Auto hatten ohnehin nur die Geschäftsleute, nicht aber Kriegerwitwen und Volksschullehrer. Karla schrieb Briefe. Es gingen witzig-ironische Schulbeschreibungen hin und her, von den Gemeinheiten der Alten wurde berichtet, von der Krankheit der Großmutter. Anfangs wurden noch Schulnoten verglichen, aber in höheren Klassen vermieden sie dieses Thema. In den Ferien kamen Hilde und Wilhelm für Tage oder Wochen, dann gingen sie schwimmen in der Ilz, weit hinten in der Stromlänge, wo ein Flüchtlingsehepaar eine Wiese gepachtet hatte und daraus eine billige Badeanstalt machte, mit Gratisschwimmunterricht. Dort blieben sie, wenn es nicht kalt war und regnete, von früh bis zum Schließen der Anstalt, bissen große Stücke von den Wochenmarktgurken ab und verzehrten Margarinebrote dazu.
Wilhelm war inzwischen seinem Vater über den Kopf gewachsen, man nannte das damals aufgeschossen. Er interessierte sich für Theologie und die Augustiner Chorherren, weswegen Onkel Erich ihn verächtlich Mönch nannte. Wilhelm und Hilde verbrachten viel Zeit außer Haus, Wilhelm in der Amerikabücherei, die später Europabücherei hieß, und die er, wie Tante Luise meinte, schon mindestens dreimal ausgelesen hatte, und Hilde in der Jungschar, wo sie Führerin wurde und sogar auf Schulungswochen fuhr. Sie wollte natürlich Lehrerin werden.
Wilhelm, immer drei Jahre voraus, fuhr in den Ferien nach dem Abitur in ein Kloster nach Südfrankreich, durch die Vermittlung seines Religionslehrers, offiziell, um die Sprache zu lernen. Er schrieb zwei Karten auf französisch an Karla, eine mit einem romanischen Kreuzgang, eine mit einer Schafweide. Aus dem Sprachaufenthalt wurden dann zwei Semester, die er in Lyon blieb. Er hatte sich für Theologie und Philosophie eingeschrieben. Anschließend studierte er in Paris Englische Philologie und Geschichte.
Als er zurückkam, besuchte er Karla, die gerade in einem Rechtsanwaltsbüro aushilfsweise tippte und bei Tante Wally in der Implerstraße wohnte. Das war vor ihrem ersten Semester in München. Am Abend suchte sie ein Zimmer in Schwabing; denn bei der alten Tante wollte sie keinesfalls wohnen bleiben, das ähnelte zu sehr dem Leben bei Mutter. Sie schlief neben

Tante Wally im verwitweten Ehebett, mußte um zehn Uhr das Licht löschen, durfte im Bett nicht lesen, mußte eifrig erzählen, was sich im Büro am Marienplatz so alles tat und durfte einmal pro Woche Tantchen ins Kino einladen, wo die Trappfamilie sang.
Karla ist ja so nett! Sie könnte während des ganzen Studiums bei mir wohnen!
Karla mußte viel reden, daß Schwabing eben doch uninah sei, sie zwischen den Vorlesungen heimgehen wolle zum Lernen, daß die Straßenbahn auf Dauer zu teuer würde, daß es vielleicht noch mit einem Studentenheim klappen könnte. Es klappte nicht. So ging sie nach 17 Uhr auf Zimmersuche.
In dieser Zeit besuchte Wilhelm sie eines Montagabends bei Tante Wally.
Nein sowas, der Weltreisende aus Frankreich! Wirst jetzt also Pfarrer?
Wer sagt denn das?
Alle!
So ein Unsinn!
Nein, Unsinn sei es eigentlich auch wieder nicht. Er habe es vorgehabt, die ersten beiden Semester. Jetzt studiere er Englisch, im dritten Semester. Und er hoffe, in der katholischen Wohngemeinschaft in der Veterinärstraße unterzukommen.
Und du, Bäsle?
Sie erzählte von ihren Studienplänen, von der Wohnungssuche, von der Mutter daheim, die eigentlich nicht wollte, daß sie überhaupt studierte. Nur, wenn du jedes Wochenende heimfährst! Und brav setzte sie sich am Freitagabend in den Zug, Gleis 26, Passau über Landshut und Plattling, und Sonntagnachmittag fuhr sie wieder zum Studium in die Landeshauptstadt.
Da hast du ja überhaupt keine Zeit, mal in München was zu unternehmen, in die Berge zu fahren, in der Studentengemeinde mitzuarbeiten!
Das ist beabsichtigt, nehme ich an, sagte Karla trocken.
Du akzeptierst das?
Was bleibt mir anderes übrig?
Na, hör mal, du mußt dir dein Recht erkämpfen!
Aber ich hab so und so kein Geld.
Du verdienst doch gerade was.

Das reicht aber nicht.
Und Stipendium?
Seit wir das Haus geerbt haben von Opa, in der Rosenau, kann ich's vergessen. Mutter vermietet die obere Etage, das ist mein Geld für die Miete hier. Den Rest verdiene ich mir.
Morgen helfe ich dir beim Zimmersuchen. Ich fahre erst nächste Woche heim. Tante Wally, ich kann doch im Wohnzimmer schlafen? Keine Bettwäsche, ich hab meinen Schlafsack dabei.
Tante Wally war glücklich. Sie hatte wieder zwei Kinder, nachdem ihre eigenen seit Jahren verheiratet waren und nur noch an Feiertagen die ganze Familie zusammenkam.
Wilhelm und Karla gingen für sie einkaufen, putzten das Bad, staubsaugten das Wohnzimmer und führten sie ins Kino aus.
Jeden Tag holte Wilhelm Karla pünktlich um 17.00 Uhr am Marienplatz ab, dann besichtigten sie die Zimmer, die er im Laufe des Tages ausfindig gemacht hatte. Schon nach zwei Tagen hatten sie eins in der Ainmillerstraße gefunden, Traumlage, 5.Stock, Ofenheizung, Familie mit 4 Kindern, die sich in 3 Zimmern zusammenquetschte, um der Miete willen. Das ganze Zimmer war so groß wie daheim das Badezimmer. Ein Bett, ein winziges Tischchen, ein wackeliger Schrank. Die Vermieterin ging putzen, der Mann hatte Nachtdienst, die Kinder schrien, weil sie am Vormittag mit dem schlafenden Vater eingesperrt waren.
Karla riß in die Bibliothek aus, wo sie nicht heizen mußte, wo Wilhelm jeden Morgen am gleichen Tisch saß, in den gleichen Nachschlagewerken blätterte. Beide gingen nur in die nötigsten Vorlesungen, später nur noch in die Seminare. Gemeinsam pilgerten sie zu Guardini, später zu Rahner.
In der Rechtsanwaltskanzlei neckten sie Karla: Da steht der Herr Verlobte wieder, wohin geht's denn heute zum Lunch? Zu Dallmayr um die Ecke? Oder gar in den Bayerischen Hof?
Die Kollegen im Büro blieben ihr fremd in den vier Wochen der Ferienarbeit. Da wurden schon um 10 Uhr früh die Sektflaschen entkorkt, die beiden aufgetakelten Sekretärinnen setzten sich den Kunden auf den Schoß, mitten im Büro. Karla mußte wegsehen.
Sie tippte ihre Bögen, ging punkt zwölf in eine der Würstchenbuden am Viktualienmarkt oder kaufte sich einen Apfel oder eine Banane und setzte sich auf eine Bank vor dem Rathaus,

wenn das Wetter trocken war.
In der ersten Woche nach Wilhelms Ankunft war das Wetter immer gut. Blauer Himmel überm Englischen Garten! Die goldenen Theatinertürme!
Wilhelm versteckte sich manchmal hinter einem Hauseingang, wenn sie aus der Kanzlei kam, vorsichtig nach ihm suchte und sich dann allein in Richtung Viktualienmarkt bewegte. Dann kam er von hinten, hielt ihr die Hände vor die Augen und umarmte sie. Es war wie zu Kinderzeiten im Passauer Lokschuppen, wenn sie an dem kleinen Abhang Blindekuh spielten oder Fangerle oder Schneider, Schneider, leih' ma d'Schaar.
Und doch war es ganz anders.
In Erwartung dieses Gefühls seiner Hände auf ihren Augen blieb sie manchmal schon im Treppenhaus stehen.
Bin ich dir lästig? fragte er am ersten Tag, als er mittags gegenüber wartete.
Wie kommst du auf so eine Idee?
Könnte ja sein, daß du dich schon mit jemand anderem triffst.
Nein. Es ist das Schönste am ganzen Tag.
Er sah zu Boden.
Ich hab für dich im Studentenwerk nach einem neuen Semesterjob gesucht.
Wirklich? Du bist lieb.
Ich hab dich auch lieb.
Das war an der Ecke Marienplatz-Viktualienmarkt, 12 Uhr 15.
Sie tat so, als hätte sie nichts gehört. Touristenlärm, Autohupen, Straßenbahngeklingel.
Er hatte ihre Hand gefaßt und sie bis zum Würstchenstand nicht mehr losgelassen. Sie waren beide verstummt, und die Autos und die Menschenmenge fuhren und liefen um sie herum, machten ihnen Platz, weil sie ohnehin nicht zu ihnen hin reichten.
Das war der Tag der großen Veränderung.
Als er sie abends wieder abholte, hatte er einen Margeritenstrauß in der Hand.
Ich lade dich zum Abendessen ein.
Sie saßen im "Fontana die Trevi" einander gegenüber, und Wilhelm strahlte sie an.
Ich will nochmal anfangen. Also.
Nein, sag nichts.

Karla fühlte sich fast krank, alles in ihr vibrierte. Mein Cousin. Ach, sieht er lieb aus. Er streichelte ihre Hand.
Bitte hör mir zu. Ich habe versucht, gegen das Gefühl mit Logik anzugehen. In den letzten Jahren, als ich Klarheit gewinnen wollte, ob ich Priester werden soll, da ist seltsamerweise immer das Bild von dir dazwischengeraten. Das klingt verrückt. Ich hatte das Photo vom letzten Osterfest dabei, wo wir alle draußen vor Forsythiensträuchern stehen, du ganz vorn in dem Samtkleid mit dem weißen Krägelchen. Immer, wenn ich um Erleuchtung betete, kam mir dein Bild in den Sinn und schob sich vor meine Konzentration. Und ich bin deswegen zuerst nach München gekommen, weil ich von Mutter wußte, daß du bei Tante Wally wohnst. Ich wollte einfach wissen, was es mit dieser Vorstellung auf sich hat.
Und, weißt du es?
Ja, ich denke schon.
Karla nippte am Weinglas. Ein eisiger Frascati.
Als er sie heimbegleitet hatte nach diesem Abendessen, küßte er sie auf den Mund.
Sie konnte die ganze Nacht nicht schlafen.
Aber am nächsten Tag, in der katholischen Studentengemeinde, als Guardini über die liturgische Erneuerung sprach, saßen sie schweigend nebeneinander, gingen mit der Quickborngruppe in den Hahnhof, diskutierten weiter und gingen getrennt mit Freunden heim.
Das war 14 Tage, bevor Wilhelms Amerikastipendium genehmigt wurde.

Sie gingen schon lange nicht mehr miteinander. Ins Konzert. Auf Urlaub. Wandern. So nannte man das damals. Heute sagten sie schlafen. Was stimmt eher?
Sie hatten nie miteinander geschlafen. Heute durfte man das gar nicht mehr laut sagen. Anna beispielsweise würde sich nur an die Stirn tippen. Du warst also damals schon so blöd.
Sie waren beide so blöd gewesen. Oder so klug. Wer wollte das heute so genau beurteilen. Ein ehemaliger Theologiestudent! Und Mutter! Und die Familie!
Der Regen schnürte ihr die Kehle zu. Tränenströme, Orgelmusik, alle Symphonien in rascher Reihenfolge. Sie saß in ihrem Kirchenkonzert, in ihrer Küche, den leeren Platz vor sich, wo

sie bis vor kurzem noch Mutter gefüttert hatte, deren blaue Augen von weither kamen, aus der Kindheit am Rosenberg, aus der Kindheit der Angst und der Kränkungen. Manchmal hatte sie Karla gestreichelt. Diese zögernden Finger noch einmal auf den Haaren spüren! A motherless child.
Sie mußte sich ihr Alter in Erinnerung rufen, zu sich sprechen: Es ist zwecklos. Ich bin definitiv allein. Ohne Anhang, hieß es in Heiratsanzeigen, kinderlos. Wenn die andern ihre Photos herauszogen, schaute sie weg. Sie schaute weg von den Orten, wo sich das Leben abspielte, von Spazierwegen, Opernfoyers, Kindergärten. Sie schaute schräg am Leben vorbei. Und sie hoffte, das Leben würde sie übersehen. Sie hatte Unterschlupf gefunden vor der Welt in der Klosterschule, in ihrem abbezahlten Haus, im dicht umwachsenen Garten. Am liebsten würde sie schrumpfen, Fühler einziehen, Tarnkappe aufsetzen.
Aber sie pilgerte täglich in die Schule, erhob ihre Stimme, ermahnte, ermutigte, wozu? Das Leben zu meistern, natürlich. Wie konnte sie das nur vergessen. Sie unterrichtete Mädchen, die immer noch keine Lebenspläne machten. Sie spielten mit den Berufen herum, probierten Männer aus, heirateten, erzogen mißmutige Kinder, lächelten die wechselnden Photographen an.

7

Im Nebel waren sie aufgebrochen. Dunst lag auf der 101er, Richtung L.A., eine Lichterreihe von entgegenkommenden Autos, die nordwärts fuhren. Hinter San José links der olivfarbene Hügel. Coyotenhügel, erklärte Bill, dicht dahinter die Stadt gleichen Namens.
Sie fuhren schweigend. Karla suchte nach dem Licht hinter dem Nebel. Ein Streifen. Davor die Bäume. Als Bildbeschreibung setzten Bills Lobpreisungen des gelobten Landes ein, wo man am gleichen Tag im Meer baden und in den Bergen schifahren konnte. Lebensqualität! Dazwischen mußten die letzten

Börsenberichte abgehört werden, der Dollarkurs. Als Kontrapunkt dazu die Versicherungen, wie wunderbar es sei, endlich frei zu sein. Frei von geregelter Arbeit. Seit zehn Jahren schon! Keine Verpflichtungen mehr, auch keine familiären. Alles geregelt.
Karla versuchte sich in dieses Leben hineinzufühlen. Computerrechnungen jeden Morgen, Telefonate über Zahlen und Kurse, die Triumphe bei schnellen Gewinnen. Draußen zogen die Pinnacles, Garlic World und Obststände vorbei. Beautiful, das ist das Wort! Karla sprach es vorsichtig nach.
Dann sieh erst mal den Pazifik. Du findest einfach keine Worte mehr.
Bill versank zur Demonstration wieder in Schweigen, und Karla hatte Zeit, ihr Tagebuch herauszuziehen. Was war gestern gewesen, für wen wollte sie noch beten? Zuerst fielen ihr die Nachbarn aus dem Flugzeug ein, die Stewardess, und erst ganz am Schluß ihr Vetter. Wieso stand er nicht an erster Stelle, wieso berührte er sie so wenig? Sie sah ihn von der Seite an. Irgendwo steckte das liebe Kindergesicht, die sanften blauen Augen von früher.
Bill mußte den Blick gespürt haben. Betest du für mich?
Karla erschrak. Sie hatte ihn unterschätzt.
Ja, ich möchte gerne, sagte sie.
Ich brauch's nicht, but anyway...
Crazy Horse Raod hieß die nächste Abfahrt.
Bill erzählte von seiner Parisreise, seinen Eindrücken im Crazy Horse. Nein, das gibt's nicht, du warst noch nie in einem Nachtclub, noch nie im Moulin Rouge! Aber du bist doch Französischlehrerin.
Ich gebe zu, meine Bildung ist mangelhaft.
Karla wollte witzig sein, aber Bill nahm ihre Äußerung ernst.
Warte nur bis zum Sommer, dann zeige ich dir Paris!
Sie mußte lächeln. Bei Schulfahrten war sie jahrelang Fremdenführerin durch Paris gewesen.
Rechts bog die Spur ab nach Monterey, daneben ein Hinweisschild nach Carmel.
Ja, da ist ein Kloster, und ein pittoreskes Städtchen. Aber wir wollen nach L.A. und weiter.
Karla saß schweigend da und sah sich und die Landschaft und Bill wie eine Filmszene vor sich, sie selbst in der amerikani-

schen Jeans-T-Shirt-Staffage, draußen die Straßenschilder, die davor warnten, Abfälle aus dem Auto zu werfen oder empfahlen, ein Stück Highway zu adoptieren. Darunter konnte sie sich nichts vorstellen, wollte aber nicht schon wieder ihre Unkenntnis zeigen. Mit Sechzigmeilenstiefeln brausten sie durch Salinas Valley. Palmen! Und es war Januar! Brokkolifelder! Tiefgrün!
Bill pries die klimatischen Verhältnisse. Aber zu Karla kamen die Wörter mit Verspätung, weil sie erst durch ihr Staunen hindurchdringen mußten.
Ja, es ist paradiesisch!
Siehst du, Kalifornien ist das Paradies auf Erden!
Da brauchst du keine Hoffnung mehr auf ein Paradies im Himmel, das wolltest du doch sagen?
Ich bin schon längst nicht mehr katholisch.
Ich hab mir's gedacht. Sie gab sich einen Ruck. Und ich freue mich, daß es dir gut geht.
Ich fahr dich nach San Antonio. Da kannst du die Mission besuchen. Ich hab schon gemerkt, daß du in den Carmel wolltest. Aber da konnte ich nicht mehr abbiegen.
Das Auto hielt. Sie waren auf einer kleinen Anhöhe. Der Pazifik breitete sich unter ihnen aus. Die Sonne blendete. Karla fühlte, daß sie etwas sagen sollte. Aber es war unbeschreiblich, und ihre Wörter blieben weg. Sie saß immer noch im Auto und schaute aufs Meer.
Bill hob den Karton aus dem Fond, ein kleiner Spirituskocher kam zum Vorschein, und Bill setzte Wasser auf.
Komm raus, gleich gibt's ein zweites Frühstück. Und laß mal deinen Sitz sehen.
Karla hatte schon wieder vergessen, wie eingezwängt sie gesessen hatte.
Bill drückte oder schraubte irgendwo, und der Sitz schnellte nach hinten.
Karla setzte sich auf einen der Campinghocker, die Bill aufgestellt hatte. Sie sahen aufs Meer, tranken Nescafé, aßen ein paar Kekse.
Zikaden, einzelne Vogelschreie. Karla saß in der Unwirklichkeit eines Bilderbuches, das in der Mitte aufgeschlagen blieb und immer wieder als Urbild auftauchte, bis in den Traum hinein. Sie wußte, daß dieser erste Blick auf den Pazifik im Be-

griff war, zu solch einem Bild anzuwachsen.
In Santa Barbara hatte Bill in einer kleinen Pension direkt am Strand reserviert. Vor dem Fenster der Palmenstrand, ein Abendessen mit Fisch und Meeresfrüchten, dazu wieder Chardonnay.
Nach dem Dinner spazierten sie am Strand entlang. Wilhelm legte den Arm um ihre Schulter. Ihr Herz klopfte, und sie hatte Angst, er könnte es hören. Aber er erzählte ihr unbefangen von den Zeiten, als er hier in der Nähe gearbeitet hatte, erzählte von seinen damaligen Kollegen, den Segelwochen, den Barbesuchen.
Wir könnten eigentlich noch eine von meinen alten Bars aufsuchen.
Sei mir nicht böse, ich bin schrecklich müde.
Sie gingen miteinander zum Hotel, jeder in sein Zimmer. Karla sank sofort in tiefen Schlaf.
Am nächsten Tag glitten sie auf der 101 nach Süden.
Bill fuhr zum Tanken, kaufte klebriges, süßes Gebäck, lenkte den Wagen zu einem Aussichtspunkt und brachte das Kaffeewasser zum Kochen. Er breitete die Arme zum Meer hin aus.
Eine nur allzu bekannte Geste, dachte Karla.
Da, sieh, das ist ein berühmter Felsen mitten im Meer. Was schaust du mich so an?
Mir ist, sagte Karla, wie im Kino, ich habe alles schon einmal erlebt, ich sehe mir selber zu, wie ich hier sitze.
Ja, das ist der Kreislauf; Kaffee ist das beste Heilmittel.
Sie setzten sich auf einen Felsen, aßen und tranken und blickten auf das blaue Meer.
Karla mußte die Augen schließen. Es war zu viel Licht und zu viel Schönheit auf einmal.
Sie verließen die Autobahn, durchquerten ein militärisches Sperrgebiet mitten in einem abgeschiedenen Tal - Santa Lucia Mountain in der Ferne - und schon wurde ein doppeltürmiges Kirchlein sichtbar, eine ebenerdige Anlage, 200 Jahre alt, wie das Hinweisschild vermerkte, eine Niederlassung der Franziskaner. Einer der alten Padres, die im Garten hinter dem Kreuzgang harkten, erhellte die Krippenbeleuchtung in der langschiffigen Kirche. Sie besichtigten das kleine Museum, den Weinkeller, die wenigen Ausstellungsstücke, altes Eisen, kaputte Webstühle.

Mir kommt vor, sagte Bill abschätzig, in Hawaii bestand die ganze Missionsarbeit nur darin, die Eingeborenen in Kleider zu stecken.
Aber in Paraguay befreiten die Jesuiten die Indianer von der Sklaverei.
Ach, sagte Bill uninteressiert, ich halt's mit dem Alten Fritz. Der war sehr amerikanisch. Hier soll jeder selig werden nach seiner Fasson.
Ihr blieben die Argumente im Hals stecken.
Jetzt fuhren sie durch sonnige Hügel geradewegs nach Santa Maria. Dort, wußte Bill, gab es besonders reichhaltige Hamburger.

Nach dem Lunch fuhren sie durchs Santa Maria Valley nach Solvay in die Danish Bakery, wo Karla die marzipangefüllten Kirschtörtchen essen mußte. Und weiter, durch die grünen Hügel, dem Pazifik zu.
Gleich hinter Thousand Oaks fing der Motor zu lärmen an. Bill fluchte. Sie erreichten gerade noch die Ausfahrt. Bill telefonierte von einem Kiosk gegenüber. Nach zehn Minuten war der Abschleppdienst da.
Siehst du, das ist das Schöne an der Gegend um L.A.! Gleich kommt jemand, wenn du Probleme mit dem Wagen hast.
Während der Mechaniker unter das Auto kroch, gingen Bill und Karla in ein Fast food - Restaurant. Sie saßen eine Stunde in einem dunklen Winkel und tranken einen Kaffee, von dem Karla nur kurz nippte. Auch nach der Reparatur krachte und spuckte der Motor. Bill fand reichlich Gelegenheit für seine amerikanischen Flüche.
Karla hatte all diese Wörter schon irgendwo gehört, so kam es ihr jedenfalls vor; sie klangen vertraut.
Durch dichte Autoreihen wechselten sie zum Pazifik-Highway 8. Karla rieb sich die Augen.
Ja meinte Bill, das ist der Smog. Er wurde ungeduldig. Es ging von einem Stau in den nächsten. Irgendwo fuhren sie rechts an den Strand, la Jolla, wo es Würstchen in einer länglichen aufgeweichten Semmel gab, dick in braunrotem, scharfem Ketchup schwimmend.
Bill schmatzte zufrieden. Good stuff!
Der Verkehr hatte abgenommen, die Augen brannten nicht

mehr. Sie fuhren schweigend die Küste entlang. Unvermutet bog Bill in eine Ausfahrt. Ich hab es mir überlegt. Der Motor gefällt mir nicht. Damit will ich nicht nach Mexiko fahren. Wir drehen um.
Karla schluckte. So einfach war das. Man kehrte einfach um.
Weit nach Mitternacht kamen sie heim, ließen alles im Auto bis auf ihre zwei Koffer.
Wortlos verschwanden sie in ihren Zimmern.

8

Karla schlief tief und lang.
Unmöglich! rief sie, als sie auf ihre Armbanduhr sah. Es war zwei Uhr Nachmittag.
Sie ging in die Küche und entdeckte einen Zettel auf dem Tisch: Wir kommen gegen Abend wieder. Bill und Margo.
Daneben stand die Kaffeekanne, halb voll.
Karla strich sich ein paar Marmeladenbrote und las in der Zeitung, die auf dem Stuhl lag. Auf dem Weg zum Spülbecken stolperte sie über Bills Wanderschuhe, die er mitten im Raum ausgezogen hatte.
Sie lagen umgekehrt da, schmutzig, stabile Gummisohle. Hier konnte keiner nachweisen, daß er meilenweit für etwas oder gar für jemand gegangen war. Wohin waren alle ihre vergangenen Schuhe gewandert? Dutzende von Schuhen ein Leben lang. Wenn die aufgereiht dastünden, plötzlich?
Wenn sie sich selbständig machen könnten, um die Wette, ums Leben laufen. Am schnellsten wären die Turnschuhe aus der Leichtathletikzeit gewesen, die jedes halbe Jahr gewechselt werden mußten. Ganz am Anfang stünden sie, die ersten. Goldmedaille.
Die breiten Gesundheitsschuhe in beige aus der Altenheimzeit. Die Filzschlappen im Pflegeheim, schließlich. Welche Schuhe paßten noch im Sarg? Ob sie die eleganten nähmen, sie nur so an den Spitzen drüberzögen, zum Schein? Aus den Latschen

gekippt, sozusagen. Die roten Schuhe, die letzten Schuhe. Ruht euch endlich aus, Aschenputtelschwestern. Geht zum Orthopäden. Laßt euch Einlagen verpassen.
Sie zog Bills Sandalen an, ausgelaufene, breite Ledersandalen, in braun. Es war die gleiche Marke, die sie daheim trug, im Garten.
Die nächsten Stunden würde sie für sich haben. Sie setzte sich an ihr Tischchen und stützte den Kopf auf beide Ellenbogen. Wenn Mutter wüßte, daß ich hier bin, daß ich allein verreise!
Mit Mutter im Auto, das waren Postkutschenfahrten gewesen in den letzten Jahren, Ausflüge ins Grüne, Sommerfrische, auch Mutters Parfum roch danach, Alt-Lavendel, oder gar uralt, immer einen Tropfen ins Batisttaschentuch, immer ein kleines Fläschchen in der Handtasche. Wie früher, das war ein Qualitätsmerkmal, wie im Frieden. Jetzt trank man wieder aus den großen Kaffeetassen, die sich Haferl nannten und genausoviel kosteten wie eine Portion, auf der Terrasse, im Garten, in der Veranda.
Eine ihrer letzten Reisen, Pfingsten mußte es gewesen sein, vor sieben oder acht Jahren, eher ein Ausflug als eine Reise, nur für ein paar Stunden nach Österreich, nach Freistadt, wo ihr der Mozartkanon vom Gaulimauli nicht mehr aus dem Sinn ging und sie unhörbar in sich hineinsang, bis die Musik von selbst weiterströmte. Ohne Pause, alle Pausen überbrückend, Mutters weinerliche Stimme, ihre unterwürfige Art, beim Kellner den Kaffee zu bestellen, obwohl Karla ihr vorher eingeschärft hatte, sie solle kompetent auftreten, entschlossen einen Großen Braunen bestellen, oder einen Verlängerten, aber sich nicht gleich als Deutsche brandmarken, indem man pauschal Kaffee bestellte. Es war das letzte Mal mit ihrer Mutter in Freistadt gewesen, auf der großen Terrasse mit Blick auf die Kirche, deren Tore verschlossen blieben, oberhalb des Burggrabens, hinter dem sie geparkt hatte.
Sie trippelten durch das Stadttor: Da war ich mit Vater vor dem Krieg, und dann, ja, auch in Berlin. Wenn du mit der Klasse hinfährst, dann, bitte, tu mir den Gefallen, erkundige dich, ob es die Pension am Lehniner Platz noch gibt.
Mutter teilte ihr die Überbleibsel aus dem achtzigjährigen Gedächtnis mit. Da gab es einen wunderbaren Schweinebraten, und dort den besten gedeckten Apfelkuchen. Dem Kuchen wa-

ren sie auch nachgefahren, Jahrzehnte später, für ein verlängertes Augustwochenende. Sie fanden ihn wieder in der Nähe von Bad Heilbrunn, am Ende eines kurzen Spazierwegs, den sie einen Nachmittag entlangschlichen, überholt von Familien und Bergsteigern in rotkarierten Hemden.
Ja, der Apfelkuchen in der Ramsau, weißt du noch. Meine ersten Krabben hatte ich auf Hiddensee, damals mit Vater.
Wie sollte sie etwas anderes sagen als ja, Mutter, höfliches Erstaunen. Ja, ich erinnere mich. Das hast du mir schon erzählt. Aber war erst die Erinnerung mit Worten angekurbelt, konnte sie nicht mehr gebremst werden, nicht einmal mit verärgertem Unterton, etwa: Das hast du mir schon zig mal erzählt, Mutter, ich weiß sogar, wohin ihr dann nach dem Krabbenessen gegangen seid, ich weiß, daß du am nächsten Tag deinen ersten Sonnenbrand hattest, weiß von dem schweren Abschied in Rügen, anno 41 oder 42. Ich kenne deine Geschichte auswendig, habe sie miterlebt, Abende lang, kenne deine Freundinnen aus der Kindheit, weiß, wo ihr Puppen gespielt habt, wo Verstecken, wo Blinde Kuh. Ich kenne die Sprüche deiner Lehrer, weiß, in welchen Fächern du gut warst, kenne deine Mathematikleiden, bin deinen Schulweg am Bach entlang mit dir mitgegangen, habe dich in die verhaßte Schneiderlehre begleitet, und sogar die Namen der heiklen Kundinnen sind mir geläufig, nach mehr als sechzig Jahren. Du hast dein Leben bei mir abgeladen, und die Figuren aus deiner Kindheit sind mir gegenständlicher als die aus meiner eigenen. Ja, Mutter, sagte Karla und atmete tief, ja, Mutter, ich weiß, erzähl nur. Ja, Mutter, wir sind in Freistadt. Ja, der Kaffee ist ein bißchen stark. Ja, der Apfelstrudel ist fein, wie Tante Luise in Wien ihn immer gemacht hat. Warm muß er sein, und in goldener Soße muß er baden.
Es war an jenem Sommernachmittag in Freistadt, daß ein älterer Herr an ihren Tisch kam. Gestatten, die Damen. Ein älterer Herr, aber nur einige Jahre älter als sie, Karla. Sie verirrte sich ständig in der falschen Generation, dachte, wenn sie am Sportplatz vorbeikam, den kenne ich doch. Aber es war ein Abiturient, ein Student bestenfalls, inzwischen ihr Sohn, potentiell.
Jetzt also bandelten ältere Herren an, das war angemessen. Dieser hier wollte mit dem Auto nach Passau mitgenommen werden. Er hatte das Kennzeichen entdeckt und sich höflich vorgestellt. Die Zugverbindungen waren so umständlich. Aber

natürlich, selbstverständlich.
Dr. Krautgartner, ein Psychologe, schon seit zwanzig Jahren in Niederbayern. Wunderbare Gegend. Eigentlich aus Augsburg, genaugenommen Donauwörth, aber vor Urzeiten. Studium in München. Noch beim alten Keilhacker? Ja, sagte Karla leise, den kenne ich auch noch, flüchtig.
Der Herr Doktor, Erziehungsberater, saß auf der Heimfahrt im Fond, bekam von Karlas Mutter Lebenslauf und Adresse geliefert, schrieb in Gedanken mit und rief auch brav an, eine Woche später.
So ein netter Herr.
Er kam manchmal am Sonntag zum Kaffee, gelegentlich lud er die beiden Damen nach Österreich zum Mittagessen ein, immer Karla mit ihrer Mutter. Das war jetzt mindestens sieben Jahre her. Er blieb immer der Herr Doktor, auch nach Mutters Tod. Karla wußte nicht viel mehr als seine Vorlieben beim Mittagessen, seine Lieblingskuchen, seine Urlaubsorte.
Kind, er verehrt dich.
Hör doch auf, das ist lächerlich.
Du wirst schon sehen, das ist es nicht.
Ich hab recht behalten, Mutter.
Er lebte immer noch allein, holte Karla gelegentlich zum Kaffeetrinken am Sonntagnachmittag ab, ging etwa zweimal im Jahr mit ihr ins Konzert. Ein netter, älterer Herr. Es war die Art von Bekanntschaft, wie man sie in der Generation ihrer Mutter gepflegt hatte. Nur ja niemanden zu nahe an sich heranlassen! Nur ja nichts Persönliches! Nichts Politisches! Keine Ausbreitung von Problemen!
Was dann noch übrig blieb, konnte keine Freundschaft begründen. Wozu, Kind, brauchst du Freunde? Hast du nicht deine Familie? Bin ich dir etwa schon zu alt? Warte nur, auch du wirst einmal alt, dann wirst du an mich denken.
Ja, sagte Karla vor sich hin, ja, Mutter, ich denke schon wieder an dich, hier, mitten in Amerika.
Und schon trumpften Schülerinnen auf: Sie können sich wohl nicht mehr vorstellen, wie das ist ... Und Referendarinnen: Das mag ja zu Ihrer Zeit so gewesen sein, aber versetzen Sie sich mal in eine junge Lehrerin...
Karla hatte den Zeitpunkt ihrer vollen Gegenwart verpaßt. So lange Jahre war sie zu jung gewesen, jetzt aber zu alt. Sie hatte

an ihrer eigentlichen Zeit vorbeigelebt. Unter den Augen von Wilhelm, der immer ferner rückte und doch seltsam gegenwärtig blieb, war ihr Leben vergangen. Was würde er dazu sagen, wie würde ihm das gefallen, wenn er hier wäre.
Er lebte aber Tausende von Kilometern entfernt, versunken im Strudel der Jahrzehnte. Ihr wurde die Vergangenheit zur Gegenwart, in der Schule und Alltag eine zweitrangige Rolle spielten, verglichen mit Wilhelms Präsenz.
Jedes einzelne Jahr stand unter seinem Stern, der, je weiter er sich entfernte, nur umso intensiver strahlte. Ja, was würde Wilhelm tun? Sie nahm nicht zur Kenntnis, was er getan hatte. Er hatte sich aus dem Staube gemacht, ohne Abschiedsbrief und Erklärung. Sie wollte es nicht wahrhaben, las jahrelang die alten Briefe, mit Federhalter auf billiges Papier geschrieben, vergilbt, an den Rändern weich ausgefranst. Liebstes Pummelchen, fing ihr Lieblingsbrief an. Es war eine Beschreibung seiner Ferienarbeit, verfaßt am Arbeitsplatz einer Versicherungsgesellschaft. Ein Sommernachmittagsbrief, heimlich unter Akten versteckt, während draußen die Sonne schien und alle Welt in die Badeanstalt strömte. Jedesmal wieder überfiel sie die Rührung, wenn sie sich die Situation vorstellte. Da sitzt er, sollte eigentlich arbeiten, riskiert, daß er erwischt wird, und schreibt an mich.
Was die Verwandtschaft und die Freunde erzählten, stand auf einem anderen Blatt. Sie hörte nicht hin. Sie wußte von seiner Heirat, der Geburt einer Tochter, aber sie weigerte sich, dieses Bild vor sich selbst zu sehen. Wilhelm, der auf dem Marienplatz stand, der mit ihr ins Kino ging, der ihre Hände hielt auf langen Bergwanderungen. Das waren ihre Erinnerungsbilder, neben denen die anderen, neuen, keine Gestalt annahmen. Auch als schließlich seine Tochter nach Deutschland kam und sie zusammen mit Ursula für ein Wochenende besuchte, änderte sich ihre Vorstellung von Wilhelm nicht. Margo war damals einfach ein hübsches, fremdes Kind, sehr erwachsen für ihre sechzehn Jahre. Zu der Zeit war Karlas Mutter schon krank, erkannte nicht einmal mehr ihre Großnichte Ursula, brachte die letzten Jahrzehnte ihres Lebens durcheinander. Karla konnte sie kaum noch alleinlassen. Für die Vormittage, an denen sie selbst von acht bis eins in der Schule war, hatte sie zwei Nachbarinnen engagiert, die sich mit der Krankenwache abwechsel-

ten. Die seltenen Fälle, wo sie am Nachmittag oder Abend zu Konferenzen oder Elternsprechtagen weg mußte, schlich sie sich mit schlechtem Gewissen von zu Hause weg. Damals mit Margo und Ursula war sie in ein Schulkonzert gegangen, blieb aber nur bis zur Pause.
Aus der mütterlichen Kontrolle ihrer Jugendzeit war unmerklich die Kontrolle ihres ganzen Lebens geworden.
Du bist das einzige, was mir vom Leben geblieben ist!
Ich habe mein Leben für dich geopfert, also laß mich nicht allein!
Karla ließ sie nicht im Stich, ließ sie nicht allein, und ihre Mutter ließ Karla auch nicht allein.
Karla, was machst du? Ach, du korrigierst. Trinkst du eine Tasse Kaffee mit mir, fährst du mich schnell mal zum Arzt, zum Friseur, zur Fußpflege?
Karla durfte keine Ungeduld zeigen, sonst folgten die Bitternisse eines Lebens aus zweiter Hand. Das ist der Dank! Da hat man so viele Jahre ...
Was hatte Karlas Mutter so viele Jahre? Gewartet hatte sie, bis endlich etwas aus ihrer Tochter geworden war, was sie für dieses Warten entschädigte. Eine Studienrätin mit Pensionsberechtigung!
Was hätte Mutter heute gesagt, und was Tantchen?
Mädchenphantasien? Waren die denn so verschieden von Knabenphantasien?
Der gute Wilhelm! Schon fast ein Märchentitel.
Brüderchen und Schwesterchen.
Hand in Hand durch München, zur Uni.
Während der Lehrerkonferenzen kamen die Schuldgefühle von früher wieder. Die tägliche Schläfrigkeit der Nachmittage drückte sie nieder. Sie sagte sich beschwörend vor: Aber ich bin jetzt Lehrerin! Manchmal half es.
Ich brauche keine Angst mehr zu haben! Ich bin fest angestellt! Und, seit vorigem Jahr: Niemand wird mich jemals mehr beurteilen! Das war endgültig vorbei!
Lange vorbei war die Zeit, wo sie vor dem Besuch der Schwester Direktorin, noch länger vorbei die Zeit, wo sie vor der Inspektion durch den Ministerialbeauftragten das ganze Jahr, das Beurteilungsjahr, Angst gehabt hatte. Zu ihrer Beruhigung trug sie stets für jede Klassenstufe, in der sie unterrichtete,

Musterstunden mit sich herum, für Französisch war es Wiederholungsstoff aus der Grammatik, der beliebig zwischen die Lektionen geschoben werden konnte. Für Deutsch hatte sie kurze Erzählungen moderner Schriftsteller vorbereitet. Die Arbeitsblätter, an Nachmittagen akribisch zusammengestellt, schleppte sie so lange in ihrer Tasche mit herum, bis der große Tag vorbei war.
Wer sich vorbereitet, ist selber schuld, verkündete Anna. Ihre Theorie war Spontaneität.
Wenn du nicht spontan reagierst, solltest du überhaupt nicht Lehrerin werden.
Karla brauchte ihr Gerüst im Unterricht, wie sie ihr Gerüst für den Tag und den Monat, den Urlaub und das Leben brauchte.
Ich laß mich nicht mehr durch Assoziationen wegspülen, verteidigte sie sich Anna gegenüber, die zwar in der Theorie gegen Vorbereitung und Planung jeglicher Art wetterte, in der Praxis aber genauso fleißig ihre Arbeitsblätter zusammenstellte, ihre Schulaufgaben- und Extemporalienpläne einhielt, ja, sogar pünktlich aufhörte, wenn es läutete.
Du kokettierst mit deiner Revoluzzervergangenheit, mein biederes Kind, konterte Karla, wenn Anna besonders dick auftrug und jeden als Spießer deklarierte, der die armen Kinder dem Zwang von Hausaufgaben aussetzte.
Dann lachten sie beide, bestellten sich noch eine Tasse Kaffee und zogen über den Rest des Kollegiums her. Anna, Mutter einer in den USA verheirateten Tochter und Witwe seit zehn Jahren, hatte die Suche nach einem neuen Partner noch nicht aufgegeben und beklagte sich bitter über den Mangel an Auswahl unter den Männern im Kollegium. Auch im nachbarlichen staatlichen Gymnasium gab es selten ein Exemplar, das ihren Ansprüchen genügte. Zusehends wurden alle zu jung, die neu hinzukamen, von den seltenen Strafversetzungen abgesehen.
Du wirst zu alt, das ist es.
Dein zartfühlendes Verständnis baut mich wieder auf. Überhaupt ist es mir unverständlich, wie du in deinem Privatkloster so allein dahinwurschtelst, erst mit deiner Mutter, und jetzt allein. Ich versteh's nicht.
Dann red nicht davon.
Karla wurde so eisig, als hätte sie eine Schülerin bei der Lektüre eines Comic-Heftchens erwischt, mitten in einer Stunde über

Werthers Leiden. Stilbrüche waren ihr zuwider. Sie spürte jedesmal eine innere Kälte aufsteigen, eine Art weißer Bewußtlosigkeit, fast Ohnmacht, ein Gefühl von früher, von weither, von wo genau wollte sie gar nicht wissen.
Schluß. Gehen wir, oder trinken wir noch was. Wie weit bist du mit den Lektionen in der zehnten Klasse, von wo bis wo geht der nächste Schulaufgabenstoff.
Karla hatte gelernt, Abstand zu halten. Alles andere tat zu weh. Inzwischen funktionierte das Abwimmeln schon automatisch. Sie wechselte einfach das Thema, dann merkte auch der Blödeste, daß sie nicht darüber reden wollte. Nur mit Anna wurde es hin und wieder schwierig, weil sie die Gabe hatte, Karla die alte Vertrautheit von früher zu vermitteln. Anna war schon während des Studiums weggezogen, hatte geheiratet, dann auch Examen gemacht, war einige Male umgezogen, aus dem Schuldienst ausgetreten, dann wieder eingetreten, je nach Familiensituation. In dieser Zeit hatten sie sich geschrieben, mindestens zu allen Festtagen, zum Geburtstag. Zu den Klassentreffen kam dann auch Anna mit diversen Familienphotos, und danach waren Karlas Briefe immer spärlicher geworden, auch unpersönlicher. Erst nachdem ihr Mann gestorben war, vor zehn Jahren, und Anna dann als Kollegin an ihrer früheren Schule auftauchte, hatte sich nach und nach etwas von der früheren Schulkameradschaft wieder eingestellt. Aber Karlas Leben war zu der Zeit schon so festgefahren in Pflichten und Gewohnheiten, daß sie Anna keine wirkliche Freundin mehr sein konnte. Erst lebte sie für ihre Mutter, dann für die Vorbereitung auf ein Klosterleben, für das sie sich immer noch nicht endgültig entscheiden konnte.
Warauf wartest du eigentlich? Auf den heiligen Geist? Da kannst du lange warten. Der hätte, wenn überhaupt, sich schon längst bemerkbar machen sollen. Oder auf den alten Wilhelm, den treulosen Ami. Vielleicht kannst du ihn dir jetzt schnappen, wo er geschieden ist.
Hör auf.
Das war alles, was Karla darauf sagte. Und hinterher redete sie zwei Wochen nur das Nötigste mit Anna. So lange dauerte es, bis sie alle Einwände mit sich selber besprochen und hin- und hergewendet hatte.
Nein, sie wollte keine beste Freundin mehr. Sie fühlte sich

schon zu alt dafür. Und konnte sie denn mit Anna über Descartes und Thomas von Aquin reden? Die hätte sie nur ausgelacht. Was, damit verbringst du deine Freizeit? Fahr lieber mit mir nach München ins Theater, nach Krems in die Landesausstellung, nach Hinding zum Kaffeetrinken, nach Linz in die neue Galerie.
Sie hatte das einsame Leben gewählt. Das war ihr Training fürs Klosterleben.
Wenn sie dann hörte, worüber sich die Klosterfrauen unterhielten, kamen ihr wieder Zweifel. Da stand keineswegs das geistliche Leben im Vordergrund, sondern Noten, Disziplinfragen, Fernseherlaubnis, Klassenfahrten, Kirchenchoreinteilung, Altarschmuck. Auch unter den ehrwürdigen Schwestern war keine, mit der Karla über theologische oder philosophische Probleme hätte sprechen können. Niemand teilte ihre Vorliebe für Philosophie. In den Konferenzen, wenn über geringfügige Verfehlungen von Schülerinnen stundenlang debattiert wurde, fühlte sie sich einsam. Sie hatte einmal die Hand gehoben, als sich der Religionsmonsignore darüber ereiferte, wie oft Schülerinnen während seiner Stunden auf dem Clo verschwanden, und daß er jetzt ärztliche Atteste fordern müsse über die Blasenschwäche von bestimmten Mädchen - da wollte sie ganz laut in die geschwätzige Runde ein Wort werfen, das ihr Lebensmotto war und von dem sie hoffte, es würde allen sofort bewußt machen, wie lächerlich diese Diskussion war. Sub specie aeternitatis! In Anbetracht der Ewigkeit! Aber Anna hatte das verhindert, hatte ihre Hand einfach runtergezogen und ihr ein Stück Schokolade in den Mund gesteckt.
Dafür war sie ihr dankbar. Nur, woher wußte Anna, was sie sagen wollte?

Meist schon beim ersten Schritt nach draußen nahm sie wahr, ob der Tag gut werden würde, zumindest erträglich, ob sie dem Wetter entsprechend angezogen war, ob nicht der Rockbund drückte, die Strümpfe den kleinen Zeh quetschten, der Pullover zu warm, der Schal zu kratzig, der Motor spuckend und hustend, die Blicke der Nachbarn abschätzig, der Schulparkplatz verstellt war vom Landrover des Mathekollegen. Jeden Tag kam der 50 km aus dem Bayerischen Wald angefahren, wo er einen Bauernhof geerbt hatte, den er zusammen mit seiner

Frau, einer ehemaligen Kollegin, bewirtschaftete, alternativ ökomäßig, versteht sich. Er belieferte alle Kollegen mit Kartoffeln, mit Obst im Herbst und mit Salat aus dem Frühbeet. Im riesigen Fond seines Wagens transportierte er jeden Tag Eier und gerupfte Hühner für die Klosterküche, und, je nach Jahreszeit, Karotten und Zucchini zum Sonderpreis für Schwester Ambrosia, die den Einkauf der Viktualien unter sich hatte. Auf dem Schulparkplatz hinter der äußeren Klostermauer - es gab noch eine innere, die als Schranke zur Klausur diente - fanden sich in den Pausen die Kollegen ein, um abgepackte Nüsse, Zwiebeln und Bioquark in Plastikschachteln zu kaufen. Schwester Oberin bat zuweilen um Diskretion: unser Schultempel sei kein Ort des Handels, bitte. Aber seit Jahren funktionierten die Privatgeschäfte, ohne daß jemand Anstoß nahm. Bei den Schülerinnen war Farmers Jack, wie Hans Bauer genannt wurde, höchst beliebt, weil er seine mathematischen Beispiele aktuell abwandelte und sein eigenes Fach damit auf die Schippe nahm. An Faschingstagen gingen seine Rechenaufgaben im Lehrerzimmer herum, und kein 1. April verging ohne einen seiner Extemporalienscherze, in denen er aus dem Umfang des Bundeskanzlers und dem Durchmesser der Gehirnrinde der Queen das Alter der Donaubrücke errechnen ließ. Die Matheklassen hatten im Laufe der Jahre die sogenannten Angaben aus der Anstalt (eine Anspielung auf die offizielle Schulbezeichnung durch die Schwester Direktorin) kreativ weiterentwickelt. Wenn ein Postbote, so begann meist die klassische Einleitungsformulierung, im Frühjahr mit seinem Fahrrad vom Dom bis zur Nikolaschule bei einer Durchschnittsgeschwindigkeit von 25 km/h und einer Steigung von 16% 10 Minuten braucht, zurück aber, im Winter, bei einer Verminderung des Reifenwiderstandes durch Eis und Schneeglätte 20 Minuten, dazwischen an 40 Klingeln läutet und 53 Briefe einwirft - wie alt ist seine Großmutter?
Dieser Schluß war besonders beliebt, wenn man keinen Postboten agieren ließ, sondern stattdessen Brötchenbäcker, Akkordtütenkleber oder Wurstfabrikanten. Es kursierten Aufgabenstellungen mit Buchhändlern, die in Eilgeschwindigkeit Lexika verkauften, mit Polizisten, die an mehr oder minder belebten Kreuzungen Arme hoben und senkten, xmal pro Stunde.
Am letzten Schultag prämierte Bauerhansi die originellsten

Aufgabenstellungen und Lösungsvorschläge. Einmal im Jahr, traditionell vor den Pfingstferien, lud er das gesamte Lehrerkollegium auf seinen Bauernhof zur Brotzeit ein und führte seine Familie, seine Felder und diverse Neubauten vor. Dann machte man einen kleinen Rundgang um den Hof herum, trank selbstgebrannten Schnaps aus Birnen oder Äpfeln, den Schwester Direktorin jedes Jahr mit neuen Abwehrgesten dann doch kostete.
Nehmen Sie nur ein kleines Glas, Schwester Laurentine, dann ist auch die Sünde kleiner!
Ja, die Schwestern durften mit. Schließlich wollte man den mühsam gefundenen Mathematiker mit seiner intakten Familie nicht verärgern.

Bauerhansi war durch seine Familienstruktur (3 Töchter, im Abstand von je einem Jahr) zum Hahn im Korbe geboren. In der Schule setzte er diese Rolle fort, steigerte sie zur Bravour bei den Küchenschwestern. Stets von Schülerinnen umringt, die irgend etwas nicht verstanden hatten, bis ins Lehrerzimmer verfolgt, in den Pausen von lachenden Kindern eingekreist, war sein Verhältnis zu Karla leicht gestört. In all den Jahren war sie seinem Charme nicht erlegen, wenn er jungenmäßig frech ins Lehrerzimmer stürmte und die neueste Stallgeschichte erzählte. Zu Anna hatte sie einmal bemerkt: Jetzt haben wir auch im Lehrerzimmer unsern Klassenkaschperl. Höflich hielt sie auf Abstand und siezte ihn, was fast schon einer Beleidigung gleichkam.
Ihr beide würdet die klassischen Scheidungsleichen abgeben, sagte Anna. Schade, daß er nicht ein bißchen älter ist. Oder umgekehrt. Das hätte spannend werden können, wenn er versucht hätte, bei dir zu landen. Wie gerne würde ich da zuschauen!
So oder so hättest du da Pech gehabt, mit so einem unreifen Bürschchen laß ich mich nie ein.
Na dann.
Das war vor Jahren gewesen. Inzwischen studierten Hansis Töchter schon, eine sogar in Weihenstephan Landwirtschaft. Er bekam eine Glatze, und seine Frau arbeitete wieder stundenweise, aber nur noch für Religion. Das Landleben hatte ihren Knochen geschadet, mit dem Sportunterricht war's vorbei.

Wenn Farmer's Jack sie hier sehen könnte, mitten in Amerika, mit Lockenmähne, vorm erblindeten Spiegel in Bills besserer Rumpelkammer. Sicher würden die Kollegen denken, ihr Vetter hätte ein ordentlich aufgeräumtes Haus, alles piccobello, ein Wort, das Bauerhansi oft auf ihre geordneten Schulaufgabenhefter bezog, eben adrett. Ja, das war das Wort. Eine adrette Person. Auch schon wieder im Aussterben begriffen. Es könnte von Wilhelm sein. Ob mit den Bezeichnungen wohl die dazugehörigen Inhalte starben, es heute keine adretten Personen mehr gab? Tolle Typen und geile Typen, die gab's in Hülle und Fülle. Zu denen würde sie nie gehören. Bei den Schülerinnen, das wußte sie, galt sie als O.K., manchmal schwer O.K., wenn sie Spickereien großzügig übersah oder am Nachmittag einen französischen Film für die Kollegstufe organisierte.
Ja, sie mochte ihre Schülerinnen. In ihrem Notenheft klebte neben jedem Namen ein kleines Photo, meist aus den Klassenphotos ausgeschnitten.
So vergesse ich nicht, wer hinter den Noten steht, sagte sie zu Anna, die aber darauf nur mitleidig lächelte.

Wenn du erst im Schuldienst bist, hatte Mutters Ermutigung während des Studiums gelautet, dann hast du ein ruhiges Leben, bist Beamtin, und alles geht seinen Gang. Ferien! Unkündbar! Pension!
Aber wie sah das am Morgen um acht aus? Wer verstand das Lampenfieber vor jedem neuen Auftritt in der Klasse, die Aufgeregtheit in den Mittelstufenklassen, wo jede Stunde eine Bewährungsprobe war und man die 30 Mädchen keine Sekunde aus den Augen lassen durfte.
Alle 14 Tage hatte sie Gangaufsicht ab halb acht. Da stand sie neben der Eingangstür und paßte auf, daß die Schuhe gewechselt wurden, niemand in Strümpfen ins Klassenzimmer entwischte, die Kleinen im Treppenhaus nicht abgedrängt wurden, daß Streitereien nicht mit Schultaschen, Federmäppchen oder Stricknadeln ausgetragen wurden, daß die Schirme nicht den Zugang zum Klosterhof versperrten, daß die Eltern, die in die erste Sprechstunde wollten, den richtigen Weg ins Sekretariat fanden, daß verlorene Bücher, Stifte, Mützen, Handschuhe, Geldbeutel, Pausenbrote, Schals im Fundregal verstaut wurden, daß die gebohnerten Treppen nicht hinaufgestürmt wurde, daß

Geschrei und Gezeter sich in Grenzen hielten.
Unsere christliche Anstalt, verkündete Schwester Dirktorin gerne bei Ansprachen am Schuljahresanfang oder -ende, ist ein Beispiel dafür, daß Schülerinnen aggressionsfrei zusammenleben können.
Einmal pro Woche, am Freitag, war Schulmesse, um sieben Uhr fünfzehn, und nach einem ungeschriebenen Gesetz hatten Lehrer und Schülerinnen zu erscheinen, soweit sie katholisch waren. Auch hier mußte sie Aufsicht halten, stand am Ende der Schülerreihen, sah darauf, daß die Kinder geordnet zur Kommunion gingen, sich bei Monsignores Kurzpredigt ruhig verhielten und keine Hausaufgaben abschrieben. Nach dem Ite missa est mußten die Schülerinnen reihenweise nach vorne durch den Kreuzgang ins Schulgebäude geschleust werden, in Ruhe, mit Disziplin und einer abschließenden Kniebeuge vor dem Allerheiligsten.

Wenn es läutet, lautete die letzte direktoriale Empfehlung, dann sollten die Lehrkräfte bereits in den Klassen sein. Um 8 Uhr, so möchte ich doch sehr bitten, hat das Lehrerzimmer leer zu sein. Da will ich niemanden in die Klassen hetzen sehen. Wir wollen den Tag in Ruhe und Disziplin beginnen.
Der Tag fing an mit einem Gebet, das die Klassensprecherin auswählte und das reihum gesprochen wurde.
Am liebsten war Karla der Französisch-Anfangsunterricht in den Unter- oder Mittelklassen. Sie wußte, wie wichtig der erste Eindruck war, auch bei den Kindern. Vor der ersten Stunde, bei der Besprechung der verschiedenen nötigen Hefte und Bücher, diktierte sie ins Hausaufgabenheft: Handspiegel mitbringen! Die meisten Kinder wußten schon durch Erzählungen, was es mit diesem Spiegel auf sich hatte. Das war Karlas Spezialität. Sie hatte diese Idee gehabt, als eine ihrer Kommilitoninnen, die ihr Studium abgebrochen hatte und stattdessen auf eine Schauspielschule ging, ihr von ihrem Sprechunterricht erzählt hatte, der vor einem großen Spiegel stattfand. Schon in ihrer ersten Referendarzeit waren die Unterklassen begeistert gewesen von ihren Spiegelstunden, und auch in eine Lehrprobe hatte sie ihre Erfindung eingebaut, da allerdings mit mäßigem Erfolg. Der Direktor, der damals mit dabeisaß, ein Biologe, der kein Wort Französisch verstand, fand, das seien doch Mätzchen, die von

der Grammatik ablenkten. In ihrer damaligen schwachen Position war jeder Widerspruch zwecklos gewesen, aber der Erfolg gab ihr recht.
So, fing sie meistens an, jetzt nehmt mal eure Spiegel in die Hand. Die Mundstellung bei den Vokalen war immer wieder Anlaß für Heiterkeit, lautes Lachen und, manchmal, Tumult. Sie ließ die Klassen anfangs die deutsche Aussprache brüllen, dann als Kontrast dazu die französische. Besonders einprägsam dröhnten die Nasale durchs Zimmer.
Un bon vin blanc! Karla verstand sich als Regisseurin, die Nuancen verbesserte, Gesichtszüge entstellte (je übertriebener die Aussprache, desto richtiger!) und die Klassen in einen momentanen Taumel von Wörtern und Silben versetzte. Am Ende der ersten Stunde bekam jedes Kind ein original französisches Pfefferminzbonbon mit Schokoladenfüllung, leuchtend grün verpackt. Französisch muß man schmecken! C'est bon!
Auch die ersten Wörter versinnlichte Karla durch mitgebrachte Gegenstände. Une pomme! Das offene o! Dazu ein polierter roter Apfel, an dem gerochen, der durch die Reihen gereicht und am Ende versteigert wurde. Karla schleppte kofferweise Gegenstände aus dem jeweiligen Vokabular der Lektionen an. Eine der beliebtesten Stunden war jedesmal das Kleiderkapitel.
Martine und Alain gehen einkaufen.
Karla kleidete vorher ihre große alte Puppe mit all den Röcken, Pullovern, Socken und Schuhen ein, die in der Lektion vorkamen.
Sie ließ die Puppenkleider durch die Reihen gehen, und jedes Stück mußte mit dem französischen Wort benannt werden. Ehemalige Schülerinnen hatten ihr geschrieben, daß sie bei jeder Nennung eines Kleidungsstücks auf Französisch immer zuerst an ihre Puppenkleider dachten. Im Laufe der Jahre hatte Karla ihr Anschauungsmaterial verfeinert, dem Vokabular der neuen Lehrbücher angepaßt. Sogar verschiedenartige Perücken gab es inzwischen, darunter eine in grün, die Karla selbst aus langhaarigem Fellstoff eingefärbt hatte. In der Lektion über den ersten Diskobesuch der beiden jugendlichen Protagonisten Martine und Alain kam Karla auf die extravagante Kleidung der Jugendlichen in Frankreich zu sprechen und zog ihre poppig aufgemachte Puppe heraus: giftgrüne Stehfrisur, silberne, eng anliegende Hosen, Ringelstrick-Legwarmer und schwarzes,

besticktes Nicki-Oberteil.
An Fasching war die ganze Französischklasse in diesem outfit erschienen. Es gab ein denkwürdiges Photo mit Karla in der Mitte der grell aufgemachten Elfjährigen. Im kommenden Jahr übertrafen die Anmeldungen für Französisch die traditionell höheren Englischquoten. Karla lachte sich ins Fäustchen. Im Lehrerzimmer tat sie erstaunt und verwies auf Straßburg, auf die attraktiven Austauschprogramme mit Fontainebleau, auf Christine Pompelle, die freundliche Assistentin aus Lyon.
Solche Erfolge spornten sie an, ihr Unterrichtsbeiwerk noch mehr zu verfeinern.
Einen Teil ihrer Nachmittagsvorbereitungen verwendete sie auf das Verfassen von Arbeitsblättern. Die Lehrbücher stanken vor Durchschnittlichkeit. Man konnte sicher sein, ewig den gleichen langweiligen Typen zu begegnen, die einkaufen gingen, putzten und kochten und, wenn es Jungen oder Männer waren, Autos reparierten und frühzeitig zur Arbeit fuhren. In ihren eigenen Texten drehte Karla an der Welt, ließ die Kinder ins Büro starten, die Eltern zur Schule marschieren, die Männer auf Babies aufpassen, die Frauen an Maschinen arbeiten.
Während Monsieur Dupont für sein Baby die Flasche wärmt, telephoniert Madame Dupont mit dem Finanzamt.
Während Martine und Alain den Mietvertrag unterschreiben, werden ihre Eltern im Pausenhof in eine Schlägerei verwickelt.
Für die deutsche Aufsatzlehre dachte sie sich kleine, abgeschlossene Geschichten aus, mit verqueren Zeitabläufen, mit augenscheinlichen Verletzungen der Logik, mit hanebüchenen Satzbaufehlern, an denen die Kinder dann ihre Überlegenheit zeigen konnten. Sie hatte inzwischen eine Textsammlung, in der sie manchmal selber gerne las, zum Spaß.
Ihre eigene Jugend, dachte Karla, das war die schlimmste Zeit überhaupt. Alles was hinterher kam, war kein Vergleich mehr mit dieser Epoche der Niederlagen.
Heute ging sie auf die Straße, wie sie in die Schulklasse ging, selbstverständlich. Nur noch manchmal kam das drückende Gefühl von früher wieder, es kam, wenn sie zur Mittagszeit allein durch die Bozner Arkaden spazierte, geschäftig, aber nur mit einer Handtasche. Es kam, wenn sie sich gehen ließ, sich vorstellte, um wieviel leichter man am Sonntagnachmittag zu zweit ins Kino ging. Es kam, wenn sie wieder lauter erste

Schritte probierte, erste Blicke, neue Gesten. Manche Menschen provozierten einen solchen Neuanfang, schauten vielleicht interessiert, schauten wie in ein anderes Jahrhundert. Wer bist du, sagten solche Blicke.
Dann repetierte Karla schnell ihre erfolgreiche Geschichte des Durchhaltens, sah in den Spiegel, vergegenwärtigte sich ihr Alter. Es war viel zu schnell gegangen, zu jung zu sein und zu alt zu sein. Welches war ihr richtiges Alter?
Werden Sie erst einmal Referendarin, werden Sie erst einmal dies oder jenes. Vorher können Sie nicht mitreden, nicht mitspielen.
Inzwischen hätte Karla selbst schon als Vertrösterin auf die Zukunft agieren können, hätte ihre Erfahrungen ausbreiten und sich auf gelebte Jahrzehnte berufen können. Aber offenbar hatte sie das Alter dafür immer noch nicht, denn ältere Kolleginnen nahmen sie beiseite und flüsterten heiser: Wenn Sie erst pensioniert sind! Dann werden Sie mich besser verstehen.
Sie war noch immer im belehrungsfähigen Alter, nickte zu den Prophezeiungen der Uralten und verharrte schweigend neben der Allwissenheit derer, die fünf oder zehn Jahre älter waren.
Wie lange das gedauert hatte, bis sie einigermaßen gerade auf der Straße gehen konnte, den Blick nicht immer gesenkt, die Fäuste in der Rocktasche geballt, zusammengekrallt, feucht, naß, eiskalt, die Luft angehalten, dann ganz schnell aus- und eingeatmet wie beim Schwimmen. Nein, so war es nicht mehr; allmählich hatte sich daran etwas geändert, auch an den Dauerschmerzen im Magen.
Kaum trat Karla auf die Straße, schon sahen alle nach ihr. Manchmal dachte sie, die Leute blieben stehen, um sie mit mehr Muße zu betrachten, die hohe Stirn (nur bei Männern sprach man von Denkerstirn), die großen, plumpen Schuhe, die abstehenden Haare. Es gab Zeiten, da ging sie erst in der Dämmerung einkaufen, am liebsten bei Schnee oder Regen, mit Schirm. Eine ideale Erfindung, so ein Schirm! Sie besaß eine ganze Kollektion von Schirmen, kleine japanische, übergroße Männerschirme, neckische Knirpse, je nachdem, ob es goß oder nieselte, ob ein Landregen oder ein plötzlicher Graupelschauer niederging. Karla hatte ihre Philosophie der Niederschläge. Schönwetterabhängige waren ihr verdächtig. Der November war immer schon ihr liebster Monat, nicht nur, weil sie

da Geburtstag hatte. Im November kamen ihr keine Verliebten in die Quere, gehörten die Spazierwege ihr allein. Wie auf Verabredung strebten alle heim in die Wärme. Endlich hatte niemand mehr Zeit, Karla mit Blicken zu belästigen, mit schrägen, falschen Augenwinkelblicken.
Wenn sie dagegen ihre Schülerinnen beobachtete, wie die in ihren engen Hosen daherstolzierten. Kein Wind konnte den weiten Rock heben, den Unterrock sichtbar machen, die teure Frisur zerstören. Keine Rede mehr von Ermahungen, die ihre Kindheit begleitet hatten, nur ja die Augen zu senken, dabei aber trotzdem aufmerksam zu grüßen, wenn es sich schickte. Heute gab es nichts mehr, was sich nicht schickte. Selbst das Wort war ausgestorben. Non decet! Söckchen beim Abitur! Es gab ein Rundschreiben, daß zu den Arbeiten im Zeichensaal lange Strümpfe getragen werden mußten. Non decet! Ärmellos! Die Schulter reizt den Mann! Das war die erste unverständliche erotische Botschaft einer Klosterfrau gewesen. Die zehnjährige Karla trug ihr erstes Bolerokleid, natürlich mit Bolero.
Reihenweise wurden Kameradinnen nach Hause geschickt, weil sie unanständig, also ärmellos, gekleidet waren. Es gab eine speziell sanktionierte Klostermode, und ein junger Mönch hielt in der Aula einen Lichtbildervortrag über schickliche Kleidung. Den Zentralpunkt der Diskussion bildete ein ärmelloses Leinenkleid, abgebildet in Burda, und ausgerechnet dieses Kleid hatte Karla kunstvoll mit Blumen bestickt. Alle hatten die Handarbeit bewundert. Ihr Kleid auf dem Dia! Die ganze Schule sah nach ihr. Schaut sie an! Sowas zieht die an! Typisch.
Erst als Karla zur Tante aufs Land fuhr, zog sie das gebrandmarkte Gewand wieder an. Dort hatte keiner den Vortrag gehört, und niemand sagte etwas. Seit damals wünschte sie sich, auf dem Land zu leben. Tante Ellis Bauernhof lag abseits, allein zwischen Feldern und welligen Hügeln. Ein Familienbetrieb. Grenzenlose Freiheit zwischen den Mahlzeiten. Und am Abend beim offenen Fenster sitzen und langsam die Nachtluft herankommen lassen, den Heuduft, das Aufseufzen der Tiere. Als sie im September wieder heimkam, verkündete sie: Ich heirate mal einen Bauern. Oder werde Försterin. Oder studiere Landwirtschaft.
Die Stadtfamilie lachte. Das gibts nur für Männer. Was willst

du als Frau allein im Wald?
Das gleiche, was ein Mann allein im Wald will.
Das ist etwas anderes.
Wieso.
Sei still. Das wirst du bald erfahren.
Es dauerte aber noch eine Weile, bis die Erfahrungen zu Karla gelangten; sie kamen langsam und scheibchenweise.
Der Tanzkurs als Schocktherapie. Falls noch irgend eine von den Klostergänsen einen Zweifel an ihrem Unwert gehabt haben sollte, wurde sie gründlich belehrt. Es war noch erniedrigender als beim Sport, wenn mit einem Male feststand, an welchem Platz der Beliebtheit man sich befand. Im ersten Drittel? Im letzten Viertel? Die häßlichen Pickelknaben aus der Oberrealschule stiegen plötzlich zu Königen auf, die geruhten, ihre Aufmerksamkeit den fügsamen Schönen zuzuwenden, sie zum Tanze aufzufordern. In ihrem Petticoatpanzer sah sich Karla heute noch in Alpträumen auf einen Tanzpartner warten.
Passaus Straßenecken waren inzwischen eher mit Toten als mit Lebenden besiedelt. Trat Karla aus dem ehemaligen Fleischerladen des Müllermetzgers am Ende der Brunngasse, dann passierte es immer öfter, daß ihre Mutter oder Großmutter jählings auf sie zukamen. Diese Begegnungen glichen Schrecksekunden, Einfällen auf offener Straße.
Ihre Kolleginnen nannten das Ausfälle.
Anna meinte, paß auf, stopp deine Phantasie. Dein Blutdruck ist zu niedrig. Mach dir einen stärkeren Kaffee am Morgen, und nachmittags schwarzen Tee, dann, das garantiere ich dir, hört das auf.
Karla hatte wirklich brav einen Löffel Kaffeepulver mehr in den Filter gegeben, hatte sich angewöhnt, nachmittags schwarzen Tee aus dem alten, geretteten Meißner Täßchen zu trinken.
Wenn Mutter das wüßte!
Sie hatte das Täßchen einen Tag in Seifenschaum eingeweicht, es vorher unter stillen Beschwörungen aus Mutters Glasschrank mit den Taufbechern und dem Löns-Service geholt und es schließlich auf ihrem Schreibtisch plaziert. Jeden Tag trank sie trotzig daraus, und ein Jahr nach Mutters Tod hörten die Erscheinungen langsam auf.
So lange brauchen die Toten, bis sie die Lebenden loslassen, sagte Schwester Oberin an Weihnachten zu ihr.

Jeden Tag nach ihrem Mittagsschlaf trank sie starken schwarzen Tee aus dem heiligen Täßchen. Manchmal, wenn der Vormittag besonders schlimm gewesen war, wenn ein Witterungsumschwung sich ankündigte und die Unterklassen ständig zu Aufmerksamkeit und Ruhe ermahnt werden mußten, wenn eine übereifrige Mutter mit tausend Vorschlägen zu verbessertem Unterricht die ganze Sprechstunde auf sie eingeredet hatte, dann schlief sie bis fünf Uhr, schlief immer besonders tief, mit Träumen bis zum Aufwachen. Während sie ihren dunkelbraunen Tee aus der verbotenen Tasse trank, machte sie sich ans Korrigieren, Vorbereiten, Schulaufgabenbasteln.
Montags ging sie einkaufen, weil sie nach den ersten zwei Stunden frei hatte. Sie füllte ihren Kühlschrank mit Fisch und Champignons, mit Auberginen, Fenchelknollen, Karotten, Tomaten und Gurken. Einkaufen war für sie immer eine Last. Sie begriff nicht, wie Kolleginnen nach Griesbach, nach Linz, Wels oder gar nach München fuhren, zum Shopping. So ein Zeitverlust.
In den letzten Jahren hatte sie nur einmal das bewußte graue Kostüm gekauft, und den hellen Staubmantel im Sommer vorher. Sie nützte Röcke und Kleider nicht ab, weil sie, sobald sie die Haustüre hinter sich zumachte, in ihre Kluft schlüpfte, in Samthosen und Samtpullover, beide drei Nummern zu groß. Es kostete sie Mühe, sich umzuziehen, wenn Besuch kam. Dann empfand sie sich als verkleidet, meinte, sie wäre bei sich selber auf Besuch. Ihre Einladungen hatten immer etwas Gezwungenes. Sie wußte nicht mehr, wie man mit Leuten, die keine Schüler waren, reden sollte. Auf keinen Fall belehrend! Aus dir spricht die Lehrerin, aus jeder Pore! Einer von Mutters Sprüchen, die als Refrain wiederauferstanden, wenn sie vor dem Spiegel stand.
Woher kam der Lavendelduft plötzlich, hier mitten in Amerika? Mitten in Amerika, mitten in der Wüste, mitten im Leben?
Sie sah sich die Wand zum Wohnzimmer durchbrechen, die Tapeten abreißen: alles sollte weiß werden! Und dann den weißen Islandpullover anziehen! Den Herbstwolken vorm Fenster zusehen und sie festhalten, während das Sofa davonfährt, ins Gewitter hinein.
Später, als das Laub abgefallen war und Schnee fiel, tagelang, war sie in Sibirien, Krasnojarsk, von der Außenwelt abge-

schnitten. Archangelsk! Und Workuta! An Vaters Grab stehen, seine erfrorenen Füße fühlen, seine Starre, mitten in der Wüste. Wie wäre es gewesen, wenn er heimgekommen wäre, wenn Mutter nach einer ihrer Friedlandtouren mit einem abgeschabten Landser aufgetaucht wäre, der nach Rauch und faulen Äpfeln und Schweiß roch, vielleicht nach Schnaps. Ein anderer Geruch hätte sich im Haus festgesetzt, in den Schränken, im Schlafzimmer. Wo wäre Mutters Ordnungsliebe geblieben, mit einem kriegsversehrten Heimkehrer?
Du siehst wunderschön alt aus - warum hatte Bill das nicht zu ihr gesagt. Wunderschön alt war mehr als wunderschön jung. Jung und schön, das war keine Kunst. Sie schaute wieder in den matten Spiegel, der die gleiche Wirkung hatte wie das Rotlicht der Bar. Verschwommen. Unklar.
Im Leben strebe nach Klarheit - stand das nicht in Vaters Vermächtnis? Testament konnte man das wohl nicht nennen; denn von Geld, Aktien, Immobilien war darin nicht die Rede. Wohl aber von lauterem Charakter, von Liebe zu Gott und den Menschen, von Rechtschaffenheit. Meiner geliebten Tochter in gestochener Schrift, auf Bütten, in der Taufkerzenschachtel. Wie oft Mutter ihr das vorgelesen hatte!
Wenn Vater noch lebte! Die verschiedenen Töne dieses Satzes! Gesprochen beim ersten Mathe-Fünfer, bei der Firmung, bei Ämtergängen, beim Abitur.
Wenn Vater noch lebte! Aber er lebte definitiv nicht mehr, seit 1944 nicht mehr. Es gab sogar das Photo eines Soldatenfriedhofs in Sibirien, es gab den Brief an die Mutter mit dem Hakenkreuz, es gab die alte Soldatenmarke.
Mutter nützte der tote Vater in der Erziehung mehr, als der lebende ihr vielleicht dabei geholfen hätte. In jedem Zimmer stand er fertig zum Gebrauch da. Was konnte ein Kind schon gegen einen Toten ausrichten! Höchstens selber sterben. Oder dem Vater im Himmel, gleich zwei Vätern, Freude machen und gehorchen. Längst hätte es keines Photos im Wohnzimmer bedurft, um das allwissende Auge des Vaters gegenwärtig zu halten in ihr. Auch die Ersatzväter wie Renis Vater oder ihr Onkel Erich konnten nicht am Heiligenbild auf dem Klavier kratzen. Sie waren am Leben, also fehlbar.
Der Alte hatte sich wieder unmöglich aufgeführt - ein solcher Satz war für ewig aus ihrem Wortschatz verbannt. Es gab gan-

ze Wortfelder, die nur für andere waren, nicht für sie. Wortfeld Pubertät. Das war für Hilde oder ihre Freundin Reni, die um Ausgangszeiten stritten oder um die Kürze der Haare oder der Röcke.
Karla, nicht das auch noch. Deine Mutter ist schon arm genug dran. Die kleine Rente. Die fehlende männliche Stütze. Nicht auch noch eine ungehorsame Tochter. Das kannst du deiner Mutter nicht antun, diese schlechte Note in Latein, das kannst du deiner Mutter nicht antun, in den Ferien mit der Jugendgruppe wegzufahren und sie allein daheim zu lassen.
Lebensregel Nummer eins: Sieh erst, was Mutter möchte, das du tust. Diene, um zu herrschen!
Jahrzehntelang hatte sie gedient, aber nirgendwo zeigte sich jemand, über den sie letztendlich herrschen konnte.
Wenn sie allein war, ertrug sie das Leben, ertrug den Gedanken, daß sie allein bleiben würde, müßte, wollte, ihr Leben lang. Die Kollegen waren verheiratet, tabu. Immer mehr waren schließlich verheiratet, auch die Studienkollegen, die gleichaltrigen Nachbarskinder, Verwandten, Schulkameraden. In ihrer Umgebung gab es nur Ehepaare, die hin und wieder höflich fragten: Gehst du mit zum Lehrerball, gehst du mit ins Theater? Später, als die Mutter ihr Alibi war, nein zu sagen, fragte niemand mehr.

9

Hallo Karla! Du hast lange geschlafen heute! Aber jetzt mach dich fertig, wir gehen aus! Ich lade dich zum Abendessen ein!
Sie stand auf.
In zehn Minuten bin ich fertig.
Nein, sagte sie vor sich hin, ich will das jetzt vergessen, ich mag nicht mehr dran denken, ich möchte so gerne den Augenblick genießen. Bin ich denn nicht eigentlich da, wo ich jahrzehntelang hinwollte, in Amerika, bei Wilhelm?
Es war anders, das Gefühl war anders. Nichts paßte zu der alten

Phantasie. Bill hatte graue Haare. Und sie? Wie sah sie eigentlich aus?
Sie zog sich rasch aus, eine alte Gewohnheit aus Klosterzeiten. Negiere deinen Körper, nimm ihn nicht so wichtig, setz dich über ihn hinweg, blick auf zu den Sternen.
Pullover oder Bluse? Sie zog ein schwarzes T-Shirt zum grauen Rock an, dazu ein weißes Tuch, die Jacke drüber. Gewohnheitsmäßig wollte sie die Haare nach hinten streichen.
Sie trat aus der Türe, ging zum Spiegel im Gang. Völlig verändert, stellte sie fest. Kaum wiederzuerkennen. Dabei war das Kostüm das alte, sogar das Tuch, und auch die Schuhe. Die Haare gaben der soliden Erscheinung im grauen Kostüm etwas Frivoles. Was würde die Oberin, was würden ihre Kolleginnen sagen?
Fertig?
Ja.
Schön siehst du aus.
Du auch!
Er hatte auf eine Krawatte verzichtet, trug ein dunkelblaues Jackett zur hellen Hose.
Diesmal nahm Bill den neuen Ford, öffnete galant die Türe.
Du hast es nicht verlernt.
Nein, natürlich nicht, ich übe ständig.
Sie versuchte ein Lächeln, aber es war ohnehin dämmrig inzwischen. Sie stellte sich vor, wie Bill seinen Freundinnen die Autotüren aufhielt. Sie krampfte die Finger zusammen: Ich muß aufhören, mir das immer noch zu Herzen zu nehmen. Er ist einfach ein Verwandter, den ich besuche, ein unverbindlicher Besuch. Und ich bin 52 Jahre alt. Eine alte Jungfer. Eine Lehrerin. Vielleicht bald eine Klosterfrau.
Ihre Gebete fielen ihr ein. Sie hatte den ganzen Tag noch keine Zeit dafür gehabt.
Plötzlich faßte sie ein Gefühl der Unwirklichkeit an, hier zu sitzen, mit der eleganten Frisur, im Auto mit einem aufmerksamen Mann, oder besser, mit einem Kavalier, einem Kavalier der alten Schule, der die Wagentür aufhielt, im Restaurant vorausging, einen Tisch bestellte, in den Mantel half, aus dem Mantel half. Ein reizender Abend, danke für die reizende Gesellschaft! In alten Filmen gab es das, Dieter Borsche mochte so gewesen sein, mit dem höflichen Kavaliersüberzug, unter

dem das Tierische des Mannes angeblich schlummerte. Das war ihr erspart geblieben, wie Mutter gesagt hatte.
Spar dich auf, wirf dich nicht weg. Was Besseres. Das ganze Ersparte auf der Bank. Die Ersparnisse eines Lebens.
Was für ein Auto fährst du in Deutschland?
Einen VW natürlich, biedere Mittelklasse, zuverlässig.
Du könntest dir ja einen Mercedes kaufen.
Um Gottes Willen, da würde das Kloster ausflippen.
Und du?
Manchmal hab ich Lust auf einen Porsche, einfach deswegen, weil mir so ein Auto niemand zutraut.
Finanziell?
Ja, das auch.
Und?
Was und?
Bist du reich?
Ja natürlich. Wußtest du das nicht? Ich habe sogar einen reichen Vetter in Amerika.
I love you.
Wie?
Ich mag dich immer noch.
Flüchtiger Kuß auf die Wange. Ein Kuß fürs Leben. Der erste Kuß. Wen ich als ersten küsse, den heirate ich.
Ich dich auch.
Du bist großzügig, Charly, weißt du das?
Nein.
Was nein?
Ich weiß es nicht. Mutter hielt mich für kleinlich, eine Prinzipienreiterin. Es hat mit meinem Fanatismus für die Religion zu tun.
Und, bist du fanatisch?
Tolerant kannst du erst sein, wenn du dich nicht mehr selber überzeugen mußt.
Bist du so überzeugt?
Ich habe es immer gedacht von mir. Aber jetzt bin ich zwei Tage hier, habe völlig auf meine Gebete vergessen und weiß nicht einmal, ob morgen oder übermorgen Sonntag ist.
Ziehe einen Tag ab. Wir sind hier einen Tag im Verzug, das heißt, du bist in Kalifornien einen Tag jünger als in Europa.
Das sieht man! Wir sind gleich da.

Sie überquerten eine Kreuzung.
Hier hat man voriges Jahr alle alten Häuser abgerissen und ein ganzes Viertel neu konstruiert, alles im mexikanischen Stil.
Die Haussmann-Methode.
Ach, sagte Bill, wie du denkst. Gleich kommen dir die Beispiele aus der Geschichte. Exotische Art zu denken.
Und du? Wie denkst du denn?
Ich kann mich gerade noch an diese Art der Erinnerung erinnern. Aber schon lange denke ich von einem Tag zum andern, überlege Kosten-Nutzen-Relationen, die Effektivität eben. Ob Haussmann oder nicht, das interessiert hier keinen. Aber sie haben Untersuchungen gemacht, ob das neue Viertel von der Bevölkerung angenommen würde oder nicht. Schließlich investieren viele Leute eine Menge Geld in so ein Projekt.
Die vierspurige Straße bog nach links, und plötzlich fuhren sie in eine Weihnachtsstraße ein, in Passau jedenfalls gab es solche Lichtergirlanden nur von Advent bis Heilig Dreikönig.
So, sagte Bill, da sind wir.
Sanft rangierte er das Auto ein.
Weißt du, welchen Wagen Renata heute fährt?
Sollte ich Renata kennen?
Liest du nicht mehr?
Immer weniger. Die Bücher sind ja nur eine andere Art von Secondhand-life. Genausogut kannst du in der Vergangenheit leben oder in der Märchenwelt der Romane. Und wer ist Renata?
Saul Bellows Freundin, oder besser Herzogs Freundin.
Du bist wirklich witzig. Soviel ich weiß, ist er verheiratet.
Na dann. Und warum kaufst du so viele Autos, alle von der gleichen Marke?
Ich habe Fordaktien, my dear. Die sollen nicht fallen.
Bist du eigentlich reich?
Bill lachte. Du kommst wirklich aus einer anderen Welt. So was fragt hier keiner. Natürlich bin ich reich, zumindest wenn du deine Kriterien anwendest: Satt zu essen, Haus abbezahlt, undsoweiter. Abgesehen davon habe ich bald meine Million beieinander.
Lire?
Ihre erste Italienfahrt, die Scherze mit den Millionen. In Arco war das gewesen, im winzigen Haus von Luises alter Tante,

deren Vorfahren aus dem Trentino stammten.
Bill sah zu ihr herüber. Malst du noch?
Hin und wieder, ja, besonders im Sommer, in den Ferien, auf der Terrasse. Dort habe ich mir ein Regal mit Pinsel und Farben hingestellt. Das ganze Haus hängt voll mit meinen Bildern.
Das möchte ich gerne sehen.
Du brauchst mich nur zu besuchen.
Meinst du das ernst?
Ich meine alles ernst, das war doch mal mein Fehler, wenn ich mich recht erinnere. Entschuldige, soll nicht mehr vorkommen. Ist lang vorbei.

Bill faßte ihre Hand, war ganz still, nahm sie, so gut es im Auto ging, in die Arme.
Ich liebe dich, wirklich.
Ich dich auch. Was immer das bedeutet. Du bist mir immer noch vertraut, ich habe den Eindruck, niemand kennt mich so gut.
Lieb, daß du das sagst.
Gehen wir?
Er ließ sie los, machte die Autotür auf, sperrte ab und ging noch einmal um den Wagen herum.
Alles in Ordnung.
Sie gingen Arm in Arm an den hellrosa gestrichenen, niedrigen Häusern vorbei, an Schaufenstern von Boutiquen, Souvenirläden, Ausstattungsfachgeschäften, Architekturbüros und Restaurants. Indische, koreanische, vietnamesische, italienische, chinesische, sogar ein deutsches, The Löwenbräu, mit weißblauer Rautenfahne am Eingang.
Warum gehen wir nicht in ein amerikanisches Restaurant?
Sowas gibt's hier nicht, höchstens im Midwest. Außerdem, das alles ist amerikanisch, ein Eintopf eben.
Du meinst, es ist wie beim Gemüse, das gibt's nicht!
Karla nahm Haltung an, schlug Hacken zusammen und salutierte. Der Deutschlehrer an ihrem Gymnasium, Offizier, Schmiß an der rechten Wange, hatte diesen Ausspruch einst getan, schülerzeitungsreif.
Lebt er noch, der Hellmann?
Ja, sagte Karla, ich sehe ihn gelegentlich, wenn er aus dem Café Simon oder Greindl kommt, mit Stock.

Was sie nicht sagte, daß sie stets einen Bogen um ihn machte, in die nächste Seitenstraße floh, wenn sie ihn kommen sah. Sie wich ihm aus, weil sie den ewigen Fragen nach Lebenslauf und Familienstand ausweichen wollte.
So, hier geht's hinein.
Bill ließ sie vorausgehen in einen schwarz ausgemalten Saal. Schwarze Lacktischdecken, Stäbchen und Besteck, schwarze Servietten, dazu bunte Lämpchen auf jedem Tisch.
Der Oberkellner tat familiär mit Bill. Er freue sich, ihn endlich wiederzusehen.
Sie lächelten alle breit.
Karla war noch nie in einem chinesischen Restaurant gewesen. In Passau, erinnerte sie sich, gab es seit kurzem eins. Aber mit wem und zu welchem Anlaß hätte sie essen gehen sollen? Seit Mutters Begräbnis war sie nie allein in einem Gasthaus gewesen, nur hin und wieder mit Anna im Café, nachmittags. Den Leichenschmaus, ein Wort, das nur ein paarmal im Leben aus der altertümlichen Versenkung geholt wurde, hatte sie damals im Altstadthotel bestellt. Da gab's keine großen Portionen, die man zurücklassen mußte. Sie hatte nur ein paar Bissen hinuntergebracht.
Gefällt es dir nicht? Bill sah sie besorgt an.
Aber ja, wie kommst du darauf? Ich war seit so langer Zeit nicht mehr aus.
Seit wann?
Seit Mutters Begräbnis.
Der Kellner kam lächelnd und goß beiden ein großes Glas Wasser mit Eiswürfeln ein, legte jedem eine in Leder gebundene Speisekarte vor.
Willst du auch einen Chardonnay?
Ja, gern.
Der Wein war eiskalt. Während sie tranken, suchten sie in der Karte herum.
Ich hoffe, du hast Hunger. Hier gibt's anständige Portionen.
Was Mutter sagen würde, wenn sie uns beide hier sitzen sähe. Hunger? Beherrsch dich! Es gibt keinen Hunger, es gibt nur mangelnde Selbstbeherrschung. Wasser! Auf dem Tisch! Eine Dame nippt, und nie, merk dir, nie, trinkt sie Wasser!
Weißt du nicht mehr, daß wir auf hunger- und durstlose Wesen trainiert wurden? Niemals durften wir sagen: Mama, ich hab

Durst. Da gab's erst recht nichts. Oder gar schwitzen! Wenn jemand dieses Wort in den Mund nahm, wurde noch jahrelang über ihn hergezogen. Vielleicht sollte das die Erziehung zum Überirdischen sein.

Ich kann nur hoffen, sagte Bill, bei dir ist das nicht angeschlagen! Hier trinken wir Wasser den ganzen Tag. Es gibt nichts Gesünderes.

Da kriegst du Läuse in den Bauch!

Wilhelm lachte laut auf. Wie sieht Großmutters Grab aus?

Ganz mit Efeu überwachsen, vorn ein Rosenstrauch. Rote Rosen.

Da sitzen wir hier und reden von Begräbnissen und Gräbern.

Das wird immer aktueller.

Prost.

Der Kellner notierte die Bestellung.

Ich denke, es ist dir recht, wenn ich für uns beide gemeinsam ordere. Es wird dir sicher schmecken. Die ganzen Ausdrücke auf der Speisekarte mag ich dir jetzt nicht erklären.

Aber ja, mach nur.

Der nächste dienstbare Geist tauchte auf, goß Eiswasser in Bills Glas nach und stellte Nüßchen auf den Tisch.

Hast du bemerkt, wie dich der Geschäftsführer angesehen hat? Ich bin stolz auf dich, du siehst wunderbar aus.

Karla wurde rot. Ach, hör doch auf. Was soll das?

Das soll gar nichts, es ist einfach die Wahrheit. Du siehst richtig jugendlich aus, unverbraucht, irgendwie.

Bill hielt inne.

Karla sah ihn scharf an. Hör auf, das mußt du mir nicht ständig servieren, daß sich keiner mehr für mich interessiert hat.

Aber Charly, darling, was redest du? Hinter jedem Wort entdeckst du Bedeutungen, die gar nicht beabsichtigt sind. Bitte hör du auch auf!

Sie hatte sich wieder in der Gewalt. Aber ein Kloß saß ihr in der Kehle. Von Appetit keine Spur.

O.K., sagte sie lässig, wir hören beide auf.

Sie streckte ihm die Hand entgegen.

Glaub mir, ich habe keine Hintergedanken, sagte Bill. Ich will nur einfach entspannt mit dir abendessen.

Entspannt! War sie beim Therapeuten? Ihr fiel ein, daß Bill ihr von seiner Ausbildung zum Therapeuten erzählt hatte. Plötzlich

konnte sie sich gut vorstellen, wie er Patienten beruhigte und langsam auf ihre Probleme einging. War das wohl auch Taktik gewesen, das Herauslocken aus der Reserve, mit kleinen, wohlbedachten Bemerkungen?
Nein, sie wollte jetzt nichts mehr vermuten, nichts mehr kombinieren, kein Mißtrauen zeigen.
Eine große Platte Fleisch und Gemüse und eine Schüssel Reis wurde auf dem schwarzen Tischchen deponiert.
Bill nahm die Löffel und servierte. Eine bunte Wiese entstand, mit dem weißen Reis in der Mitte.
Wunderbar! rief Karla. Das ist ein ästhetischer Anblick, wie auf einem Illustriertenphoto.
Jetzt versuch's mal, ob es auch schmeckt!
Karla kostete. Scharf und süß zugleich schmeckte das Fleisch, bißfest das Gemüse.
Sie sah Bill zu, wie er große Portionen auf seine Gabel schob und dachte an ihre gemeinsamen Freßorgien mit Mayonnaisefleischsalat und Semmeln im Englischen Garten, vor Jahrzehnten.
Moimir, friesz nicht so!
Bill hätte sich fast verschluckt, so sehr mußte er lachen. In dreißig Jahren habe ich nicht so viel an früher gedacht wie in den letzten Stunden.
Dafür, wollte Karla sagen, ich umso öfter.
Was war die Gegenwart in den vergangenen Jahren? War sie Unterrichten, Korrigieren, Mutter pflegen? Oder nur ein flüchtiger Augenblick auf dem längst eingebrannten Bild der Vergangenheit?
Karla versuchte, sich an Einzelheiten der letzten Jahrzehnte zu erinnern. Aber es kam nur ein Brei von Schulwegen, Lehrerkonferenzen und Büchern zustande, der über das alte Gesicht ihrer sterbenden Mutter dahinfloß. Gab es einen Höhepunkt darin, Glanzpunkte, Merkpunkte? Der erste Fliederduft im Frühling, dann die Weigelien, der Jasmin, die Beeren. Und einmal, wann, vor ungefähr sechs Jahren, wochenlang Regen und fauliges Obst überall.
Wie habe ich gelebt, all die Jahre? Mir fällt nicht einmal mehr ein, wann mir zuletzt ein Essen so richtig geschmeckt hat. Das war einfach kein Gesichtspunkt. Ob mir das Leben geschmeckt hat? Unwichtig. Ja, ob Mutter ihr Essen geschmeckt hat, das

schon! Und ob den Kindern der Unterricht geschmeckt hat! Immer wieder neue Ideen, damit es den anderen nicht langweilig wird. Ein neues Diätrezept für Mutters Abendessen, eine neue Variante, die Merkfähigkeit der Schüler im Sprachunterricht zu aktivieren.
Magst du nichts mehr?
Es dauerte eine Weile, bis Karla begriff, was Bill fragte.
Doch, sehr gerne. Ich habe so etwas noch nie gegessen. Es ist süß und scharf und sauer in einem.
Freut mich, daß es dir geschmeckt hat!
Ganz wunderbar. Jetzt wäre eine Zigarre gut!
Was, du rauchst Zigarren?
Nur hin und wieder.
Na, das ist ja mal eine Überraschung. Meine Klosteraspirantin raucht Zigarren!
Wenn du nicht sofort mit deinen Beleidigungen aufhörst, erzähle ich dir nichts mehr. Und jetzt besorgst du mir eine Zigarre.
Bill nahm ihre Hand und drückte einen Kuß drauf. Verzeih mir! Es soll nicht wieder vorkommen. Aber mit Zigarren sieht es hier schlecht aus. Wir sind in einem Nichtraucherlokal.
Ein Kellner schob die Rechnung auf einem Tellerchen zu Bill hin.
Schließen sie schon, daß er die Rechnung bringt, kaum daß wir den letzten Bissen runter haben?
Ach so, nein, das ist hier üblich. Man geht essen, und wenn man fertig ist, geht man wieder.
Müssen wir das Feld räumen für die nächsten?
Wir müssen nicht. Aber ich möchte dir noch eine kleine Bar zeigen, wo sie den Gin Fizz so mixen, wie du ihn möchtest.
Gin Fizz! Auf dem Fährschiff nach Schweden, zusammen mit der Münchner Studiengruppe, 199 Mark, zwei Wochen im Camp.
Warst du mal wieder dort?, fragte Bill.
Am Vänersee? Natürlich nicht.
Wir könnten miteinander diesen Sommer hinfahren. Ich habe noch nichts anderes vor.
Karla sah ihn an. Was redest du denn? Wenn ich dich richtig verstanden habe, hast du hier eine feste Freundin. Was würde die wohl sagen, wenn du mit deiner früheren Verlobten wochenlang in Europa herumreist?

Sie weiß, daß du meine Cousine bist.
Du hast ihr also nichts erzählt von früher?
Was vorbei ist, ist vorbei. Wieso sollte ich sie mißtrauisch und eifersüchtig machen? Außerdem ist unser Verhältnis sowieso ausgeleiert, fast nur noch ...
Er schwieg abrupt.
Ist das nicht ein Vertrauensbruch, wie du über sie redest?
Sie spricht von mir auch nicht besser, das weiß ich von gemeinsamen Freunden. Lern sie erst mal kennen, dann verstehst du mich besser.
Bill studierte die Rechnung genau, zog umständlich seinen Geldbeutel aus der hinteren Hosentasche, winkte dem Kellner und legte einen Schein auf den Teller.
Ich danke dir, Wilhelm.
Sag Bill zu mir, wir sind hier in Amerika!
Also gut, Bill.
Er steckte das Wechselgeld ein und legte einen Fünfdollarschein auf den Teller.
Gehen wir?
Er stand auf, wartete, bis auch sie sich erhoben hatte und rückte ihren Stuhl zurecht. Das hab ich lange nicht gemacht.
Was?
Tanzstundenreminiszenzen.
Sogar ihre Tanzlehrer waren die gleichen gewesen, im Dreijahresabstand.
Komm, Bill, gehen wir noch tanzen.
Ich fürchte, ich muß dich enttäuschen. Erstens war ich nie mehr tanzen, seit ich hier lebe, und zweitens und letztens kenne ich überhaupt kein Lokal, wo man klassisch, sie nennen das hier klassisch, Tango oder Walzer spielt.
Warte nur, bis ich heimkomme; ich meine zu dir. In meinem Reiseführer stehen einige Adressen. Dann lade ich dich morgen zum Tanzen ein.
O.K., machte Bill lässig. Er war ziemlich sicher, daß sie kein Tanzlokal ausfindig machen würde.
Warst du denn noch oft tanzen?
Natürlich nie mehr.
Und du meinst, du kannst es überhaupt noch?
Mit Tanzen ist's wie mit Schwimmen. Das verlernt man nicht.
Sie gingen einige Blocks weiter. Inzwischen war es draußen

dunkel geworden, ein dunkelblauer Himmel über den Lichtern.
Gefällt es dir?
Ja.
Was?
Du. Und das Klima. Und das Ausgehen am Abend. Ich fühle mich wie vor dreißig Jahren.
So siehst du auch aus.
Bill blieb stehen, faßte ihre Schultern und küßte sie auf beide Wangen, zögerte einen Moment und ließ sie dann los.
Ich freu mich so sehr, daß du da bist!
Ich auch, das kannst du dir denken!
Ich muß dir gestehen, daß ich auch Angst hatte vor deinem Besuch. Schließlich haben wir uns seither nur einmal kurz getroffen, waren nie allein, hatten nie Zeit, uns auszusprechen.
Zeit? Alle Zeit der Welt habe ich für dich gehabt, dachte Karla, von morgens bis abends. Zeit, mir vorzustellen, wie du mit deiner Frau und deiner Tochter im sonnigen Kalifornien lebst, ein Haus baust, deinen befremdlichen Ingenieursjob ausübst. Niemand wußte genau, was du eigentlich in der Autofabrik machst. Niemand konnte sich vorstellen, daß aus dem Existenzialisten ein Pragmatiker geworden war. In Mathe warst du schwach, und in Physik erst recht. Deutsch und Englisch und Religion, das waren deine Fächer. Was geschieht mit einem Menschen, der vom Grübeln zur Mechanik kommt?
Ich will dir erklären, fing Bill an, weswegen ich den Kontakt abgebrochen habe, damals.
Ach, Wilhelm, laß doch. Du bist mir keine Rechenschaft schuldig.
Doch. Mir wird immer deutlicher, wie anders wir früher waren. Ich habe nie mehr so richtig drangedacht. Es war immer zu viel zu tun.
Auch ich, wollte Karla sagen, habe gearbeitet, studiert, Examina gemacht, dann die Referendarzeit, jeden Tag penibel stundenlange Vorbereitungen, Korrekturen, Nachbereitungen, dann noch jahrelang das Zweitstudium an der Fernuniversität. Ich habe so viel gearbeitet, weil es sonst nichts mehr gab in meinem Leben. Ich habe mich bewußtlos gearbeitet. Urlaub? Mit Mutter im Bayerischen Wald, Wochenendausflüge. Klassenfahrten nach Florenz, Wien, Rom, London, Paris. Schullandheimwochen im Allgäu. Auch der Urlaub war Pflicht gewesen.

Hörst du mir zu?
Jetzt hier auf der Straße willst du Erklärungen abgeben, die ich vor dreißig Jahren erwartet habe?
Nein, nicht auf der Straße. Du hast recht. Gehen wir in die Bar, ins Coucou.
Am Ende der Straße leuchtete ein blauer Neonvogel. Die Türe zum Lokal blieb verschlossen, als Bill am Knauf drehte. Er klingelte, eine Stimme ertönte aus dem Lautsprecher daneben, Bill sagte seinen Namen, und ein Summer kündigte das Öffnen der Türe an. Ein spärlich beleuchteter Gang wurde sichtbar. Der Empfangschef begrüßte sie und ging ihnen voran, wies auf rote Ledersessel in einem orange tapezierten und indirekt beleuchteten Raum.
Karla versank in ihrem Fauteuil.
Bill bestellte zwei Gin Fizz.
Du scheinst ja in allen Lokalen bekannt zu sein.
Ich habe eine Clubkarte für die Bar. Früher kamen wir am Freitag oft hier her, meine ganze Abteilung. Das waren lustige Zeiten.
Wann hast du eigentlich aufgehört zu arbeiten?
Schon lange, vor zehn Jahren schon.
Pensionierung und Scheidung, beides gleich lang her. Gab's einen Zusammenhang?
Sicher. Mit einem Mal sah ich, wie Pat ihre Tage hinbrachte, ihre Zeit totschlug, im Bett, beim Einkaufen, mit ihren Freundinnen im aerobic, im College, wohin sie auch zweimal die Woche pilgerte, in einen Sprachkurs für Deutsch, nachdem sie sich jahrelang geweigert hatte, auch nur ein paar Ausdrücke zu lernen. Plötzlich ging mir ein Licht auf über unsere Ehe. Ein Witz, wirklich. Eine Interessengemeinschaft. Eine Geschäftsverbindung. Pat erbte dann eine Farm in der Nähe von Sacramento. Sie wollte dorthin ziehen. Was sollte ich auf einer Farm? Schließlich fand sie einen Naturburschen, der sich in sie verliebte, sie zur Scheidung überredete und seither mit ihr auf dem Lande lebt. Für mich war das eine Erleichterung, nachdem ich die Kränkung überwunden hatte. Inzwischen ist ihr Mann gestorben, wir sehen uns regelmäßig, auch wegen Margo.
Wie du über sie sprichst! So unbeteiligt!
Ja, das ist weit weg. Und die schlimmen Zeiten sind durch die guten wettgemacht.

War das nicht ein Schock für deine Tochter?
In ihrer Klasse war sie früher eine von nur dreien, deren Eltern in erster Ehe zusammenlebten. Alle anderen hatten x Väter, Mütter, Großmütter. Margo war zwölf damals, sie ging erst mit nach Sacramento, zog dann mit fünfzehn in eine Wohngemeinschaft hier und fand unsere Lösung ganz O.K. Jedenfalls hat sie kein großes Theater gemacht. Jetzt fährt sie in den Ferien meist zu ihrer Mutter. Während des Semesters benützt sie mein Haus als Küche und Treffpunkt mit Freunden. Ihr Zimmer am Campus ist dafür zu chaotisch. Und hier hat sie das Essen umsonst.
Und Pat? Hast du noch Kontakt mit ihr?
Ja, natürlich. Freundschaftlich, ohne große Gefühle. Ich wundere mich jedes Mal, wie kühl ich geworden bin gegen sie. In der Therapie habe ich jedenfalls die Trennung gut verarbeitet. Seither geht es mir besser, in jeder Hinsicht. Komm, stoßen wir an, auf die Zukunft!
Oder auf die Vergangenheit.
Lieber nicht!
Die Eiswürfel klirrten, der Gin Fizz brachte sie auf die Fähre nach Schweden damals. Wie sie getanzt hatten bis in den Morgen!
Dein Gin Fizz ist wunderbar.
Ich möchte wissen, woran du denkst.
Das weißt du doch. Im übrigen finde ich, wir sollten es dabei bewenden lassen. Ich will keine Erklärungen mehr hören. Wir sind zwei alte Leute, die ganz anders denken und fühlen als seinerzeit. Ich möchte, daß du die Karla von früher vergißt.
Du bist eine schöne Frau, weißt du das?
Das macht das rote Licht.
Sag sowas nicht, das kränkt mich. Laß dir einfach sagen, was du doch selber im Spiegel siehst.
Ich sehe schon lange nicht mehr zum Vergnügen in den Spiegel. Da sehe ich bloß die sitzengebliebene alte Jungfer mit ihrem graumelierten Dutt.
Sie würde dieses Bild korrigieren müssen, das hatte sie heute früh schon gemerkt. Soll ich dir jetzt sagen, daß du ein schöner Mann bist?
Früher war das kein Kompliment aus deinem Munde.
Vielleicht ist es heute eins.
Nice to see you again!

Beide sahen auf. Karla brauchte eine Weile, bis sie den Kunstprofessor aus dem Buchladen wiedererkannte.
Sie stand auf und dachte im gleichen Augenblick, ich sollte ja eigentlich nicht aufstehen, die Dame bleibt sitzen.
Sie gab ihm die Hand. Was machen Sie denn hier?
Vermutlich das gleiche wie Sie.
Darf ich Ihnen meinen Vetter vorstellen?
Bill erhob sich jetzt auch. Karla sah, wie er sich um ein freundliches Gesicht bemühte.
I am Art.
Bitte, wie heißen Sie?
Art.
Sie müssen weitblickende Eltern gehabt haben.
Ich bin Karla.
Bill.
Art machte keine Anstalten, wieder zu gehen.
Wollen Sie sich ein bißchen zu uns setzen?
Oh, danke, aber ich will nicht stören. Ich bin mit einigen Kollegen hier. Ich finde es ganz wunderbar, daß ich Sie heute wieder getroffen habe. Ich gestehe, daß ich vormittags Ausschau gehalten habe nach Ihnen im bookshop.
Heute früh waren wir einkaufen, sagte Karla. Es klang wie eine Entschuldigung.
Bill hatte sich wieder gesetzt und fingerte an seinem Glas herum.
Art wandte sich an Bill.
Sie sind von hier?
Ja, ich wohne in Palo Alto, schon seit fast dreißig Jahren.
Auch Stanford?
Nein, nur Ford.
Sie lachten. Das schien ein geläufiger Ortswitz zu sein.
Und Sie, bleiben Sie länger auf Besuch?
Ja, sagte Karla. Noch genau 12 Tage. Dann fängt bei uns wieder die Schule an.
Das ist aber eine kurze Zeit. Sie sind in München zu Hause?
Nein, ich fliege nur nach München, und von da aus mit dem Zug nach Hause.
Ich liebe Bayern, sagte Art, die kleinen Städte, die Seen um München herum, das Bier!
Hier in dieser unwirklichen Beleuchtung begann Karla Sehn-

sucht zu spüren nach ihrem Garten, der sogar jetzt im Winter nach Erde roch und in dem wahrscheinlich Schnee lag.
Wie ist das Wetter jetzt in Deutschland?
Als ich wegfuhr, tobte gerade ein Schneesturm.
Damit könnte ein Aufsatz beginnen, eine Erlebniserzählung. Sie fühlte die Versuchung, ihr Heft herauszuziehen und den Gedanken aufzuschreiben.
Bill hatte ihre gebremste Bewegung gemerkt.
Willst du gehen oder tanzen?
Ja, tanzen. Schauen wir mal, ob wir nicht alles vergessen haben. Wir haben nämlich vor Zeiten den gleichen Tanzkurs besucht, sagte sie zu Art.
Er lächelte vage, verbeugte sich und wünschte noch einen angenehmen Abend.
Man kann also doch tanzen? Das hast du mir gar nicht gesagt.
Es sollte eine Überraschung sein. Sie haben einen Extraraum im Keller. Komm.

Der Film geht weiter: Wir sehen einen Mann und eine Frau mittleren Alters aus einer Bar treten. Es ist Mitternacht. Sie stehen für einen Augenblick unschlüssig im Licht der Reklame, blinzeln, sehen sich an und treten entschlossen auf den Gehsteig.
Sind sie verheiratet? Der Gleichschritt ließe darauf schließen und die ähnlich gebeugte Haltung. Für ein Liebespaar sind sie offensichtlich zu alt, gehen sie zu weit voneinander entfernt. Jetzt bleiben sie stehen.
Ich danke dir. Das war eine gute Idee, sagt die Frau.
Er küßt sie auf beide Wangen.
Vielleicht Geschwister. Irgendwie verwandt, jedenfalls.

Als sie bei Bills Haus ankamen, setzten sie sich an den Küchentisch.
Magst du noch einen Schlaftrunk?
Nein.
Vielleicht einen Tee?
Gute Idee.
Das Wasser sprudelte, Bill goß es in zwei große Tassen, in denen Teebeutel hingen, mit kleinen, bunten Bärchen auf dem Etikett.

Ist das Kindertee?
Wahrscheinlich.
Bill stellte das Radio an. Beethovens Eroica.
Wenn etwas nicht zu Wilhelm paßt, dann ist es Beethoven, dachte Karla. Aber hier tranken sie ja auch Milch zum Braten. Und Eiswasser zum Schnitzel.
Du gewöhnst dich dran, sagte Bill.
Habe ich etwas gesagt?
Ja, dein Gesicht hat was erzählt. Indigniert, sagten wir früher. Indignierte Kurschwäne, die jetzt durch die Küche schwammen. Das war früher ein Verständigungskürzel gewesen. Blicke und Worte wie Morsezeichen.
Langsam taucht unser Geheimvokabular wieder an die Oberfläche.
Bill trank den Tee wie Bier. Er goß schon wieder Wasser nach.
Wie hast du dir das viele Trinken angewöhnt?
So allmählich. Mein Arzt sagt mir ständig, wie gesund es ist. Unsere alte Durstideologie führt zu allerhand Krankheiten.
Die du mir jetzt bitte nicht aufzählst. Im Lehrerzimmer hört man schon nichts anderes mehr als Krankengeschichten, Ernährungstips, Operationsverläufe, Abnützungserscheinungen.
Ja, ich selber fühle mich abgenutzt, an manchen Tagen, so als ob die Gelenke ausstrahlten ins Lebensgefühl.
Man fragt nicht, was die Butter kostet, ja selbst die alte Liebe rostet, zitierte Bill.
Tante Luise tauchte aus der Versenkung auf, saß auf einmal zwischen ihnen, mitten in Amerika, in ihrem weiten Leinenrock, dem beigen Pullover, dem grauen Dutt. Sie strich mit ihren bläulichen Fingern über die Krümel der Tischdecke. Na, Kinder, jetzt aber in die Falle. Jeder Ferienabend endete so, mit einem Händeklatschen der mühsam durchbluteten Hand.
Ich kann nicht einmal mehr fragen, wie es Mutter geht. Ich könnte mich nur nach ihrem Grab erkundigen.
Darüber gebe ich dir morgen Auskunft.
Ab in die Falle, sagten beide gleichzeitig.
Wann willst du dein Frühstück morgen?
Wann stehst du auf?
Sie einigten sich auf nach sieben Uhr. Beide waren immer Frühaufsteher gewesen, seit Großmutter ihnen die Geschichte vom fliehenden Tag erzählt hatte, der nicht mehr einzuholen

war, man konnte sich mühen wie man wollte, wenn man den Aufstehmoment verpaßt hatte.
Also, schlaf gut.
Eine lange Umarmung.
Karla befreite sich und ging ins Bad.
Wieso, fragte sie sich, als sie im Bett lag, wieso schiebe ich ihn weg, fühle ich mich erleichtert, wenn ich wieder allein in meiner Zelle liege? Kann ich denn überhaupt nicht mehr in der Gegenwart leben, habe ich das verlernt? Ich kann den heutigen Bill, den fast sechzigjährigen alten Bill gar nicht wahrnehmen, ohne daß er mir als Zwanzigjähriger erscheint. Sein liebes Gesicht, die gemeinsamen Erlebnisse, die Gewißheit, daß ich nicht viel erklären muß, daß er weiß, wie ich denke und fühle, seit der Kindheit. Fühle ich wirklich immer noch gleich? Die Aufregungen der Jugend? Kommen sie wieder?
In großer Verwirrung schlief sie ein, träumte von Autorennen durch breite Straßen; sie saß am Steuer, allein, vor ihr Bill im alten Mustang, uneinholbar, und der Kunstprofessor Art neben ihr auf dem Beifahrersitz, unbeteiligt in einem Riesenbildband blätternd. Gerade als sie um eine Ecke bog, sprang die Autotür auf, sie drohte herauszufallen und schrie. Sie wachte auf, sah, daß ihre Zimmertüre offenstand, und hörte Geschirrklappern in der Küche.

10

Aufstehen, rief Bill, aufstehen, du Langschläfer, der Kaffee ist fertig. Zieh dir einen Pullover drüber, es ist noch frisch.
Ich kann mich nicht erinnern, jemals so lange geschlafen zu haben. Du weißt ja, wie's bei uns daheim war: Wer nach sieben aufstand, war als Faulpelz gebrandmarkt, auch in den Ferien. Halb acht war die Schmerzgrenze, danach begann die moralische Verworfenheit.
Komm, Charly, denk nicht an früher. Das ist lange vorbei. Jetzt bist du in Amerika. Und heute abend sind wir eingeladen bei

Gloria, sie gibt eine Dinnerparty für ihre älteste Tochter, die achtzehn geworden ist.
Bill hatte Toast geröstet und einen starken Kaffee gebraut, nach Großmutterart. Der Kaffeesatz blieb in der Kanne, bis zur letzten Tasse. In einer Pfanne brutzelten vier Eier mit einigen Speckstreifen.
Jetzt trink erst mal deinen Orangensaft.
Was Kaltes, auf nüchternen Magen?
Garantiert keine Läuse im Bauch, schau mich an!
Sie setzte sich an den großen Tisch. Die Zeitungen, Briefe, Reklamebons, Bleistifte, Kulis, Zettel, Teeschachteln, Scheren, Papiertücher und Schlüssel hatte Bill weit nach hinten geschoben. Vorne lag ein handtuchgroßes Deckchen mit Weihnachtsstickerei. Darauf stand das Geschirr.
Danke, daß du so schön gedeckt hast.
Bill goß den schwarzen Kaffee ein. Ich hoffe, heute ist er nach deinem Geschmack.
Du könntest ein Restaurant aufmachen, so perfekt ist alles.
Das habe ich schon einmal überlegt. Aber es nimmt zu viel Zeit weg.
Zeit wovon?
Du denkst wohl, ich liege hier nur auf der faulen Haut seit meiner Pensionierung?
Nein?
Nein.
Vielleicht sagst du mir, was du arbeitest.
Ich organisiere mein Geld.
Was für Geld? Du hast doch eine Pension, oder?
Natürlich, aber nur eine kleine. Den Rest muß ich mir dazuverdienen.
Und das machst du, indem du dein Geld organisierst.
Das ist sehr allgemein ausgedrückt. Ich sehe zu, daß meine Aktien gut laufen.
Aktien hast du?
Aus der Frage wurde klar, wie fern ihr diese Art von Beschäftigung war. Aktien, das war ein Wort aus der Gründerzeit, aus den Vorkriegsjahren. Staatsanleihen, Winterhilfe. Sie hatte keine Ahnung, was Bill damit tat.
Du denkst wohl an Großvaters Warnung vor den Spekulanten?
Na, so ähnlich. Und da brauchst du deine ganze Zeit, um diese

Aktien zu verwalten?
Ja, das ist ein aufwendiger Job, in dem man sich gut auskennen muß, um nichts zu verlieren.
Das wäre mir zu aufregend.
Sie stellte sich vor, wenn sie ihr Sparbuch in Aktien umwandeln würde. Nein, niemals. Was sollte sie mit Aktien? Sie hatte ihr Auskommen, wollte keine Reichtümer anhäufen. Für wen auch? Vielleicht war das anders, wenn man Kinder hatte.
Für Margos Studium habe ich zum Beispiel besondere Anlagen reserviert. Das ist hier sehr teuer.
Karla staunte wieder. Sie hatte nichts laut gesagt, und doch antwortete Bill auf ihre Gedanken.
Dein Frühstück war wie bei Großmuttern.
Sie schob den Teller zurück.
Jetzt wäre ein Zigarettchen gut. Nein, keine Angst, ich gehe in den Garten.
Sie holte eine Schachtel extra lange Damenzigaretten aus ihrem Zimmer und nahm ihre Kaffeetasse mit auf die Terrasse hinaus. Bill kam ihr nach.
Also rauchst du doch!
Hin und wieder, wenn's mir gerade danach ist. Es weiß natürlich keiner davon.
Du rauchst nur manchmal? Das ist unmöglich für mich. Früher habe ich päckchenweise geraucht, von früh bis spät. Und dann, in der Therapieausbildung, habe ich aufgehört, von einem Tag auf den anderen. Seither ist allerdings mein Bauch nicht mehr wegzukriegen. Was machst du eigentlich, daß du so gar nicht zunimmst?
Jedenfalls keine Diät. Manchmal faste ich - du würdest sagen aus religiösen Gründen. Das ist auch gut fürs Denken. Alles wird leichter, nicht nur der Körper.
Ich würde sicher die ganze Zeit nur ans Essen denken und mir Menues ausmalen, die ich koche, wenn die Diät vorbei ist.
Eben keine Diät! Fasten! Da liegt bei mir der Unterschied.
Sie gingen wieder an den Küchentisch.
Was hast du heute vor?
Ein paar Karten schreiben.
Schon wieder?
Ja, ich habe erst zehn geschrieben. Ich habe zwar nicht viele Freunde, aber sehr viele Bekannte.

Ich habe weder noch. Im Grunde bin ich gerne allein, ohne Verpflichtungen.
Und deine Freundinnen?
Das ist ein anderes Kapitel. Da muß ich aufpassen, daß es nicht zu eng wird. Sie gehen einem dann nicht mehr von der Pelle. Wenn es so weit ist, stelle ich das Telephon ab und schließe die Haustüre zu.
Aber sie sehen doch, daß dein Auto vor der Türe steht.
Nein, das bringe ich dann in die Garage oder parke es um die Ecke.
Du bist ja kindisch. Denkst du, die Frauen merken das nicht?
Das sollen sie sogar merken.
Du könntest es aber auch erklären, daß dir das Verhältnis zu eng wird.
Oh Gott, bloß keine Diskussion über Beziehungen! Das führt nur zu Mißverständnissen. Am Ende kommt die Versöhnung, so sicher wie das Amen in der Kirche.
Macht dir das nichts aus, so Verstecken zu spielen?
Für mich ist das immer noch besser als das Wühlen in den Gefühlen.
Aber du hast doch eine Therapieausbildung gemacht, wenn ich nicht irre.
Ja, hab ich. Aber hauptsächlich für mich. Nach ein paar Versuchen habe ich das Therapieren auch gleich wieder aufgegeben. Die Schwierigkeiten der andern nehmen mich jedesmal viel zu sehr mit.
Kann ich verstehen.
Also, was machen wir heute?
Ich würde ganz gerne wieder in den Buchladen fahren, vielleicht am Nachmittag. Abends sollten wir ja zu Gloria.
Das ist erst nächste Woche, wie ich im Kalender entdeckt habe. Aber ich lade sie ein für heute abend.
Soll ich dir beim Kochen helfen? Machen wir was Bayerisches, süße Knödel mit Semmelbrösel zum Beispiel?
Du kennst Gloria nicht. Die nippt nur von allem. Ich habe noch nie erlebt, daß sie irgend etwas mit Appetit oder gar Heißhunger gegessen hätte.
Wie lange kennst du sie schon?
Schon ewig, seit sechs Jahren.
Ist sie das, was wir girlfriend nennen?

Das drückst du aber zartfühlend aus. Echt Kloster. Du meinst Sex, oder?
Karla sah auf ihren krümelbedeckten Frühstücksteller, drückte den Zeigefinger auf die Brösel und leckte ihn ab.
Also, Charly, wenn du's wissen willst ...
Nein, hör auf.
Ist doch nichts dabei.
Kann sein, aber mich interessiert es nicht.
Sie stand auf.
Ich gehe jetzt eine Weile in mein Zimmer, und wenn du willst, mache ich das Mittagessen.
Nein, brauchst du nicht.
Du meinst, es gibt wieder Gummibrot mit Fisch und Salat dazwischen?
Genau. Warm essen wir ja heute abend.
Sie stellte die Teller und Tassen aufeinander, trug sie zur Spüle, krempelte die Ärmel hoch und sah sich nach einer Spülbürste um.
Nein, nicht, sagt Bill, wir nehmen die Maschine.
Wenn du meinst, antwortete Karla leise. Ich wollte mich nur nützlich machen.
Ganz das brave Karlchen. Großmutter hätte ihre Freude.
Halt den Mund! Mit welchem Recht ziehst du über alles mit deinem Spott her? Hast du Angst vor Gefühlen?
Gut gekontert, Charly. Du magst recht haben. Allmählich wirst du mir unheimlich.
Fürchte dich nicht, sagte Karla feierlich, ich habe meinen Rückflug gebucht.
Er stand auf und umarmte sie. Sag das nie wieder, ich bitte dich. Und sei mir nicht böse. Es fällt mir schwer, die richtigen Worte zu finden.
Mir auch.
Als sie in ihrem Verschlag, ihrer Kammer, ihrer Zelle allein war, machte sie das Bett, ordnete den Inhalt des Koffers, setzte sich schließlich an das Tischchen. An Uschi wollte sie schreiben, einen langen Brief. Ihr schrieb sie am liebsten. Wenn sie an den Familienfesten alle beieinandersaßen, unterhielt sich Karla am liebsten mit Uschi und ihren Freundinnen. Die Gleichaltrigen, auch Johann und Hilde, hatten den Wortschatz eines halbaufgebrauchten Lebens. Auch die Themen wurden

denen im Lehrerzimmer immer ähnlicher: Unverständnis für die Jugend, Krankheiten, mysteriöse Todesfälle. Mit Uschi konnte sie über Strickmuster, blöde Kollegen und stupide Ministerialerlasse klatschen, und seit dem Abitur übers Studium. Uschi hatte ihre Fächer gewählt, Deutsch und Französisch. Manchmal redeten sie auch französisch, ganz leise, sonst wurden die anderen böse.

Ma chère Uschi, fing Karla an. Sie gab einen genauen Bericht über ihre bisherigen Erlebnisse, wobei die Sitzung im Friseursalon den dekorativen Mittelpunkt bildete. Du wirst mich nicht mehr wiedererkennen. Ausrufzeichen. So, und jetzt noch einige geographische Anmerkungen, die Schneewüste Labradors vom Flugzeug aus, die grünen Winterhügel Kaliforniens, das frische Frühlingswetter jetzt im Januar. Aber das kannte Uschi vom Vorjahr, als sie Margo besucht hatte. Grüße an den Rest der Familie, die Versicherung, daß es ihr gut ging, die Ankündigung ihres Besuchs nach Ankunft des Flugzeugs in München.

Karla sah aus dem Fenster.

Ein Auto hielt vor der Haustür, feuerrot, eine Art Sportwagen.

Eine Dame entstieg dem Gefährt. Sie war rothaarig, trug einen schwarzen Samtblazer zum grünen Rock. Das mußte Gloria sein. Was für eine Erscheinung, was für eine elegante und selbstbewußte Frau. Jetzt kam sie den Weg zum Haus herauf.

Es klopfte. Sie hörte Bill zur Tür schlurfen. Lebhafte, laute Begrüßung.

Where is she?

Bill rief: Charly, kommst du mal? Karla schob den Stuhl zurück und öffnete die Tür. Ich bin noch nicht mal gewaschen, fiel ihr ein, als sie in Bills Jeans und ihrem dunkelblauen Shirt der schönen Gloria entgegenging. Das Aschenputtelgefühl ihres Lebens.

Sie begrüßte Gloria freundlich, wurde angestrahlt, lächelte zurück und schwieg dann. Die beiden scherzten über Glorias neue Frisur, eine Art Pagenkopf. Ihr kam vor, sie lachten pausenlos. Hell, laut und lustig war es auf einmal in Bills Küche.

Gloria stellte ein rosa Papierkörbchen auf den Kühlschrank.

Das ist der Nachtisch für heute abend.

Sie entschwebte, segelte davon, anmutig den weiten Rock als Flügel hinter sich herwehend.

Karlas Lächeln begann einzutrocknen.

Das ist wirklich eine ungewöhnliche Frau. Glückwunsch, Wilhelm.
Er stellte sich ans Fenster und sah zu, wie Glorias Wagen davonrollte.
Ein Superauto. Ich habe ihn ihr billiger vermittelt.
Und eine Superfrau, nehme ich an.
Danke, Charly. Du bist sehr nett. Aber auch naiv. Das war nur eine von Glorias perfekten Inszenierungen. Sie weiß, wie man das macht. Früher hat sie einige Kurse in Dramaturgie belegt, wollte auch mal Schauspielerin werden. Sowas wirst du ein Leben lang nicht mehr los.
Ich habe den Eindruck, sie hat die ganze Küche durcheinandergewirbelt.
Karla schnupperte dem Parfum nach.
Da solltest du sie erst ein Sandwich zubereiten sehen!
Bist du nicht ungerecht?
Hör zu, ich kenne diese neurotische Person schließlich seit sechs Jahren. Und ich bin froh, daß ich nicht mehr mit ihr zusammenlebe. Es war die Hölle. Hysterische Überreaktionen den ganzen Tag. Mal abgesehen davon, daß sie weder kochen kann noch ihre Sachen in Ordnung halten. Zum Glück hat sie von ihrem ersten Mann allerhand geerbt, unter anderem ein Riesenhaus in Mountain View.
Und da ist sie trotzdem zu dir gezogen?
Nein, umgekehrt. Aber ich habe es nur einen Monat ausgehalten. Gottseidank hatte ich mein Haus noch nicht verkauft.
Und sie kommt heute abend?
Sagt sie jedenfalls. Die Nachspeise, diese klebrigen petit fours aus der French Bakery hat sie jedenfalls boshafterweise schon vorausgeliefert.
Aber das ist doch nett von ihr!
Denkst du! Das macht sie nur, weil sie weiß, daß ich nach diesen Kalorienbomben süchtig bin. Sie genießt den Triumph ihrer Schlankheit über meinen Bauch.
Jetzt hör aber auf. Schließlich liebst du sie.
Ich liebe sie? Deine hochtrabenden Worte in Ehren, aber das ist lächerlich. Definier mir mal diesen Begriff Liebe, ohne daß du banal wirst.
Karla hätte anfangen können von ewiger, unverbrüchlicher Treue, von stets mitgetragenen Photos, wiedergelesenen Brie-

fen, von der Anstrengung, den Geliebten am eigenen Leben teilhaben zu lassen, bis er in jeder Kleidertasche mitgeschleppt wurde, zur Versicherung seiner Gegenwart befühlt, bei Prüfungen und Ängsten hervorgeholt, in Diskussionen verwickelt, abends unters Kopfkissen gelegt. Sie hätte erzählen können von dem ständigen Willen, an ihm festzuhalten, allem Schein zum Trotz, von der wachsenden Durchsichtigkeit seines Bildes, durch das hindurch die Welt sich veränderte. Sie hätte von ihrer Liebe zu ihm erzählen können, die sie sich dreißig Jahre lang lebendig erhalten hatte. Aber sie sagte nichts. Sie sah den fremden, dicken Mann an, der in seinem Frotteemantel barfuß dastand, mit hängenden Schultern. Das also war der Mensch, auf den hin sie ihr ganzes Leben ausgerichtet hatte. Irrtum des Schicksals, daß sie mit diesem Menschen verwandt war, ihn geliebt hatte durch Jahrzehnte, sein Bild konserviert hatte, besser, als jedes Photo dazu in der Lage gewesen wäre. Ob das Liebe war oder nur die Vorstellung von Liebe, die unbeirrbar festhält an Entscheidungen, Entschlüssen, Gefühlen, Bildern? Eine Konstruktion, ein einsturzgefährdetes Bauwerk, immer wieder eingerüstet, abgestützt, ausgebessert, angestrichen. Wo würde ihre Geschichte aufscheinen, unter welcher Rubrik? Unter Vermischtes, etwa: Wiedersehen mit Verlobtem nach 50 Jahren. Ein halbes Jahrhundert der Treue. Wären sie Königskinder, könnten exotische Überschriften ihr Leben beschreiben. Belohnte Treue! Sie weinten, als sie endlich vereint waren! Tränen nach einem halben Jahrhundert der Treue! Glücklich vereint nach einem Leben der Trennung: Prinzessin Karla und Prinz Wilhelm. Auch die Namen würden passen, waren sie doch einmal unter dem Aspekt zukünftiger Größe gewählt worden.

11

Sie sah zum Fenster hinaus. Es war immer noch sonnig. Sie würde ihren Vormittag im Buchladen verbringen und am Nachmittag in der Küche helfen. Und sie würde sich durch den Abend mit Bill und Gloria schweigen.
Ich habe noch ein Nachbarehepaar eingeladen. Sie ist Inderin und er Brite. Beide machen viel Geld mit Computern. Gehst du heute Vormittag mit mir einkaufen?
Sie schluckte. Ihr geruhsamer Buchladen rückte in die Ferne.
Ja, gerne.
Sie ging ins Bad, wusch sich kurz und schrieb an ihrem Brief weiter. Als Bill mit seiner Morgentoilette fertig war, klebte sie den Brief zu.
Im Auto erklärte er ihr sein Menue für den Abend. Er wollte eines seiner berühmten Chicken zubereiten. In der Hühnchenabteilung im Supermarkt suchte er lange herum, bis er sich schließlich für zwei in Plastik eingezwängte Exemplare entschied. Das gleiche wählerische Zeremoniell vor den Gemüseständen. Er nahm Brokkoli, begründete seine Wahl mit der Aufzählung von Gesundheitswert, Mineraliensalzen, Vitaminen, vermindertem Krebsrisiko.
Karla hörte nicht hin. Wozu brauchte er sie hier? Sie trottete hinter ihm her, zeigte bewunderndes Erstaunen vor dem Überangebot, nahm hin und wieder ein auffallendes Paket Cornflakes oder Nudeln heraus, stellte es aber gleich wieder ins Regal.
In der Käse- und Milchabteilung wehte es kalt aus den aufgestapelten Reihen. Bill entschied sich für die absolut fettfreie, mit irgendwelchen gesundheitsfördernden Zusätzen angereicherte Blaumilch.
Die Zutaten fürs Brotbacken holten sie in einer Art Reformhaus, wo der Geruch nach Desinfektionsmitteln Karla gleich wieder zum Ausgang trieb.
Ich warte draußen.
Sie sah auf die Uhr. Auf mysteriöse Weise war es schon wieder 12 Uhr. Sie hatte Hunger.
Als Bill endlich aus dem Laden kam, zeigte er ihr zwei dunkle Doppelsemmeln. Die machen wir uns zum Lunch heute.

Doppelsemmeln. Die machen wir uns zum Lunch heute.
Soll ich nicht eine Suppe machen?
Wozu denn, wo wir doch heute abend warm essen, und nicht zu knapp, das kann ich dir versprechen.
Daheim schnitt er die zwei Brötchen auf, strich Mayonnaise drauf, ein Salatblatt, den Rest aus einer Thunfischdose, eine saure Gurke. Dann nahm er sein Sandwich und verschwand in der Garage. Ob er für sie einen Saft holte?
Aber er kam nicht wieder. Sie hörte es rumoren.
Das Sandwich schmeckte besser, als sie vermutet hatte. Sie nahm sich einen Apfel aus der Obstschale neben dem ungespülten Geschirr neben der Spüle. Dann ging sie in ihr Zimmer und legte sich hin.
In einem Fleischgeschäft stand sie vor der Theke, beim Müllermetzger in Passau. Mutter war die Verkäuferin und schnitt ein großes Steak für sie ab. Soll ich es einwickeln? Nein, es geht so. Karla nahm das weiche, tropfende Fleischstück in die Hand und lief damit auf die Straße hinaus, durch die Kleine Klingergasse bis zur Votivkirche, wo Johann Grabkränze verkaufte und ihr zuwinkte. An ihm vorbei stieß sie das Portal auf, kniete sich in eine Bank und legte das Steak auf den Nebensitz. Die Kirche war dunkel und leer. Nur ein Priester im Ornat zelebrierte mit dem Rücken zu ihr. Die Messe ging dem Ende zu. Als er sich zum Ite missa est umdrehte, erkannte sie ihn. Es war Wilhelm. Sein Gesicht war wie rohes Fleisch und von seinen Wangen tropfte das Blut auf den Boden.
Von ihrem Schrei wachte sie auf. Sie lag gekrümmt auf der linken Seite, schweißnaß. Es war 16 Uhr.
Sie stand schnell auf und schrieb den Traum in ihr Tagebuch. Wann hatte sie jemals etwas Ähnliches geträumt?
In der Küche klapperte Bill mit den Töpfen. Jetzt war sie wach.
Ausgeschlafen?
Ja, es war lang genug. Kann ich mir einen Kaffee machen?
Schau doch auf den Tisch!
Da stand die Thermoskanne, daneben eine Schachtel Kekse.
Trinkst du mit?
Einen kleinen Schluck. Wenn ich alles so hinkriegen soll, wie ich will, dann brauche ich noch eine Menge Zeit.
Setz dich einen Moment zu mir. Anschließend kochen wir miteinander.

Um Gottes Willen, nein! Ich bin am schnellsten, wenn ich allein hantieren kann.
Karla holte zwei Tassen, Milch und Zucker, und nahm sich ein Gebäckstück.
Bill nahm nichts, trank ein paar Schlucke im Stehen und putzte Gemüse auf den Kochplatten. Die Arbeitsflächen waren verschwunden unter Papieren, Töpfen und Zutaten.
Karla schaute weg. Wenn du mich nicht brauchst, dann könnte ich ja einstweilen mal staubsaugen oder das Bad putzen.
Ist es dir nicht sauber genug? Dieser deutsche Putzfimmel! Laß die Hände weg vom Staubsauger! Wir essen von Tellern und nicht vom Fußboden.
Ist ja gut. Sei nicht gleich beleidigt. Ich wollte mich nur nützlich machen.
Hier brauchst du nicht nützlich zu sein. Was für ein Wort! Du verwendest immer noch diese idiotischen Ausdrücke, als hätte sich nichts geändert.
Bills Gesicht war rot.
Karla dachte an das Traumsteak. Sie stand auf. Ich geh ein bißchen spazieren.
Die Luft fühlte sich kühl an, obwohl die Sonne immer noch schien. Karla marschierte in Richtung Park. Niemand außer ihr war unterwegs, die breiten Gehsteige menschenleer, nirgendwo spielten Kinder, gingen Leute einkaufen. Ein breiter Chevrolet kroch zu ihr hin, die Fenster wurden heruntergekurbelt und der Fahrer, ein junger Schirmmützenträger, fragte: Are you O.K.?
Yes, thank you.
Er fuhr langsam weiter.
Sehe ich aus, als wäre ich nicht O.K.?
Im Park setzte sie sich auf eine Bank in der Sonne, mit Blick auf den Sandkasten. Einsamkeit und Stille, wie im Klostergarten. Sie schloß die Augen und versuchte zu meditieren, aber der Traum störte ihre Konzentration.
Auch auf dem Heimweg begegnete ihr niemand. Die Häuser zu beiden Seiten waren wie Kulissen in einem Theaterstück, perfekt und scheinbar wirklich.
Vielleicht träume ich schon wieder und wache daheim auf, in meinem Passauer Bett?

In der Küche dampfte es aus drei verschiedenen Töpfen. Die

kleinen Fenster waren beschlagen. Auf dem Eßtisch türmten sich die Konserven, halbleere Tüten, ringsum verstreuter Zukker, auch auf dem Fußboden. Der Kühlschrank surrte laut, stand offen, weil eine Gurke aus dem Gemüsefach herausragte. Aus einem Topf floß unter dem klappernden Deckel ein bräunliches Rinnsal hervor und auf die Platte.
Karla rümpfte die Nase. Es roch angebrannt, säuerlich, als hätte jemand erbrochen.
Bill, wo bist du?
Auch die Akustik war getrübt. Der Dampf schien ihre Stimme aufzusaugen.
Sie setzte noch einmal an:
Hallo, ist da wer? Nobody, oder anybody?
Nichts rührte sich.
Sie ging zum Herd, nahm den überkochenden Topf von der Platte und versuchte herauszufinden, an welchem Knopf sie zu drehen hatte, um abzuschalten.
Schlachtfeld Küche. Es sah aus, als hätte Onkel Erich hier gewütet. Einmal im Jahr, am Heiligen Abend, von den Morgenstunden an, gehörte die Küche dem Haushaltsvorstand. Die Frauen mußten Bestandteile für die berühmte Weihnachtssuppe am Vortag bereitstellen: getrocknete Holunderbeeren, Pflaumen, Äpfel und Birnen. Höchstpersönlich weichte Erich die Trockenfrüchte des Abends ein, im großen Knödeltopf. Das warme Wasser befühlte er mit der Hand, um die richtige laue Temperatur zu garantieren. Eine frische Schürze mußte bereitliegen, ein Riesensieb, ein Quirl, ein Holzlöffel. Gleich nach dem Frühstück durfte niemand mehr in die Küche. Es war ohnehin Fasttag, an dem es zu Mittag nur eine Wassersuppe gab. In den Suppenteller kam geriebener Ingwer, ein winziges Stück Margarine, eine Prise Salz. Das übergoß man mit kochendem Wasser.
Am Heiligen Abend überwachte Onkel Erich die Weihnachtssuppe höchstselbst. Er brachte den Früchtepampf zum Kochen, rührte unablässig darin herum und verteilte die dunkelviolette Masse gekonnt auf Herd, Fliesen und Fußboden. Zu Mittag schaltete er aus, und die Frauen durften saubermachen. Gegen Abend allerdings machte er sich an die Hauptarbeit, das Durchpassieren. Dazu quirlte er unablässig schnaufend den Früchtebrei durch das Sieb in einen zweiten Topf. Einmal war

ihm dabei ein Siebhenkel abgebrochen und die Arbeit vernichtet, weil die Hülsen aus dem Sieb in den durchpassierten Brei klatschten. Die Bescherung verschob sich um eine Stunde. Denkwürdig! Generationen, so hoffte Erich, würden sich diese Episode erschaudernd weitererzählen. Da hatte er sich verrechnet. Nicht einmal die anpassungsfähige Hilde, die sich um Verbote wirksam zu schlängeln verstand, sprach noch davon. Und Uschi hatte keine Ahnung mehr, was für ein Tyrann ihr Großvater gewesen war. Margo hätte wahrscheinlich nicht einmal gewußt, daß ihr Großvater mit Vornamen Erich hieß. Keiner aus der Verwandtschaft erwähnte jemals mehr diese Suppe, an deren Geschmack und Farbe die jährlichen Weihnachtsängste gekoppelt waren. Auch Tante Luise, die nach Erichs Tod ein Zimmerchen bei Hilde und Johann bewohnte, machte nie den Vorschlag, den alten Brauch wieder zu beleben. Mit Erich starb die Fastenzeit, starben Wasser- und Weihnachtssuppe. Alle hörten auf, nach den kirchlichen Regeln zu handeln, auch Luise schlief sonntags aus und ging nur noch an Festtagen zur Kirche. Zusehends verlor sie die Orientierung, wußte kaum noch, welchen Wochentag man hatte, verwechselte Ostern mit Pfingsten, hörte auf, sich sorgfältig zu kleiden, brachte Unterröcke und Blusen durcheinander, zog manchmal zwei Paar Strümpfe an und manchmal überhaupt keine. Erichs Ordnung, die Feste und Familie zusammenpreßte, zerfiel nach seinem Tod. Die gewonnene Freiheit wollte keiner mehr aufgeben.
Wilhelm, der zur Beerdigung seines Vaters nicht gekommen war, war zweimal in München, bevor Luise starb. Das letzte Mal, als Bill seine Mutter sah, verwechselte sie ihn mit ihrem Mann. Wilhelm war vorzeitig abgereist, nicht, weil ihn angeblich Geschäfte nach Kalifornien riefen, sondern weil ihm diese Verwechslung auf den Magen und auf die Seele schlug. Er war nach Paris geflogen. Dort hatte er die restlichen Tage bis zum Rückflug im Hotel verbracht. Hilde war informiert und rief gleich gar nicht bei ihm zu Hause an, obwohl Luise sie drängte. Wilhelm kam nicht auf die Idee, es könnte für Hilde ähnlich belastend sein wie für ihn, den Verfall der Mutter Tag für Tag aus der Nähe mitzuerleben. Er flog aus Deutschland wie er aus der Verantwortung flog, leicht und gedankenlos, gewissenlos hätte man früher gesagt, aber bei Männern entschuldigte man das. Erich hatte schon gewußt, warum er Hilde zur Unterwer-

fung erzog. Eine aus der Familie mußte schließlich funktionieren, ohne an sich selbst zu denken. Erichs Mutter wurde von ihrer Schwiegertochter Luise gepflegt, als sie sich das Bein gebrochen hatte und danach nie mehr richtig laufen konnte. Während der langen Nachmittage las Luise ihr aus der Zeitung vor. Erich hatte die Zeitung schon vorher gelesen, in seinem Zimmer. Jeden Abend wünschte er seiner Mutter gute Nacht. Da lag sie, von Luise sauber gebettet und gewaschen, in ihrem frischen Leintuch und strahlte ihren Sohn an, der sich so um sie kümmerte. Aber wehe, wenn Luise vergaß, Staub zu wischen oder wenn sie ihr den Tee nicht rechtzeitig brachte! Es war eben nur die Schwiegertochter, was konnte man da schon erwarten.

Karlas Mutter und Luise hatten so manches Mal heimlich gejammert und geklagt. Sie flüsterten sich ihre Verbitterung in der Küche zu, beim lauten Braten der Schnitzel. Brachten sie die warmen Platten auf den Mittagstisch, dann lächelten sie und warteten auf Erichs Lob. Die Kinder verbanden Kochen immer mit großer Anstrengung, weil die Frauen das Essen mit hochroten Wangen servierten und die Ärmel hochkrempelten, sogar im Winter. Und zur Sommerszeit, als man die alten Öfen noch heizen mußte fürs Kaffeewasser, litten alle unter der Hitze in der Küche. Es gab zwar einen Eichentisch im Wohnzimmer, aber niemandem wäre eingefallen, während der Woche dort zu essen. Das Wohnzimmer wurde nicht bewohnt, sondern am Wochenende feierlich betreten, wo die Familie dann am weißgedeckten Tisch aus dem alten Porzellan speiste. Auch an dieser Gewohnheit hielt niemand mehr fest. Hilde hatte eine große Wohnküche, in der auch Gäste bewirtet wurden, und Karlas Wohnzimmer war ihr abendliches Refugium zum Fernsehen und Musikhören.

Und hier, in Wilhelms Haus, gab es keine einzige Ecke der Feierlichkeit oder Sonntäglichkeit. Es gab auch keine Sonntage mehr, die diesen Namen verdienten. Am Sonntag wurde nicht gearbeitet, aber schließlich hatte man auch am Samstag frei und am Freitagnachmittag. Mit den Sonntagen verschwand das Besondere, das Erhabene. Das verstand Bill unter demokratisch. Und demokratisch war wohl auch der Fernsehkonsum, das Dosenessen. Alle taten und aßen das Gleiche, wenigstens nach Arbeitsschluß.

Karla arrangierte die Gurke in einem der oberen Regale und schloß den Kühlschrank. Sie putzte den Herd und stellte die Temperatur niedriger. Dann ging sie wieder in ihr Zimmer. Sie wartete.
Wo Bill nur schon wieder war? Er verschwand einfach, ohne zu sagen, wohin.
Was ist denn da passiert? Hast du wieder in der Küche herumgepfuscht? Das Fleisch sollte doch kochen! Mein Gott, das wird heute nicht mehr weich!
Karla erschien unter der Küchentüre.
Hast du mich gerufen?
Nein, ich rede mit mir.
Wo warst du denn?
Hör auf, mich auszufragen. Ich war weg, und jetzt bin ich wieder da. Und jetzt laß mich allein kochen.
Soll ich den Tisch decken?
Ja.
Sie räumte das Chaos in einen Korb und holte Bills angeschlagene Teller aus dem Schrank. Eine Tischdecke gab es wohl nicht. Sie probierte aus, ob die Teller rutschten, legten dann eine Papierserviette unter jedes Gedeck. Dann suchte sie nach Weingläsern, fand aber nur die beiden, aus denen sie gestern getrunken hatten. Sonst gab es nur trübe Senfgläser, die gespült werden mußten.
Bill war noch immer mit seinen Töpfen und Pfannen beschäftigt, rührte, fügte Joghurt zur Soße, schnitt Zwiebeln auf der Arbeitsfläche.
Karla verschwand in ihrem Zimmer.

An der Tür klopften die indisch-englischen Nachbarn gleichzeitig mit Gloria. Bill trat mit seiner dekorativen Schürze den Gästen entgegen. Karla kam von der anderen Seite zum Eingang. Gloria trat als erste ein. Karla lächelte in diesen Mund, der blutrot vor ihr aufging.
Das also, stellte Bill sie den Nachbarn vor, ist die Cousine aus dem alten Europa, aus Böhmen.
Gloria stieß Bill an: Du Bohemien, du. Er zog sie an sich, küßte sie auf beide Wangen und schob sie in die Küche.
So, nun laß mal sehen, was du Gutes für uns gekocht hast. Es riecht jedenfalls verführerisch.

Du wirst sicher satt werden, sagte Bill.
Aber diese Frau aß niemals satt, das sah man. Sie hatte eine makellose Mädchenfigur.
Alle setzten sich in die Ledersessel vor dem Fernsehapparat. Eine Nachrichtensendung lief halblaut. Bill mixte etwas dunkelrot Aufschäumendes in breiten Whiskygläsern.
Welcome in USA.
Das waren also die reichen Computernachbarn. Dann wurde gelacht. Karla hatte keine Ahnung, weswegen. Sie betrachtete Gloria und Bill, ließ ihre Gedanken abschweifen, stellte sich die beiden im Bett vor, so realistisch sie konnte. Vor dreißig Jahren hätte sie einen solchen Gedanken sofort verjagt. Das mußt du beichten, und das, und das! Gedanken und Taten wurden nach der Beichtnotwendigkeit beurteilt. Eigentlich war es heute noch so, aber nur in der Theorie. Wer von den Jugendlichen, die katholisch erzogen waren, scherte sich nach der Firmung noch um Papsterlasse und Hirtenbriefe, die dennoch unverzagt an bestimmten Festtagen mit eintöniger Stimme von immer älteren Geistlichen verlesen wurden. Auch die praktizierenden jüngeren Gemeindemitglieder, die Kindergottesdienste vorbereiteten und den Sozialdienst für die Senioren organisierten, lachten nur über die Vorstellungen der alten Herren in Rom. Und sie selbst? Sie war nicht mehr betroffen, war zu alt geworden, ohne jemals jung gewesen zu sein. Mit meinen fünfzig Jahren, sagte sie zu sich, bin ich wahrhaftig noch Jungfrau. Hier würde das niemand glauben, vielleicht nicht einmal Bill. Aber er bräuchte nur in die Gedankenwelt von früher wieder einzutauchen, schon wäre es ihm völlig klar. Und während sie die beiden betrachtete, zusah, wie sie sich neckten, auf die Finger schlugen, kicherten und sich gelegentlich verliebte Blicke zuwarfen, kam sie sich uralt vor.
Den Abend überstand sie lächelnd, essend, zuhörend.
Bill brachte Gloria zu ihrem Auto. Sie standen noch lange draußen und redeten. Karla ging gleich schlafen.

12

Bill brachte das Auto am nächsten Tag in die Werkstatt. Mit dem alten Mustang fuhren sie nach San Francisco zum Kunstmuseum, wie Karla es sich gewünscht hatte.
Sie stiegen die breiten Treppen hinauf und blieben vor den goldgerahmten Bildern aus dem vorigen Jahrhundert stehen.
Alles, was aus alten Mustern, den Vierecken, den Dreiecken, den Mäandern zu ihr herüberzeigte, war schon irgendwann in ihr gewesen. Die Erinnerungen wurden immer dichter und zugleich diffuser. Würde so das Alter aussehen, vor dem alle so sehr Angst hatten, daß selbst sie immer für weit jünger geschätzt wurde, als sie sich selbst im Spiegel fand.
Bill legte seinen Arm um sie. Lange hatte das niemand mehr getan.
Na, Charly, altes Bäschen, gefällt dir das Museum? Hast du dein Zimmer immer noch mit Vaters alten Schinken vollgehängt? Sicher malst du immer noch. Laß mal sehen.
Zögerlich gab sie ihm ihr Notizbuch.
Darf ich nicht? Steht was drin über mich?
Schau ruhig rein. Du kannst alles lesen. Ein altes Mädchen hat keine Geheimnisse mehr.
Bill schlug die erste Seite auf, wo sie die Adresse des Mädchens aus dem Flugzeug notiert hatte.
Ja, lachte Karla, Kraut und Rüben durcheinander. Ich bin nämlich im Grunde sehr unordentlich, vielleicht ist es deswegen bei mir so sauber. In den Ferien lasse ich mich gerne gehen - natürlich alles im Rahmen.
Ihr Europäer mit eurem Rahmen, lachte Bill.
Sollen wir noch weiter marschieren?
Ja, zeig mir mal die amerikanischen Impressionisten.
Ich warne dich, nein, lieber nicht. Ich zeig dir jetzt lieber eins von unseren europäischen Cafés, wo man auch stundenlang sitzen und Zeitung lesen kann.
Sie parkten in einer Gegend, wo die Häuser locker nebeneinander standen, kleine, hellgestrichene und mit Stuck verzierte Vorstadthäuschen.
Ein glattrasierter Jüngling stand an der Theke zum Café.

Wir nehmen Capuccino, der schmeckt noch am ehesten nach Kaffee.
Sie sahen zu, wie in den großen, braunen Tassen mit weißer Innenglasur der Boden sich langsam mit dunkelbraunem Kaffee füllte. Daneben schäumte die heiße Milch auf.
Sie nahmen ihre Tassen und suchten einen Platz in der Nähe des Fensters.
Fast wie in Wien, anno 48, bei Tante Mizzi.
In der Ottakringer Dreizimmerwohnung waren sie damals gewesen. Wilhelm, Hilde und sie, drei unterernährte Flüchtlingskinder, die man von Bayern, wo man hungerte, nach Österreich geschickt hatte, wo man auch hungerte. Aber Tante Mizzis Verwandte auf dem Land steuerten Falläpfel, Karotten und hin und wieder Kartoffeln bei. Und bei der Tante war es lustig. Sie ging mit ihnen in den Prater, wo es Pferdewürstchen gab, süßlich und würzig.

Als sie nach einer weiteren halben Stunde aus dem Café heraustraten, war es windig, der Himmel bedeckt, und vom Pazifik her wälzten sich dicke Schwaden.
Siehst du, sagte Bill, deswegen wohne ich nicht hier, sondern in der Bay. Der kälteste Winter, den Mark Twain erlebte, war ein Juli in San Francisco.
Karla lachte. Den Ausspruch kenne ich auch. Vor 10 Jahren hast du uns damit unterhalten, als wir uns an Weihnachten kurz in München getroffen haben.
Sie erzählte nicht, wie sie diesen Ausspruch für ihre Schüler abgewandelt hatte, als es letzten Winter in Passau so warm war, daß man auf der Terrasse mittagessen konnte: Der heißeste Sommer, den ich erlebt habe, sagt ein Eskimo zum andern, war ein Wintertag in Passau.
Sie war in San Francisco, kein Zweifel, körperlich jedenfalls.
Zwick mich, sagte sie zu Bill, ich vergesse, wo ich bin. Pince-mi!
Konnte man denn überhaupt nichts mehr sagen, ohne daß die Vergangenheit sich über die Gegenwart stülpte?
Wetten, du denkst jetzt an das gleiche wie ich.
Sag das Stichwort!
Mademoiselle Perron, na also.
Sie gingen miteinander durch den Golden Gate Park und sie

gingen miteinander durch ihre Jugend in Passau und München.
Ich habe die blauen Augen geerbt und du die grünen.

Als sie daheim ankamen, sahen sie Margos Auto vor dem Haus. Sie stand vor dem Herd und kochte.
Ich mach mir nur schnell eine Suppe. Und ihr? Wollt ihr auch Suppe?
Nein, wir gehen aus.
Karla setzte sich erschöpft an den Küchentisch.
Wo waren sie den ganzen Tag gewesen, wo in diesem unübersichtlichen Amerika? Biste hier, biste da, bist wohl in Amerika. Der Tisch vor ihr wackelte, die Teller und Zeitungen wirbelten durcheinander, und inmitten der Bewegung erschien die Filmleinwand, braun und ocker, ein Stummfilm, der so lange lebte wie die Vergangenheit lebte in ihr, mit den vertrauten Gesichtern und Plätzen und Blumen, leicht verklärt im Nachmittagssonnenlicht.
Hallo, Charly, wo bist du?
Eine gute Frage.
Bill legte den Arm um sie, stellte sich hinter ihren Stuhl. Die Gegenstände auf dem Tisch ließen voneinander, waren wieder, was sie sein sollten. Und sie selber, was sollte sie sein? Mit der straff frisierten Lehrerin, der potentiellen Nonne, war es jedenfalls momentan nicht mehr weit her. Die neuen Locken hingen ihr in die Stirn.
Wie fühlt sich die neue Frisur an?
Sie zuckte mit den Schultern, abwiegelnd. Äußerlichkeiten. Das sollte sie doch nicht mehr betreffen, nach den Jahren der freiwilligen Askese, der Exerzitien, der Gewissenserforschung, der Beichten. Und doch. Es war ein angenehmes Gefühl, die Haare um Stirn und Ohren zu fühlen.
Ich finde, du siehst unwahrscheinlich jung aus.
Ja, stimmte Margo bei, genau. Jetzt brauchst du nur noch etwas Aufregendes zum Anziehen.
Also, sagte Karla energisch, jetzt ist Schluß. Ich will mich wenigstens noch umrißhaft wiedererkennen. Ich ziehe mein Kostüm an.
Das graue?
Ja, das graue.
Es war das einzige, das sie besaß, ein gutes Stück, ideal für die

Reise, strapazierfähig, knitterarm, mit allen Qualitätsmerkmalen aus der Nachkriegszeit.
Da werde ich mir eine Krawatte umbinden müssen!
Margo lachte unverschämt. Du hast doch überhaupt keine!
Doch, die von Gloria, vom letzten Geburtstag.
Oh nein!
Laß mal sehen, Wilhelm.
Er holte ein grün-rotes Gebilde mit Comiczeichnungen aus dem Schrank, trat vor den blinden Spiegel und band sich die Krawatte um.
Du siehst aus wie ein Nachkriegsami! Kannst du dich noch an Mathilde erinnern? Die Klassenbeste, unvergeßlich. Ihre Eltern wollten ihr verbieten, den Austauschstudenten aus Illinois zu heiraten. Grund: Er trägt geschmacklose Krawatten.
Und?
Was und?
Hat sie ihn trotzdem geheiratet?
Natürlich. Krawatten trägt er schon lange keine mehr, nach 68.
Wieso 68?
Na, die Studentenrevolte! Da warst du ja schon weg.
Bei uns hieß das flower power.
Das kannst du nicht vergleichen.
Wieso nicht? Im Endeffekt war es dasselbe.
Das denkst du! In Deutschland und Frankreich wollten wir politische Veränderungen! Und das Leben veränderte sich tatsächlich, besonders an den Unis.
Hier verbrüderten und verschwisterten wir uns auf großen Wiesen, das war die sexuelle Revolution, jedenfalls für mich.
Die gab's bei uns auch, als Nebenwirkung, sagte Karla verächtlich.
Wo warst du damals?
Im Referendardienst, mit protestierenden Schülern im Kampf. Die Parolen, die wir noch ein Jahr vorher in den Hörsälen gebrüllt hatten, kamen uns dann aus Schülermund entgegen. Autoritär! Das war der Schlachtruf gegen die Lehrer. Für einen Anfänger eine harte Zeit. Und du? Wo warst du?
Ich habe Pat kennengelernt, auf dem Campus. Wie gesagt, es war hauptsächlich die sexuelle Revolution, eine verrückte Zeit. Wir haben gleich geheiratet, bourgeois wie wir beide waren.
Na ja.

Daddy, wo ist das Paket mit den getrockneten Pilzen?
Margo hatte ihn erlöst.
Er wühlte in einem der oberen Schränke, nahm Pakete mit Bohnen, Erbsen, Haferflocken und Reis heraus, stellte sie weiter nach hinten.
Da, hier sind sie! Du hättest sie vorher einweichen sollen.
Ja, ja, schon gut. Heute kommen sie eben so in die Suppe. Da haben sie noch genug Zeit zum Quellen.
Und ich, wollte Karla sagen, war ohne Nachricht von dir. Ich saß verloren in meinem Coburger möblierten Zimmer, wurde von der Vermieterin beaufsichtigt, korrigierte Hefte, machte nächtelang Vorbereitungen für eventuelle unerwartete Chefbesuche im Unterricht, fuhr brav jedes Wochenende heim zu Mutter, verlor den Kontakt zu den gemeinsamen Studienfreunden, wollte ihn verlieren.
Alles erinnerte sie an die Zeit mit Wilhelm. Traf sie einen der ehemaligen Kommilitonen, dann fragte er gleich nach ihm. Wie geht's eigentlich Wilhelm, dem Amerikaner? Sie hatte sich Standardantworten zurechtgelegt. Amerikanisch geht's ihm. Er hat auf Technik umgesattelt. Wann kommt er? Morgen oder übermorgen.
Ihre Mutter schwieg, Tante Luise schwieg. Hilde schwieg. Johann schwieg.
Aber sie fragte ohnehin nie. Wenn sie in dieser Zeit ihrer Mutter widersprach, dann kam die Antwort: Paß auf, mit deiner bösen Zunge bleibst du eine alte Jungfer. Na und, war sie versucht zu fragen: Wie lebst du denn? Auch wie eine alte Jungfer, nur mit Kind und einem vergilbten Trauschein. Aber sie sagte nichts. Von dieser Zeit an ging sie zu keinem Klassentreffen mehr. Es waren die bunten Photos, die ihr Magenschmerzen verursachten. Kinder, Häuser, Urlaubsorte.

Die Pizza kam, und beide fingen an zu essen, sahen sich nicht an.
Schmeckt's?
Ja, prima.
Prima hatte es geschmeckt. Heutzutage schmeckt es nicht mehr prima, sondern super.
Sie waren in München gesessen wie sie 30 Jahre später in Kalifornien saßen, nur ein ganzes Leben lag dazwischen.

Karla versuchte, dem alten Gefühl hinterherzuspüren, das sie sich so lange bewahrt hatte. Jetzt, in der Wirklichkeit, wollte es sich nicht mehr einstellen. Sie schloß die Augen, um nicht abgelenkt zu werden von Bills grauen Haaren, seinen Falten, den fleckigen Händen. Vorbei, sie fühlte nur den harten Stuhl und die Schuhe, die an den Fersen drückten.
Du siehst mindestens so schön aus wie früher. Immer noch das weiße Krägelchen, imaginär.
Du meinst, der Touch der Klosterschule?
Der Touch der Unschuld.
Sie errötete. Das war ihr schwacher Punkt, immer noch.
Hör auf, sagte sie bestimmt. Mutter würde das lehrerinnenhaft genannt haben. Hör auf, das geht zu weit.
Aber Bill lachte und freute sich, daß er sie verlegen gemacht hatte. Mein Gott, was waren wir früher für dumme Lämmer, wir beide.
Ich kann das gar nicht komisch finden. So waren wir eben erzogen. Uns ist keine Revolution eingefallen.
Ich stelle mir vor, wenn du damals mit nach USA gekommen wärst.
Und? Was stellst du dir vor?
Wenn wir geheiratet hätten, in den Sechzigern, wenn du Amerikanerin geworden wärst, vielleicht Lehrerin am College, vielleicht aber auch zu Hause, bei einer Kinderschar. Ja, wir beide hätten sicher viele Kinder gehabt. Und heute hätten wir Enkelkinder, würden alle Feste noch so feiern wie früher, hätten uns die Tradition bewahrt.
Oder wir wären geschieden.
Nein, das kann ich mir nicht vorstellen. Von einer Frau wie dir läßt man sich nicht scheiden.
Paß auf, wir spielen das ganze! Du sitzt jetzt hier, wir sind 30 Jahre verheiratet, unsere Enkel waren am Nachmittag hier, und jetzt reden wir über unser gemeinsames Leben.
Wahrscheinlich würde es wenig zu reden geben.
Wieso?
Es gibt nicht einmal über unsere zwei getrennten Leben viel zu reden.
Ach, sei kein Spielverderber.
Zu unserem gemeinsamen Leben fällt mir nichts ein. Es war wohl zu kurz.

Und warum? Warum? Du mußtest ja unbedingt unterm Rockschoß deiner Mutter bleiben. Ich war dir nicht wichtig. Du hast mich einfach ziehen lassen.
Aber es sollte doch nur für ein Jahr sein, das war ausgemacht. Nicht einmal deine Eltern haben verstanden, weswegen du nie mehr heimgekommen bist, nicht einmal zu den Beerdigungen. Wenn du wüßtest, wie Tante Luise gelitten hat, nach Onkel Erichs Tod.
Ich habe einfach nichts gespürt, als ich die Anzeige in der Hand hatte. Mein Vater! Das war der personifizierte Alptraum, ein Tyrann, der mich von Kindheit an bekämpft und unterjocht hat, ein uneinsichtiger Nazi, der sich die deutsche Soldatenzeitung nach dem Krieg abonniert, der über Juden und Zigeuner herzieht, der aus seinen Kindern Sklaven und aus seiner Frau ein Wrack gemacht hat.
Umso weniger verstehe ich, daß du nicht wenigstens deine Mutter besucht hast, in all den Jahren.
Was gibt's da zu verstehen. Der Zeitpunkt war irgendwie versäumt, die Kindesliebe abgelaufen. Ich wollte an nichts mehr denken.
An mich auch nicht?
Nein, an dich auch nicht, an dich am allerwenigsten. Du hast dich mir nicht nachhaltig eingeprägt. Ich hab dich zu schnell vergessen können, über all der Betriebsamkeit hier. Das wäre anders gekommen, wenn du bei mir hier gewesen wärst.
Mach dir keine falschen Vorstellungen. Die Landschaft ändert nichts am Denken.
Aber am Fühlen, darauf kannst du dich verlassen.
Und mir, wollte Karla sagen, wird das ewig ein Rätsel bleiben, wie du dich verändert hast.
Abends saßen sie sich in den Ledersofas gegenüber. Bill ging zum CD-Player. Ein barockes Flötenkonzert schallte durchs Wohnzimmer.
Erinnerst du dich? fragte er. Quantz, unser alter Freund!
Spielst du noch Flöte?
Bill lächelte müde und winkte ab. Und du?
Immer noch Sopran und Alt, ein bißchen Tenor, aber nur einfachere Stücke.
Hausmusik, wie früher, oder spielst du für dich?
Einmal im Monat mit Bekannten und Kollegen, nur alte, ganz

alte Sachen, Haßler, Schütz, Bach. Und wo ist deine Barockflöte geblieben?
Allein schon das Wort Barockflöte! Keine Ahnung, ich denke, sie wird bei Hilde herumliegen. Ich hab sie damals jedenfalls nicht mitgenommen. Saxophon hätte ich lernen sollen, notfalls noch Klarinette. Aber Barockflöte!
Und du hast nie mehr musiziert?
Nein, bestimmt nicht. Da wäre ich mir komisch vorgekommen, neben der Rockmusik von Margo, den Countrysongs von Pat. Sie fanden meine Vorliebe für Klassik schon exotisch. Außerdem wäre überhaupt keine Zeit gewesen für sowas. Frühmorgens aufbrechen zur Arbeit, kurzes Lunch in der Kantine, abends heimkommen, vielleicht vorher noch mit Kunden ausgehen, ich hätte gar nicht gewußt, wo da noch Üben und Musizieren Platz gehabt hätte. Und mit wem? Unter meinen Kollegen gab es keinen, der ein Instrument spielte; die konnten nicht mal Dur von Moll unterscheiden.
Die Musik war für Karla ein Schutzmantel vorm rauhen Wind der Wirklichkeit. Die Literatur? Sie zeigte, wie die anderen litten. Und was tat die Naturwissenschaft? Sie tat überhaupt nichts, sie beschäftigte dich, honorierte Kombination mit Funktionieren, ließ dich die unmittelbaren Konsequenzen spüren. Wenn ich die Schraube nicht fest anziehe, geht das Rad ab. Wenn ich dem Rezept nicht folge, gelingt mir der Kuchen nicht. Verstehe ich den Roman nicht, passiert überhaupt nichts. Deute ich Kant falsch oder Thomas, muß ich deswegen nicht verhungern. Die Frechheit der Geisteswissenschaftler: sie können deuten und interpretieren, sorglos, gefahrlos, straflos für das eigene Leben. Im Interpretationsgeschäft gibt es die meisten Feiglinge. Wie schutzlos man sich fühlen muß, mutterseelenallein mit Tatsachen und deren Folgen.
Hast du dich nicht sehr einsam gefühlt? fragte sie.
Nein, keine Zeit für solche Gefühle! Du bist im Tag drin wie im Film, da kannst du nicht mehr raus, bis um fünf oder sechs das Ende auf der Filmleinwand erscheint. Entweder du machst mit, und zwar total, und alles, oder du wirst hinauskatapultiert. Hier gibt es keine Macht der Gewerkschaften, keine allgemeine Urlaubsregelung, und auch Krankenversicherung nur in den seltensten Fällen. Da bleibt dir nichts übrig, als die Gedanken der anderen mitzudenken, die Erinnerungen wegzuschieben,

die vielleicht noch irgendwo herumliegen, aber zusehends verwelken, weil sie nicht mehr gebraucht werden. Sie stauben ein, bis du sie nicht mehr erkennst. Ich konnte nichts gebrauchen, was mich gehindert hätte, mein Leben zu leben. Und die Gedanken und Gewohnheiten, ja sogar die Erinnerung an die Menschen und die Art ihrer Verbindung mit mir hätten mich wieder dorthin zurückgezogen, wovon ich unbedingt loskommen mußte und schließlich auch wollte.
War die Zeit in Europa denn so furchtbar für dich, daß du sie vergessen wolltest?
Deine Zeit mit mir, wollte sie sagen, aber sie wußte, das wäre nur die halbe Frage gewesen.
Statt dessen sagte sie: dein Vater, die Familie.
Schon als Großmutter starb, da war ich sechzehn, gab es keine Familie mehr für mich, niemanden, der sich wirklich für mich interessierte, der nicht nur an mir herumkrittelte. Mutters Schwäche machte mich krank. Ändern konnte ich nichts, alle meine Versuche, ihr zu helfen, ihr klarzumachen, daß sie arbeiten gehen sollte, endeten nur damit, daß sie es Vater erzählte und er mich vor die Tür setzte, immer wieder. Das Karussell der Abbitte wider bessere Einsicht und der gnädigen Aufnahme in den Kreis der Familie, unter Mutters Tränen und Vaters Wutanfällen. Bis zum Abitur habe ich durchgehalten, habe zusehen müssen, wie sie Hilde verdorben haben, heute würde ich sagen, zur guten Ehefrau deformiert.
Und mich, wollte Karla fragen, wie siehst du mich? Was war ich für dich, welche Bedeutung hatte ich in deinem Leben?
Aber Wilhelm fuhr fort, auf seine Eltern zu schimpfen, auf die spießige Uni, auf die naiven Mönche in Frankreich, auf die katholische Hochschulgemeinde, die außer liturgischer Erneuerung keine Probleme zu haben schien. Über die chaotischen Studienbedingungen, die überzogenen Staatsexamina, die eingebildeten Professoren, das materialistische Nachkriegsdeutschland, die Nierentische, die gefüllten Eier, die pseudoexistenzialistischen Jazzkeller.
Er schien nicht zu merken, daß Karla nicht mehr richtig zuhörte. Nicht einmal in diesem Rundumschlag auf seine Jugend kam sie vor, nicht einmal als aufzählbares Negativum. Hätte sie erzählt von jener Zeit, dann wären auch die überfüllten Hörsäle zur Sprache gekommen, die ständige Prüfungsangst, Angst vor

Seminarklausuren, Phonetikprüfungen, Übersetzungsklausuren und Staatsexamina. Aber das war für sie der Schlamm gewesen, durch den hindurch man sich zu wühlen hatte. An erster Stelle stand ihre Zeit mit Wilhelm, ihre Spaziergänge durch den Englischen Garten, die Sonntagsgottesdienste in der Ludwigskirche, als Guardini noch um 11 Uhr predigte, worüber die ganze nächste Woche diskutiert wurde; es war Wilhelm, den sie mit in die Philosophievorlesungen begleitete, mit dem sie das Max Müllersche Erstsemesterkauderwelsch zu entwirren versuchte; Heideggers und Husserls Namen sprachen sie nur auf badisch aus. Es war Wilhelm, mit dem sie stundenlang an der Isar saß und ihm Minnesangs Frühling vorlas, Wilhelm und Wilhelm. Er war das Herzstück ihrer Jugend, und als er nicht mehr schrieb und als sie erfuhr, daß er drüben bleiben würde, da war ihre Jugend vorbei. Sie wollte keine Abklatscherfahrungen mehr machen, mit anderen Kommilitonen am Chinesischen Turm sitzen, mit einem andern dann vielleicht abends bei Milan Cevapcici essen und Kadarka trinken. Wilhelm war Geruch und Geschmack ihrer Jugend, das Weizenbier schmeckte nach ihm, das halbe Hähnchen im Wienerwald und die Polnische bei Imnaisch auf der Leopoldstraße. Auch die Wörter gehörten ihm, alle Wörter, die ihr wichtig waren, und alle Erstlingswörter. Was sie zu Wilhelm gesagt hatte, wollte sie nicht wiederholen, was sie mit ihm diskutiert hatte, blieb unverrückbar, ohne Konkurrenz. Wer hätte sich damit begnügt, der Zweite zu sein in einem Leben der Vergleiche? So einen hätte sie gar nicht gewollt. Nur einmal hatte sie, was man damals ein Rendezvous nannte, mit Peter, dem Sohn einer alten Freundin von Mutter, der Elektrotechnik studierte, in der Kaulbachstraße wohnte und sie pflichtgemäß zum Tanztee ins Newmanhaus einlud. Es wurde ein langweiliger Nachmittag und Abend, weil Peter nichts zu ihr einfiel und sie schließlich müde wurde, ihn auszufragen über Studium und Freizeit. Als er sie am nächsten Wochenende wieder einladen wollte, hatte sie die gute Entschuldigung, nach Hause zu fahren. Dann gab er auf. Mutter fand sie hochnäsig, als sie ihr die Unterhaltung mit Peter karikierte. So ein netter Junge!
Nett bin ich selber!
Bist du nicht!
Ach.

Und hier saß Wilhelm, dem sie nicht einmal eine Erwähnung wert war, fett und offenbar zufrieden. Er hätte ja sagen können: Wenn du nicht gewesen wärst ... Oder: Woran ich mich gerne erinnere, das waren unsere Spaziergänge an der Isar, oder: Das beste waren unsere Diskussionen damals, oder: Als wir sonntags in den Kirchen spielten, zu Hochzeiten manchmal, mit Helmut, dem Organisten. Oder die vielen Male, wo sie auf ihn nach dem Kuhn-Seminar abends gewartet hatte, bei den alten Männern, wie sie die Statuen im Lichthof nannten. Nichts. Sie kam nicht vor in seiner Jugend, war ausgelöscht wie eine Nebenfigur, die man übersieht, während die tragenden Rollen für ewig besetzt, negativ besetzt, in Wilhelm weiterwirkten. Der König, Onkel Erich, im goldenen Ornat und mit schwerer Krone beladen - seiner Verantwortung als Familienoberhaupt -, Tante Luise im Schattengewand an den Rändern der Kulissen herumhuschend, ominöse Hindernisse aus dem Weg räumend. Siehe der König rollt heran, Leute, macht ihm Platz. Hilde im Flügelkleidchen, brav zu Füßen des Throns, aber wehe, wenn ein Mucks laut wurde, dann wurden Verbannung und Hausarrest verhängt über die Sünderin. Hamlet, der nur durch Auswanderung seinem Irrsinn entfloh. Ophelia hat es nie gegeben, zum Glück. Und wenn ... Hier, vor Bills Scherbenhaufen, war sie nicht einmal eine zerbrochene Tasse, kein leises Bedauern wert. Es gab sie nicht. Es gab nur Bills schlimme Familie von einst, Bills Leiden. Seine Jugend und seine Münchner Zeit mußten auf einem anderen Planeten stattgefunden haben. Während sie mit Wilhelm ihre Jugend verlebt hatte, war er an einem anderen Ort, mit anderen Leuten zusammengewesen. Ein Irrtum, offensichtlich, eine Verwechslung, für die sie keine Erklärung hatte, höchstens die ihrer eigenen Durchsichtigkeit und Bedeutungslosigkeit. Sie war aus Bills Vergangenheit ausradiert. Nichts hatte sie ihm bedeutet. Und er war ihr alles gewesen, treu bis in den Tod.
Bill war bei seinem Theologiestudium angelangt, bei den bigotten Brüdern, der unerträglichen Einseitigkeit der Exegese, der generellen Borniertheit aller katholischen Würdenträger.
Und du bist immer noch Lehrerin an einer Klosterschule! Unbegreiflich. Bei dir ist wohl alles gleich geblieben, auch im Gehirn. Mich wundert nichts mehr.
Sie sah ihn groß an. So also mißverstand er ihr Lebensopfer. Er

hatte weder ihre Liebe noch ihre Treue begriffen. Wahrscheinlich dachte er, daß er für sie auch ein Teil des Mobilars gewesen war, aus dem man herauswuchs, wenn man einen eigenen Hausstand gründete, erwachsen wurde.
Karla schwieg.
Was hatte es noch für einen Sinn, ihm ihr Leben zu erklären, ihm begreiflich zu machen, wie sehr er sie verletzt hatte.
Nein, sagte sie sich, nein, ich will mir nichts anmerken lassen, ich will versuchen, aus mir herauszutreten, mich aus dem Abstand von einem oder zwei Metern anzusehen und auch Bill aus dieser Distanz betrachten als jemand, der weit entfernt lebt von mir. Und auch diese Art der Betrachtung war noch zu wenig. Gleichgültig mußte sie werden, unbeteiligt, als ginge sie ihre eigene Vergangenheit nichts mehr an und die von Wilhelm erst recht nicht.
Es war Zeit, von ihrer Geschichte Abschied zu nehmen, höchste Zeit, Wilhelm zu entthronen. Lange genug hatte er unangefochten ihr Leben bestimmt, bis in die alltäglichen Einzelheiten hinein. Würde Wilhelm dieses Kleid mögen, würde er die Vorhänge gut finden, ihre Automarke, die Schuhe? Sie hatte ihr Leben an einem Wilhelm orientiert, den es schon seit 30 Jahren nicht mehr gab, an einem Phantom, das nur in ihr herumspukte und sich in der Wirklichkeit auflöste. Für ihn war es eine kurze Epoche gewesen, eine Sekunde seiner Biographie, daß er sein Handeln an Kantischen Grundsätzen maß, daß er altenglische Gedichte rezitierte und sich für Romantik und alte Kelims begeisterte. Nicht einmal eine rudimentäre Ästhetik hatte er sich erhalten. Seine Möbel standen beziehungslos herum, Mutter hätte gesagt, aus jedem Dorf ein Hund. Eine Patina von Staub und Schlamperei deckte seinen Lebenslauf zu.
Karla war immer noch nicht klar, wie er seine Tage zubrachte. Da mußte doch noch mehr geblieben sein als essen, Geldcomputer spielen und Freundinnen.
Sie holte tief Luft, sie wußte es, da war nichts mehr. Nein, nichts plus ultra. Es gab kein Jenseits, es gab nur das Jetzt. Das pure, einsame und unbarmherzige Jetzt. Und wenn sie überhaupt Wilhelm noch treffen wollte, dann mußte sie in die kalte Gegenwart springen, mitten hinein in die geordnete Finanzwelt und in die aufgetürmte Kühlschrankwelt. Bei dem Gedanken wurde ihr fast schwindlig. In dieser Gegenwart blies ein rauher

Wind, da konnte man sich nicht an Mutters Sprüchen festhalten und nicht an Bibelzitaten, da kam keine Erinnerung an Briefe zu Hilfe, deren Sätze sich beim Lesen in hilfreiche Stützen verwandelten. Sie stand mutterseelenallein in Bills amerikanischer Zeit und fand keinen Sinn. Die Verderbtheit, die man hier den Europäern unterstellte, war nichts anderes als die Auftürmung der lebendigen Geschichte. Und ihnen, den Amerikanern, den Jungen, erschien diese Geschichte offenbar wie ein Mühlstein um den Hals. Frei sein, das hieß wohl, frei sein von den Ansprüchen der Vergangenheit. Die eigenen Erfahrungen zählten, sonst nichts.

Bill war ein Mensch geworden, der weder lange sinnierte, noch wartete, der sich holte, was gerade geboten wurde. Für ihn wäre Hoffen auf eine ferne Zukunft, auf die Ewigkeit gar, eine Blasphemie seines Lebens gewesen.

Wie langsam dagegen war ihre Zeit vergangen, wie mühsam. Ohne den Blick auf die Vergangenheit, auf eine ferne Zukunft mit Wilhelm, wie hätte sie ihre Gegenwart überstanden? Sie wartete, statt zu leben. Sie hatte gehofft, statt zu handeln. Ob sie wohl einen anderen Mann kennengelernt hätte, der sich gegen die Vorstellung von Wilhelm durchgesetzt hätte, sich vor ihn geschoben hätte, allmählich? Aber, dachte sie gleich, das hätte ich nie zugelassen. Keinen anderen hatte sie angeschaut, nie mehr Tanzen, nie mehr Hochschulgemeinde. Jeder ihrer Kommilitonen, jeder, der damals in Frage gekommen wäre, wußte über sie und Wilhelm Bescheid. Keiner hätte jemals mit ihr angebandelt, schon aus Solidarität nicht. Und sie fühlte sich auch gar nicht konkurrenzfähig mit den anderen Studentinnen, die immer irgendwoher elegante Kleider hatten, Schuhe mit hohen Absätzen, Handtäschchen. In ihrer ganzen Studienzeit besaß sie einen einzigen handgestrickten Pullover, den sie Tag und Nacht trug im Winter, dazu eine uralte Schihose ihrer Mutter, gutes Tuch, sehr strapazierfähig. Einen grauen Wollrock hatte sie noch von ihrer Mutter geerbt und einen weiten Glockenrock, im ewigen Beige. Das war ihre Winterausstattung.

Karla saß im Winter fest. Das war ihre Jahreszeit. Das war die Zeit, um bei Kerzenlicht zu trauern. Draußen die weiße, konturlose Fläche, die sie sich leicht endlos denken konnte, nord- oder südpolhaft, unbarmherzig, leer, und sie ausgesetzt den

Phantasien vom Tod im Schnee, während der Kachelofen rauchte und bullerte. Später war es die Zeit der Trauer um die Mutter, um ihr eigenes und das vergangene Geschick. Manchmal brachte sie beides durcheinander. Wo endete das Schicksal ihrer Mutter, und wo fing ihr eigenes an? Im wärmenden Dunkel verwischten sich die Zeiten.

Wenn sie an Adventnachmittagen bei Anna saß, der Plätzchenduft aus den Keksdosen sich über den Honiggeruch der Kerzen legte, spürten beide ihre Kindheit wieder, die eine Winterkindheit gewesen war, auch eine Kriegswinterkindheit. Es war eine Kindheit, von der heute niemand mehr hören wollte, auch die nicht, die genauso aufgewachsen waren, mit Margarinebroten und Rübensuppe. Es grenzte an schlechten Geschmack, wenn man etwa im Café Simon beim Anblick der hausgemachten Pralinen auf Weihnachten 46 zu sprechen kam, die Amerikaner, die Marken.

Die kühlen Tage waren eher zu ertragen als die heißen. Sie zog dann ihre ewig grüne Samtjacke an, mit dem gestreiften Seidenfutter, die sie sich in einem Schneiderkurs der Volkshochschule genäht hatte, ein, wie Mutter sagte, gutes Stück. Karla nannte es ihr Fell.

Mit der Sonne fühlte sie in sich die Schwächen wachsen, die Falten wurden sichtbar, die schlaffe Haut am Bauch. Schwimmen ging sie nur in den Ferien, nur, wenn sie sich sicher fühlte vor Kollegen und Schülerinnen.

Manchmal könnte man denken, du kannst überhaupt nicht schwimmen, bemerkte Anna bissig, wenn sie vergeblich um Begleitung ins Schwimmbad gebeten hatte. Anna kümmerte sich nicht um neugierige Schülerblicke auf ihren untersetzten Körper, sie ging jeden Tag in die öffentliche Badeanstalt an der Ilz, meist allein, nahm sogar Extemporalien mit zum Korrigieren.

Karla ertrug den Sommer nur, wenn sie in ihrem Garten unter der bewachsenen Pergola sitzen konnte. Die optimistischen Blumenkleider, die Sandalen und gar die kurzen Hosen - das alles mochte sie nicht, jedenfalls nicht für sich. Auch Anna sah in ihren gemusterten Baumwollkostümen noch korpulenter aus als sonst.

Karla liebte ihr dunkelblaues Schürzenkleid, das sie sich nach der Schule überzog. Sie hatte es selbst genäht, nach der Abbil-

dung in einer französischen Zeitschrift. Auch die Pullover waren selbstgestrickt. An den Mustern und Farben ließen sich die Wandlungen Karlas ablesen. Sie hatte mit einfarbigen Stücken begonnen, eine Reihe rechts, eine links, die fertigen Teile mit Stecknadeln auf dem Schnitt fixiert, belegt mit einem feuchten Tuch und gedämpft. Das war zu der Zeit, als die Pullover noch passen mußten, als die rechten und linken Ärmelhälften streng unterschiedlich auszufallen hatten, nach der Vorderseite hin in U-Form, zum Rücken hin schräg ansteigend. Die nächste Epoche war die der Norwegermuster gewesen, angeregt durch einen skandinavischen Jugendroman, in dem die Heldin, ein mittelloses Mädchen namens Anne, in ihrer Freizeit Norwegerhandschuhe strickte. Aber in den warmen Räumen erwiesen sich die doppelt verarbeiteten Pullis als zu schwer, verfilzten regelmäßig unter den Achseln und waren umständlich zu waschen, lauwarm nämlich und mit der Hand, ausgebreitet zum Trocknen auf einem Badetuch, eingerollt, neuerlich eingewickelt, schließlich tagelang bei Zimmertemperatur trockengedörrt. Nie aufhängen! (Nein, Mutter, natürlich nicht, ich weiß doch!)
Als nächstes hatte Karla Ringelpullover gestrickt, Ton in Ton, mit dazu passenden Socken. Grau-braun-grün-Töne herrschten vor. Mit den Parallelos kam die Zeit der nicht mehr sitzenden, weiten und überlangen Strickhüllen. Schlampig wie im Nachthemd - soll das modern sein? Mutter trug keine Pullover, höchstens einmal ein Twinset, hellbeige, von Bleyle. Das war Qualität. Das trug man jahrzehntelang.
Aber in der Nachkriegszeit wollten die Jugendlichen nichts von Qualität hören. Sie wollten den schnellen Wandel, sie unterwarfen sich dem Modediktat. Der Wille zur Einheitlichkeit ging bis in die Frisuren. Die modische Uniform kam auf, die obligaten Zentimeter ober- und unterhalb des Knies. In ihrer Referendarzeit trug Karla einmal den kürzesten Rock an der Schule. In Coburg war das, an einer Eliteschule, die sich mit Durchfallquoten brüstete. Der Direktor hatte sie damals im Sekretariat auf ihren Rock angesprochen, in väterlicher Güte, sozusagen. Mein liebes Fräulein Kollegin - wäre das nicht in doppelter Hinsicht eine Beleidigung, heutzutage? - meinen Sie nicht, daß man in höheren Knabenklassen Ihre Kleidung mißverstehen könnte? Er streifte den Rock mit einem kleinen Sei-

tenblick und lächelte gütig. Dann tätschelte er ihre Schultern und meinte, es sei nur seine Privatmeinung. Außer der feixenden Sekretärin hatte das niemand gehört. Karla schämte sich, und dann, als sie zuhause darüber nachdachte, schämte sie sich für ihr Schamgefühl. Aber sie zog diesen Rock natürlich nie mehr an, weder in die Schule noch sonstwohin. Das war ein gebrandmarktes Kleidungsstück, in dem sie sich nie mehr hätte wohlfühlen können. Schon in der Schulzeit orakelte sie mit Blusen und Röcken. Das war die rot-weiß gestreifte Bluse des Lateineinsers, das der braune Rock der Mathematikblamage vor der Klasse. Wenn sie sich stark fühlte, dann konnte ihr der braune Rock nichts anhaben. Schlimm, wenn die Erfolgsbluse in der Wäsche war.
Unter dem Einfluß der Hippiemode gerieten Karlas Pullover ins Exotische. Für Passau genügte schon ein gelbes Dreieck im blauen Pulli, entweder asymmetrisch an die Schulter gestrickt oder mitten auf den Bauchnabel, um in den Geruch von Frivolität zu geraten. Die Schülerinnen waren begeistert und fragten, wohl auch, um Minuten zu schinden, nach den Mustervorlagen. Die aber konnte sie in den letzten Jahren nicht mehr liefern. Da war sie zu wildgemusterten Stricksachen übergangen, zu denen sie ihre Wollreste aufbrauchte und sich nur nach ihrer jeweiligen Laune richtete. Glanzstück dieser Serie war ein halblanger Rock in Schwarz, in den sie rote und gelbe Flammen aufwärtszüngelnd eingestrickt hatte. Den Hexenrock nannte sie ihn für sich.
Ein weißes Blüschen, sagte die Mutter, sieht stets ordentlich aus. Sie waren aus Leinen (gute Vorkriegsqualität, gehamstert, getauscht, gerettet) oder aus Baumwolle. Eine Perlonbluse von C&A hatte Karla sich heimlich vom Nachhilfestundengeld gekauft. Aber sie trug das gute Stück fast nie, weil es durchsichtig war. Nein, nur das nicht! Sie zog dann eine Jacke drüber, aber im Sommer sah das komisch aus, und im Winter fror sie durch den kalten Stoff hindurch.
Das Perlonblüschen war ein Beispiel für ihre Kompromißwilligkeit. Einerseits Mutters Empfehlungen folgen, aber andererseits den Empfehlungen zuwiderhandeln. Kein Wunder, daß es mißlang. Bald schon, unter den mißbilligenden Mutterblicken, hatte sie keine Lust mehr verspürt, in Modezeitschriften zu blättern, in unsoliden Boutiquen sich umzusehen oder, einem

Impuls folgend, schwarze Strümpfe zu kaufen. Wie ihr übriges Inventar, so wurde auch der Kauf von Röcken, Pullovern und Mänteln nach Plan, nach Mutters Plan, und unter den praktischen Gesichtspunkten von Haltbarkeit und Zeitlosigkeit getätigt, zu zweit. Karla fürchtete das beleidigte Schweigen ihrer Mutter mehr, als daß sie auf ihrem eigenen Geschmack bestanden hätte. Du brauchst mich wohl nicht mehr? Das ist bitter, sich erst den letzten Bissen vom Mund abzusparen für dein Studium und dann zum alten Eisen geschmissen werden! Satzfolgen, die automatisch ausgestoßen wurden bei allen Versuchen von Selbständigkeit, bei Kinobesuchen genauso wie bei Spaziergängen mit Freundinnen, Ausflügen am Samstagnachmittag, Wanderungen mit Kollegen. Nichts konnte sie vor ihrer Mutter verbergen. Schließlich war sie jeden Vormittag in der Schule, und das Abschließen von Zimmern oder Schubladen kam nicht in Frage. Gefühle wie Gedanken wie Taten und Werke hatten durchsichtig zu bleiben, bis die ganze Existenz aus Glas war. Man sah zwar durch, aber fühlte nicht, berührte nicht, atmete kaum noch, damit das Fenster sich nicht beschlug. Weinen verboten. Trauern verboten. Liebe und Haß verboten. Gott liebt die Phlegmatiker besonders, predigte Monsignore, weil sie in ihrem Gleichmut nicht erschüttert werden können. Herr befreie mich vor den großen Gefühlen, die offenbar der Teufel in mich gepflanzt hat!
Letztendlich gab Karla auf, die kleinen Selbständigkeiten für wichtig zu halten, so lange, bis es überhaupt keine Selbständigkeit mehr gab. Aquis submersus, in den Wassern der Mutterliebe ertrunken. Sie schwamm willenlos dahin, wenn sie aus der Schule heimkehrte. Jeder Schritt, den sie ans Ufer wagte, entpuppte sich als Anschlag auf die Mutterliebe.
Um den Preis tagelangen Schweigens, verweinter Augen und vorwurfsvoller Blicke lohnte es nicht, hinter dem Rücken der Mutter ins Café zu gehen, sich einen Rock zu kaufen, sich gar abends mit Anna zu treffen.
Hast du was dagegen, wenn ... diente Karla als Beschwichtigungsformel, die sich eingebürgert hatte, wenn sie eine Stunde der Freizeit ohne ihre Mutter verbringen wollte. Mit süßsaurem Gesicht, Mundwinkel nach unten, kam regelmäßig die Antwort: Man muß ja froh sein, daß man überhaupt noch gefragt wird. Oder: Du bist großjährig, ich weiß, also verbringe deine

Zeit, mit wem du willst. Deine alte Mutter läuft dir nicht davon.
Im Laufe der Jahre war Karla mürbe geworden, hatte sich in allen Punkten des äußeren Lebens gefügt. Sie konzentrierte sich auf das Unsichtbare, wenn die Tage eintönig und gleichmäßig verliefen. Sie konzentrierte sich auf Wilhelm. Die Einteilung der Vergangenheit nach Szenen, in denen sie die Hauptperson war, auf der Bühne mitspielte, und Episoden, denen sie sich aus der sicheren Entfernung der Jahre näherte, mit halbgeschlossenen Augen, die gnädig verwischten, was die Sicht störte. Verschwinden mußten die Gewißheiten, der leere Briefkasten Tag um Tag, Jahr um Jahr.
Die Welt reduzierte sich immer mehr. Seit dem Studium, seit der Referendarzeit lebte sie in einer Frauenwelt. Es wäre kaum anders gewesen, hätte sie geheiratet. Während die Männer mit Sekretärinnen ausgingen und ständig von lächelnden, dienstbaren Frauen umgeben waren, hatte sie es, genau wie die verheirateten Kolleginnen, mit Schülerinnen und, an Elternsprechtagen, mit Müttern zu tun. Allmählich verlor sich die Fähigkeit, mit Männern überhaupt zu reden. Es gab Nachbarn, die wegen ihrer Ehefrauen tabu waren und mit denen sie nur ein paarmal im Jahr einige harmlose Worte über den Zaun wechselte, Ausrufe über Wetter und Unkraut. Dann gab es nur noch den Automechaniker, den Postboten, hie und da einen Vater in der Sprechstunde, wenn das Versetzen gefährdet war, und den Geistlichen Rat, der gleichzeitig Religionslehrer war.
In ihrer männerlosen Welt hatte Karla Zeit. Das aber war ein Makel, den man verschweigen und durch erfundene Aktivitäten verbrämen mußte. Wie absonderlich klänge dieses, ja, ich habe Zeit, ich habe nichts vor, nein, keine Verabredung, nein, keinen Besuch, keine Einladung. Rein gar nichts passiert in meinem Leben außer Schule und Unterrichtsvorbereitungen. Anna zum Beispiel festigte ihr Image des Begehrtseins dadurch, daß sie von einer Veranstaltung zu andern hetzte, Termine verschieben mußte, um sich mit ihr zum Kaffee zu verabreden. Warte mal, nächsten Mittwoch, 16 Uhr, sagst du. Da fährst du deine Mutter zum Friseur, hast also mal zwei Stunden für deine alte Freundin, da kommt der Installateur, und anschließend bin ich selber beim Friseur. Ach, wie schade, es geht diesmal nicht. Karla ging nie zum Friseur, und Wasserdichtungen reparierte sie

selbst. Mir kommt vor, bemerkte Anna, du hast immer Zeit. Ich geb dir den guten Rat, sag das nicht laut. Es wirkt, als würdest du auf andere warten, und das mag niemand, weil es Schuldgefühle macht. Sieh zu, daß man sich um dich reißt, und wenn dich jemand will, dann stell dir einfach vor, wo du überall hingehen könntest, auch wenn's nicht stimmt.
Ein gut gemeinter Rat, für den Karla sich abwinkend bedankte. Es hat keinen Zweck, die Vielbeschäftigte zu spielen. Jeder, der mich kennt, weiß, daß ich allein lebe und Zeit habe. Was soll ich denen vorspielen? Nach Mutters Tod intensivierte Anna ihre Ratschläge.
Karla hatte Zeit zu warten, hatte nur allzu viel Zeit, die Vergangenheit herzuholen, eine Vergangenheit, deren Bebilderung durch alte Photoalben ganze Winterabende ausfüllte, wenn Mutter längst schlief. Einmal war der Sommer 59 dran, Bilder und Briefe, bei denen sich sogar die Gerüche wieder einstellten, die Tünche im frischgestrichenen Schulhaus, der rauhe Geschmack der Mostbirnen beim Sonntagnachmittagsspaziergang.
Zeit wurde Sommer- oder Winterzeit, ganz wie sie wollte. Abend wurde Morgen und Wasser zu Wein. Der Blick in den weißblauen Himmel konnte der Blick in den Kohlenkeller werden, der Apfelgeruch zum Essig der Wirklichkeit. Die Zeit stand auf Abruf bereit, von Karla verwandelt zu werden.
Sie spielte die alten Gesten nach, erfand die alten Dialoge, die Photos wurden zu Bühnenbildern, auf denen sie die Personen hin- und herschob, bis sie zur Erinnerung paßten.
Was machst du eigentlich, wenn du mit den Korrekturen fertig bist?
Du weißt ja, im Garten, im Haus, in der Küche gibt's immer was zu tun. Manchmal schnitt sie aus französischen Zeitschriften, deren Reklamephotos sie besonders liebte, Interieurs aus, um die Personen aus den Photos hineinzukleben: Tante Luise als Schloßdame, Wilhelm mit ihr (ein unscharfes Bild aus dem zweiten Semester, von Johann aufgenommen, beim kleinen Harmlos hinter dem Hofgarten) am Strand von Thailand.
Wenn sie las, konnte sie kaum aufhören, las Nächte durch in den Ferien, verkleidete die Romanfiguren, verstrickte sie in ihr eigenes Schicksal, mengte Romanwirklichkeit mit Gegenwart, Gegenwart mit Vergangenheit, wollte auf dem Karussell der

Gegenwart mit Vergangenheit, wollte auf dem Karussell der Handlungen und Personen weiterrollen bis in eine eigene Wirklichkeit, die irgendwann einmal beginnen würde, glaubte man nur ganz fest an die Verheißungen der Kindheit.
Aus dir wird noch mal was werden! Was Schönes! Das aber war, entgegen der Wortbedeutung, eindeutig negativ. Da hast du was Schönes angerichtet! Karla diktierte in der Mittelstufe die Sarkasmen des Euphemismus. Die Kinder staunten. Natürlich, das ist unnatürlich. Vom Mißtrauen gegen die Wörter nährte sich die Wortkunde. Wenn man genau hinhorchte, dann demaskierten sich alle Leute beim Reden. Ich bin eigentlich fast immer eine sehr entschlossene Person, sprach Anna, die Biologin. Bei ihren Schülerinnen, die, durch Karla gewarnt und geübt, auf solche Sätze lauerten, hatte Anna Heiterkeit erzeugt. Aber es war nicht zum Lachen.

13

Sie schlief, seit sie hier war, so tief, daß ihre Rückkehr in die Welt jedesmal Erschrecken bei ihr auslöste.
Unter dem gleichmäßigen Surren des Kühlschranks, dem Ansturm der Bilder der Nacht, ein jähes Erwachen, ein Zögern erst, dann die Gewißheit, daß der Tag sich mit dem Vorhang zugleich öffnen würde. Draußen die Ankündigung eines Sturms, die Äste bogen sich schon.
Wenn sie jetzt hinaustrat in den Morgen, würde die Welt sich dann verändern? Mit Dachziegeln und Tannennadeln bräche der Hagel in die Hütte, risse Löcher ins Bärenfell, würde die Stiefel von der Straße heben. Dann läge sie seufzend in der nassen Kälte. Autoketten rauschten vorbei, der Ozean gluckste in den Gullis.
Schon wieder war es Nacht, rabenschwarz so früh am Morgen, auf der Embarcadero Street. Auch das Gedächtnis kehrte in die Nacht zurück, spielte ein paar Geschichten von früher,

schnallte einen Flügel an, ließ sie abstürzen in einem unbedachten Moment.
Immer noch lag sie da, im Dunkel des Frühlichts, in der umgekehrten Jahreszeit, als wäre sie durch Zufall der Engel beraubt, die, zwei zu deinen Häupten, zwei zu deinen Füßen, alle Tage des Lebens bei ihr wachen sollten. Und endlich die Gewißheit, daß sie nicht Dornröschen war, daß sie, auf niemand hoffend, irgendwann erwachen und mit beiden Händen den Schnee wegräumen, den Pfad zum Haus schaufeln und Feuer machen würden für den Rest des Tages.

Es gab die traurigen Morgen im Winter, im Schneedunkel, in der Kälte, wenn alles nur zu warten schien auf den ersten Schritt, die erste Stimme aus dem Radio, den Knopf an der Heizung. Diese Aufwachmorgen liefen langsam an, als wäre ein Motor beim Warmlaufen.
Und auch der geregelte Ablauf des Tages klappte nicht auf Anhieb, mußte erst angekurbelt werden, mit Kaffee, mit Musik. Seit ihrer Referendarzeit stand Karla unter den Fittichen einer allumfassenden Ordnung, aus der es kein Entkommen gab. Sogar nach dem Tod der Mutter spürte sie den Trost in der gewohnten Routine. Da konnte, durfte nichts passieren. Was hätte passieren können?
Daß sie sich nicht vorbereitete? Das war eine lächerliche Befürchtung; denn inzwischen hatte sie ein Reservoir an Musterstunden im Kopf.
Das Haus brennt ab? Sie war versichert.
Du brichst dir das Genick! Wobei? Beim Küchenweißeln?
Schifahren konnte sie nicht mehr.
Gesund leben, damit die modernen Krankheiten einen verschonten. Gesund, das hieß zu Mutters Zeiten gute Hausmannskost mit Rahmsoße, fetter Fleischbrühe und Knödeln. Im Vergleich zu Anna, die nicht einmal Milch in den Kaffee nahm, hatte Karla Glück. Sie aß all die Jahre über brav die liebevoll zubereiteten Braten und Suppen, wurde aber nicht dick.
Iß, Kind, du bist immer noch viel zu mager! Das hieß für Karla, daß sie ihre Idealfigur hatte.
Ja, auch die Küche ihrer Mutter vermißte sie. Nie gelangten ihre eigenen Hefeknödel zu der berühmten festen Weichheit, nie schmeckte ihre Bratensoße so kräftig, wie sie mit Rahm,

guter Butter (Butter war nicht einfach Butter, sie war im ewigen Nachkriegschargon stets gute Butter) und Kümmel im alten Eisentopf gewesen war. Hin und wieder, wenn sie Anna und andere Kolleginnen einlud, braute sie altmodische Gerichte, kochte das Rindfleisch stundenlang weich, rieb Meerrettich zur unvergeßlichen, dicken, mehlschwitzigen Krensoße ihrer Kindheit, rollte den Teig hauchdünn aus, zog ihn überm Küchentuch aus, bepinselte ihn dick mit brauner Butter, bestreute ihn mit Semmelbröseln und Nüssen und schnipselte durchsichtige Apfelscheiben darüber, bevor das Ganze zum Strudel gerollt wurde und auf die Vanillesoße wartete.
Die Besucherinnen verdrehten die Augen.
Wie bei Großmutter! Sogar Zimt und Nelken hast du verwendet!
Großmutter! Das auch noch! Die ersten weißen Strähnchen zeigten sich, spät, wie Anna meinte, die schon seit Jahren einmal pro Monat zum Färben ging und inzwischen den typischen deutschen Altweiberton erreicht hatte, ein dunkles Blond, dem man an den Haarwurzeln seine Künstlichkeit ansah. Von früh bis spät, von Kopf bis Fuß zeigte sich das herannahende Alter.
Als der Priester bei der Beerdigung von Karlas Mutter für den betete, der als nächster sterben würde, überwältigte Karla die Gewißheit, daß jetzt sie unweigerlich die nächste sein würde, jedenfalls die nächste aus ihrer Familie, und die letzte. Auch dieser Schutz durch die Mutter war verloren. Sie war allein, würde allein bleiben, und nur noch die Sprüche, die alten Beschwörungsformeln, stellten sich beim Gedanken an die Verstorbene ein. Sie waren die Begleitmelodie ihres Lebens. Zuerst war die Rede von den Männern gewesen, die man prinzipiell meiden sollte.
Alle Männer, das merk dir, Kind, sind Egoisten, wenn sie erst verheiratet sind, sie mögen vorher geredet haben, wie sie wollen. Ein eigenes Leben führen kannst du nur ohne Mann.
Und später: Wenn du so weiter machst - damit konnte Karlas eigene Meinung genauso gemeint sein wie Blue Jeans - dann brauchst du dich nicht wundern, wenn sich kein Mann für dich interessiert.
Und endlich: Hättest du eine eigene Familie, dann müßte ich mich nicht um deine Zukunft sorgen!
Ihr Gehorsam den anfänglichen Ratschlägen gegenüber wurde

ihr hinterher zum Vorwurf gemacht. Nach erbitterten Diskussionen, denen tagelanges Schweigen folgte, begriff Karla, daß die Vorwürfe der Mutter zu einem Ritus gehörten, daß sie ohne viel Überlegung ausgestoßen wurden, auch zunehmend ohne Emotion. Nur Karlas Widerspruch löste die lauten Wortwechsel aus, die dann aber plötzlich erstarben und beide in ihren Welten einschlossen, in denen sie noch eine Weile zornig ihre Fühler bewegten, aber mehr für sich, in sich. Wenn sich die Sinnlosigkeit weiterer Argumente zeigte, erlahmten diese Bewegungen. In der Starre der Ratlosigkeit wurde es immer schwieriger, wieder ein belangloses Wort zu wechseln. Immer mußte Karla den Anfang machen. Nach zwei Tagen des appetitlosen Hineinschlingens beim gemeinsamen Essen lobte sie die Suppe, sprach den einen ersten Satz leise und vorsichtig in die Leere, ging zum Radio und drehte das Klassikprogramm an.
Schön, dieser Beethoven.
Ja, Mutter.
Karla bemühte sich, bei den Vorwürfen wegzuhören, in sich hineinzuhorchen, wo die ungerechten Sätze in ihr bitter wurden, absanken, wehtaten. Das lag fest in ihr, all die Jahre nach dem Tod ihrer Mutter. Manchmal dachte sie, daß ihr Gehorsam nur dazu geführt hatte, daß die Mutter sich beschwerte und sie selbst unglücklich war. Wie mußte die Tochter aussehen, mit der ihre Mutter zufrieden gewesen wäre? Auf jeden Fall sollte sie verheiratet sein, am besten mit einem Beamten, am allerbesten mit einem Kollegen, einem dieser braven Langweiler, in deren Unterricht die Kinder schliefen oder Hausaufgaben für andere Fächer machten. Dann müßten auf jeden Fall noch zwei brave Kinder her, die nicht sitzenblieben. Und sie selbst? Anscheinend war es nicht so wichtig, ob sie einen Beruf hatte oder nicht, Hauptsache, ihre Familienzutaten stimmten, Hauptsache, sie würde endlich weibliche Formen entwickeln, eine sogenannt stattliche Figur, mütterlich, mit Schürze, Weihnachtsplätzchen backend: Jede richtige Frau riecht nach Vanille! Zusehends wurde ihrer Mutter die Zweisamkeit, die sie früher so gepriesen hatte, langweilig. Enkelkinder! Aber ohne die verabscheuungswürdige Ehe aus Karlas Referendarzeit gab es die nicht, jedenfalls nicht, wenn man katholisch war und im Kloster unterrichtete.

Alleinerziehende! Wenn ich das schon höre! Diese Weiber versündigen sich!
Aber war nicht gerade diese Lebensform die Konsequenz aus den mütterlichen Warnungen? Karlas Mutter hatte Glück gehabt. Ihr Mann, zwar legendenmäßig ohne Tadel, durch die pauschale Verdammnis des Männlichen aber auch mit einem Makel, wenngleich mehr theoretischer Art, belegt, war im Krieg geblieben. Dennoch hatte sie ein eheliches Kind. Folgerichtig hätte Karla zu ihr sagen können: Da es heute keinen Krieg gibt, in den man die Männer schicken kann, fängt man am besten gleich ganz ohne sie an. Im Endeffekt war es zwar das gleiche, aber nicht in der Absicht, die, nach den Besinnungsaufsätzen früherer Jahre, entscheidend sein sollte für die Moral einer Handlung.
Karla hatte nach und nach ihre alten Themenvorbereitungen weggeworfen. Sie kam sich antiquiert vor, den Unterschieden von Höflichkeit und Herzlichkeit auf den Grund zu gehen, Wörtern, die ausstarben und nur im Deutschunterricht hartnäckiger Germanisten wiederbelebt wurden. Freundschaft und Kameradschaft, Mutterliebe und Nächstenliebe gingen den gleichen Weg. Karla hinkte hinter dem Wortschatz der Kinder hinterher. Zu ihrer Zeit gab es noch Verweise, wenn man das Wort toll als Adjektiv oder als Adverb gebrauchte, jetzt war alles vormals Tolle heiß oder geil.
Schwester Direktorin, die Ohren geschützt durch ihre Tracht, überhörte solche Worte. Das war heute nicht mehr bedeutend genug, Verweise zu erteilen. Für solche Strafen hätte das Vordruckpapier nicht gereicht.
Auch was die Kleidung betraf, machte das Kloster Zugeständnisse. Nur noch kurze Hosen waren verpönt und Spaghettiträger. Das gab es sogar schriftlich, in einer Elternmitteilung.
Anna wurde gehässig, wenn sie ihre Jugendzeit mit der ihrer Tochter verglich: Die wissen gar nicht, was sie heute alles haben, Schüleraustausch, Jugendreisen, Disco und die Pille. Wenn wir nur eins davon gehabt hätten!
Karla mußte lachen. Du und die Pille! Wir hatten viel zu viel Angst vor den Todsünden. Die war mindestens so schlimm wie heute die Angst vor Aids. Die Medizin hat der Theologie die Argumente weggenommen. Heute brauchst du dir nicht mehr die Rechtfertigung aus Umdeutungen der Evangelien zusam-

menzubasteln. Wenn du auf Erden sündigst, wirst du auf Erden bestraft. Nicht einmal dazu brauchst du den Himmel.
Wie redest du denn? Anna war eingeschnappt.
Übrigens, jetzt könntest du ja allmählich deine Ankündigung wahr machen und ins Kloster gehen. Deine Mutter, deine Ausrede, lebt doch schon seit Jahren nicht mehr.
Karla hatte verletzt geschwiegen.
Zu diesem Thema schwieg sie sich selbst an. Schwester Hedwig, ihre frühere Deutschlehrerin und Mentorin, die mit 75 Jahren immer noch als Aushilfslehrerin arbeitete, lächelte geduldig.
Ja, Karla, du mußt die Ohren offenhalten für den Ruf Gottes.
Schon dieser Satz paßte nicht mehr. Früher, als sie noch fromme Schülerin war, hatten die Aufrufe gegriffen.
Frag dich, was Gott mit dir vorhat!
Suche dir einen Beruf, der Berufung ist!
Geh den schwierigeren Weg!
Auch für Wilhelm waren diese Sätze wichtig gewesen.
Bin ich zum Priesteramt berufen?
Soll ich ins Kloster gehen?
Karla schob ihre Jugendentscheidung immer noch vor sich her. Der Zweifel an ihrer Berufung hatte sie ein Leben lang begleitet, war zum Bestandteil ihres Gewissens geworden.
Karla lebte ihr durchsichtiges Leben, Schneewittchen im Glassarg vor den Nachbarn, die ihre Geschichte auswendig kannten. Kein Wunder, die Daten waren leicht zu merken, die Ereignisse hielten sich in Grenzen.
Nach dem Tod ihrer Mutter ließ sie eine dichte Hecke pflanzen, die Terrasse und Haus im Sommer vor den Blicken der Passanten schützte. Die Bäume zu den drei Nachbargrundstücken waren schon über 20 Jahre alt, ein kleiner Wald.
Sie lebte in der Wüste, in der Leere, die sich nicht ändert, in der man sich aber ständig ändern muß. Ein metaphysischer Raum der Meditation, der Freiheit. Sie stellte sich vor, daß sie ihr eigenes Eremitenkloster bevölkerte, eins von den Strandklöstern, die mit einem hinkenden Fuß auf dem Asphalt stehen, mit Gartensklaven und Betonschutzwällen. Eine Halbwüste, ein Steinwall gegen die zudringlichen Blicke, denen alles, was sich ihnen verbirgt, verdächtig vorkommt.
Das ist die ältere Lehrerin, die dort mit ihrer Mutter lebt. Das

ist die alleinstehende, ältere Lehrerin, die wunderlich wird und sich hinter Büschen verbirgt. Was die wohl geheimzuhalten hat?
Nach Amerika?
Was?
Ja, gerne gieße ich die Blumen.
Aber selbstverständlich hole ich die Post aus dem Kasten.
Nein - nicht einmal das wollte sie.
Sie stellte ihre Pflanzen in die Badewanne und bestellte Post und Zeitungen ab. Niemand sollte herumschnüffeln, wenn sie nicht zu Hause war. Den Schneeschaufler, einen arbeitslosen Türken, hatte sie im voraus bezahlt.

14

Willst du heute abend Schweinebraten für uns machen, mit Kartoffelknödeln? Ja, tust du das für mich? Ich habe zwei Freunde eingeladen, die dich unbedingt sehen wollen. Hier sind alle ganz verrückt nach deutschem Schweinebraten.
Kein Problem für mich.
Es mußte bei Annas letztem Besuch gewesen sein, daß sie so ein fettes, bayerisches Essen auf den Tisch gebracht hatte.
Sie fuhren wieder mit dem Auto, diesmal mit dem neuen Probe, der mit seinen Scheinwerferaugen schlackern konnte, auf und zu, was Bill ihr anfangs demonstriert hatte. An Karla zogen die ewig gleichen Straßenzüge, Parks und Schnellstraßen vorbei, nur die Namen änderten sich, sie las im Vorbeifahren Middlefield, Louis, und wieder hielten sie vor einem Einkaufszentrum, das aus vielen kleinen Lädchen bestand, in rotem Backstein diesmal.
Hier sind wir. Das ist der deutsche Fleischerladen, wo es Würstl und Schweinefleisch gibt.
Jetzt laß mich mal zahlen, bitte.
Wenn's dir Spaß macht.

Sie kaufte zwei Kilo Schweinefleisch mit fetter Schwarte, ließ die Oberfläche in Vierecke schneiden, nahm noch Nürnberger und Kalbsbratwürste, dazu zwei Dosen Sauerkraut, deutsches Fabrikat.
Warum nimmst du nicht das Kraut im Glas, es ist viel billiger.
Ich bin sicher, das andere schmeckt nach Dose.
Nein, tut es nicht. Ich kenne es. Außerdem, ich koche, so laß mich kaufen, was ich will.
Bills Mundwinkel gingen nach unten.
Sie zahlte.
Hast du Kartoffeln im Haus?
Natürlich, was denkst du, jede Menge.
Dann mache ich rohe Klöße.
Auf dem Heimweg sagte Bill nichts. Sie sah ihn von der Seite an.
Hast du was?
Nein.
Mir scheint aber, du hast was gegen mich.
Er biß sich auf die Lippen.
Wann kommen die Gäste?
Um halb sieben.
Was, so zeitig? Zum Abendessen?
Ja, wir leben gesund hier. Übrigens, dein Schweinebraten ist viel zu fett.
Kannst du einen Schweinebraten machen mit Kruste und ohne Fett? Du hättest ja sagen können, daß wir lieber etwas Mageres nehmen sollten.
Nein, du solltest entscheiden.
Aber jetzt gefällt es dir nicht.
Also, ich bitte dich, das war nur ein Vorschlag.
Aber der Vorschlag ist sinnlos, weil er zu spät kommt.
Jetzt reicht's aber, schrie Bill auf einmal. Deine sachliche Art ist mehr, als ich verkraften kann.
Karla sah Bill an, der mit zusammengekniffenen Lippen neben ihr im Wagen saß.
Ich dachte, du wolltest, daß ich koche. Ich konnte doch nicht wissen ...
Bill unterbrach sie.
Diese Besserwisserei, dieses überhebliche Getue, wenn du vom Kochen, von Philosophie oder Politik redest. Es ist schlichtweg

nicht auszuhalten.
Ja, dann. Wie konnte ich ahnen, daß die Kruste auf dem Schweinebraten dich so gegen mich aufbringen würde.
Daheim ging sie sofort in ihr Zimmer. Sie setzte sich aufs Bett, fühlte sich alleingelassen, schutzlos und beleidigt, und weinte. Was tat sie hier, wie sollte sie die Zeit bis zum Abflug noch aushalten, wenn schon dieser winzige Anlaß Wilhelm derart in Wut brachte. Wen kannte sie hier? Sie wußte nicht einmal die Adresse von Margo, hatte keine Ahnung, wie sie ihr Flugticket umtauschen sollte für eine frühere Abreise, keine Ahnung, wie sie hier wegkommen sollte ohne Bills Hilfe. Sie fühlte sich in allem von ihm abhängig. Ein Gefühl der völligen Ohnmacht, wie sie es seit den Tagen der Kindheit nicht mehr gekant hatte, überwältigte sie.
Die Tür ging auf, Bill kam hereingeschlurft, umarmte sie und murmelte eine Entschuldigung.
Ich weiß auch nicht, was in mich gefahren ist. Tut mir leid.
Er streichelte ihre Haare, setzte sich zu ihr aufs Bett, küßte sie auf die Wangen.
Sie stand auf und schneuzte sich abschließend: Schweinebraten oder Nichtschweinebraten, um es auf die existentielle Basis zu bringen.
Du hast freie Bahn. Ich räume das Feld, bin an meinem Computer, während du kochst. Meine Schürze hängt neben dem Kühlschrank.
Sie stand auf, das Ohnmachtsgefühl hielt an, und sie meinte gleich wieder umzufallen. Aber ihre Füße trugen sie, und sie fing an, in den Schränken nach Öl, Zwiebeln, Margarine und Kartoffeln zu suchen. Bill war in seinem Zimmer. Von Zeit zu Zeit hörte sie das Piepsen des Computers und war froh, daß sie allein war. Sie kramte nach Töpfen in den unteren Küchenregionen und fand einen, der zwei Dosen Kraut und den Schweinebraten faßte, schnipselte Zwiebeln und Äpfel ins Sauerkraut, füllte mit Wasser und Weißwein auf und wollte gerade mit dem Schokoladenkuchen anfangen, als Bill auf leisen Sohlen hinter ihr erschien.
Was machst du denn da? Dieser Topf ist viel zu klein für alles.
Er hob den Deckel.
Das wird alles überkochen und anbrennen und meine Küche ruinieren.

Ich dachte, du wolltest die Kocherei mir überlassen.
Was ich wirklich nicht aushalte, erhob Bill seine Stimme ...
... ist, wenn dir jemand widerspricht.
Bleich stand Bill vor ihr, die Lippen zusammengepreßt, die Fäuste geballt.
Mach, was du willst. Vergiß nicht, in zwei Stunden kommen meine Gäste, und ich wollte ihnen etwas wirklich Deutsches vorsetzen. Aber wie es jetzt aussieht, wird wohl nichts daraus werden. Vielleicht ein Topf Kohle. Aber die Frau Lehrerin läßt sich ja nichts sagen.
Karla schlug mit dem Kochlöffel auf das Holzbrett. Schluß jetzt, hör auf, mich zu beleidigen!
Ha, meinte Bill, hab ich den wunden Punkt getroffen. Ja, typisch Lehrerin! Du denkst, du kannst alles, sogar für andere kochen.
Wenn du den Schweinebraten selber machen willst, dann bitte.
Sie band die Schürze ab und hängte sie wieder an ihren Platz.
Ja, jubilierte Bill, das beste, was du machen kannst. Denk nur nicht, daß ich mit deiner verdorbenen Kocherei weitermache. Ich habe versprochen, keinen Finger zu rühren, und ich halte mich daran. Aber Al und Lynn werden erfreut sein, einen echten deutschen Fraß vorzufinden.
Du willst nicht, daß ich koche, und du willst, daß ich koche. So viel habe ich verstanden. Das ist wohl deine neue psychologische Masche. Sie setzte sich hin und fing an, die Kartoffeln zu schälen. Ich sehe, du bereust es schon, daß du mich eingeladen hast. Ich habe genug Geld bei mir, um im Hotel zu bleiben, irgendwo, bis mein Flugzeug geht.
Sie war jetzt ganz ruhig, kein Gefühl sollte sich mehr regen, solange sie hier war. Sie sehnte sich nach ihrem kleinen Haus, nach ihrer Holzküche, dem weißen Wohnzimmer, dem Schnee draußen. Alles war besser als diese Abhängigkeit. Bot sie sich an, so niedergemacht zu werden, oder war das inzwischen typisch für den amerikanischen Bill, oder war das typisch für die Art, wie hier Männer mit Frauen umgingen, oder war das typisch dafür, wie überhaupt Männer mit Frauen umgingen?
Bill stand immer noch in der Mitte der Küche und sah auf sie herab. Sie wollte ruhig bleiben, machte ihre Atemübungen, die sie aus der Zeit der Asthmaanfälle beherrschte, einatmen, Luft anhalten, ausatmen, Pause.

Also, sagte er ungerührt, ich lasse dich jetzt hier allein, auch wenn du alles kaputtmachst. Ich bin eben tolerant.
Er schlurfte in den Gang hinaus.
Sie holte tief Luft. Die Küche jedenfalls war momentan leer, das Kraut köchelte vor sich hin, ein Geruch von Weihnachtsabend verbreitete sich. Sie schnitt den Salat, wusch die Tomaten, zerkleinerte die Zwiebeln. Dann legte sie vier Eier in Wasser, brachte es zum Kochen, schreckte die Eier ab und begann die zerschnittenen Hälften mit einer Eigelbmixtur zu füllen, wie sie es von Tante Luise gelernt hatte.
Ohne daß sie ihn bemerkt hatte, war Bill wieder hinter sie getreten.
Um Gottes Willen, was machst du denn da?
Gefüllte Eier.
Niemand wird sie essen wollen. Ihr habt in Europa wohl noch nichts von Cholesterol gehört?
Bei uns heißt es Cholesterin, und wenn deine Gäste die gefüllten Eier nicht mögen, dann müssen sie ja nichts essen. Die Eier sind jedenfalls fertig.
Hast du schon einmal daran gedacht, in Therapie zu gehen? Du hättest es wirklich nötig.
Du kannst ja einen Termin für mich arrangieren, wie bei deiner Friseuse.
Meinst du denn, ich werfe mein Geld für dich zum Fenster hinaus? Die Stunde kostet fast hundert Dollar.
Erstens könnte ich mir das leisten und zweitens: Ich denke, du bist so reich.
Wer sagt denn das?
Du selber.
Das war nur ein Witz.
Ich, sagte Karla lächelnd, ich bin reich.
Reich?
Ja, sagte Karla, ich habe ein Haus, eine gutbezahlte Arbeit und satt zu essen. Und jetzt bin ich sogar in einem anderen Kontinent und habe das Glück, die Gebräuche der Eingeborenen studieren zu dürfen. Kann höchstens sein, daß ich dabei allmählich den Verstand verliere.
Das wird kein großer Verlust sein, nach allem, was du hier demonstrierst.

Rede, was du willst, aber verschwinde hier. Du hast es versprochen, und ich will jetzt allein sein.
Er schlich wieder in sein Zimmer hinüber. Nach einer Weile piepste der Computer.
Karla goß sich ein Glas Weißwein ein, machte einen großen Schluck. Sie nahm die nächste Kartoffel, schälte sie, warf sie zu den andern ins Wasser. Dann fischte sie sich ein Reibeisen aus dem Unterschrank, säuberte es und fing an, die Kartoffeln in eine Schüssel zu reiben. Sie setzte einen großen Topf auf die hintere Platte. In der Schüssel mischte sie den Knödelteig, knetete ihn durch und fing an, mit nassen Händen die Klöße zu formen. Bis das Wasser kochte, stapelte sie die runden Bällchen auf einer Platte.
Für den Schokoladekuchen brauchte sie nur Zutaten in den Mixer zu füllen, die Form auszustreichen und mit Mehl zu bestäuben. Der Teig fiel reißend vom Löffel. Er war offenbar gelungen.
Bis zur Ankunft der Gäste war noch eine Stunde Zeit.

Der Schweinebraten brutzelte im Ofen, das Kraut köchelte leise vor sich hin, die Knödel schwammen in heißem Wasser, die Salatplatte, mit gefüllten Eiern dekoriert, stand in der Mitte des Tisches, das aufgeschnittene Weißbrot dampfte im Toaster.
Karla hatte den Tisch gedeckt und aus dem Garten ein paar grüne Zweige um die Teller gelegt. Sie war zufrieden. In ihrem Zimmer zog sie sich eins von den neuen dunkelblauen T-Shirts an, dazu den Diamantenhänger, den sie von ihrer Mutter geerbt hatte. Die Haare hielten immer noch, lockten sich über den Schultern. Ob sie die Jeans ausziehen sollte? Lieber nicht, hier liefen alle so herum.
Sie trat aus ihrem Zimmer und stieß mit Bill zusammen, der frisch geduscht aus dem Bad kam und ein weißes Hemd zu den ewigen Jeans angezogen hatte.
Wie gut es riecht, wunderbar, wie daheim!
Er schaute durchs Ofenfenster und bewunderte den braunkrustigen Braten.
Es läutete.
Karla zog sich in den Hintergrund zurück, ging in die Küche und wischte sich die Hände ab.
An der Türe laute Begrüßungszeremonien.

Lynn und Al kamen auf Karla zu und lachten breit.
Nice to meet you.
Höflichkeiten über Germany, das beide besucht hatten und das so beautiful war, besonders am Rhein, im Schwarzwald und in Neuschwanstein.
Karla brauchte eine Weile, bis sie orten konnte, wovon die Rede war. Ach, Neuschwanstein.
Ja, da wohnt sie ganz nahe, sagte Bill.
Immerhin so an die 300 Kilometer, mindestens, meinte Karla.
About 200 miles, übersetzte Bill.
Ja, das war ganz in der Nähe.
Wenn die alle wüßten, daß sie noch nie in Neuschwanstein gewesen war und daß sie keine Lust verspürte, sich dorthin zu begeben. Es reichte ihr schon, wenn sie mit Schulklassen durch Salzburgs Sehenswürdigkeiten pilgern mußte.
Sie tranken Bier, machten sich über Salat und Eier her und lobten, als hätte Bocuse für sie gekocht. Wollten sie ihr eine Freude machen? Die Platte hatten sie jedenfalls geleert.
Bill trug sie zur Spüle.
Er nahm den Braten samt Zutaten aus dem Ofen, schnitt dünne Fleischstücke ab und servierte. Alles war weich und gut gewürzt. Wie sie wieder lobten! Und sie konnten wirklich essen. Keiner klagte über Krankheiten, Kalorien, Cholesterin oder Kalziummangel. Sie langten kräftig zu, allen voran Bill, aus dessen Mundwinkel Krautfäden hingen. Er sprach laut und mit vollem Mund. Sie mußte sich abwenden, langte nach ihrem halbleeren Bierglas und sah auf die beiden Gäste, die ihre Kanudl lobten. Knööödl! sagte sie ihnen vor, wie sie es auch vor ihren Schülerinnen getan hätte, wäre Bayerisch ihr Fach gewesen. Yes, Kanudl! Karla redebrechte ihr Knödlrezept, das die beiden unbedingt nachkochen wollten. Daran schlossen sich lange Diskussionen an, ob "Black Forest" ein wirklich gutes deutsches Restaurant war, oder ob das "Hofbrau" vorzuziehen war, des Bieres wegen.
Undsoweiter.
Dann kamen die französischen Restaurants an die Reihe, der "Coq d'Or", wohin man am besten zum Lunch ging, obwohl, Carmel, das war schon ziemlich weit, ein paar hundert Meilen, oder ob man doch lieber zu "chez Panisse" gehen sollte, wo es aber keine Reservierungen gab und man oft mehr als eine

Stunde an der Bar warten mußte.
Als sie den letzten Krautrest zusammenkratzten, waren sie bei den asiatischen Restaurants, den Unterschieden zwischen einem Huhn auf koreanisch und einem auf Sezuan Art, und wo und wann man das eine besser geröstet und das andere besser gewürzt konsumiert hatte.
Bill konnte mitreden.
Er hatte sogar eine Sensation zu bieten, eine neue Entdeckung, ein indisches Restaurant in Menlo Park. Mit Gloria war er dort gewesen, vor einer Woche erst.

Was macht sie, wie gehts ihr, wo ist sie heute?
Das Gespräch driftete langsam von den Mahlzeiten weg.
Gloria hatte heute einen Kurs in einem College, sie machte gerade eine Zusatzqualifikation in Englischer Literatur, und Updike war der Autor, über den sie einen Aufsatz schreiben mußte.
Ja, Gloria war so klug, so gescheit, so beautiful.
An diesem Tisch gab es nur Superlative. Was wäre wohl, dachte Karla, wenn man sie abschaffen würde, wenn der Braten dann ganz einfach gut wäre, das Bier schön kalt und Gloria eine intelligente Frau?
Die Sätze schwappten an Karla vorbei. Nach den Lobpreisungen der unvergleichlichen Gloria wurde das heutige Essen noch einmal abschließend gewürdigt. Die flambierten gebratenen Äpfel schmeckten schon nicht mehr nach Bratapfel, waren bereits kunstvoll verändert in Richtung nouvelle cuisine, ein Ausdruck, den sie ein paarmal wiederholen mußte, bis sie seine Aussprache verstand.
Man war bei der Gesundheit angelangt. Es ging um Herz- und Kreislauferkrankungen. Karla fühlte sich unversehens in einer Seniorenrunde. Jetzt, nach dem reichhaltigen Essen, mußte ganz einfach über gesunde Lebensweise gesprochen werden.
Das Eiswasser klirrte. Sie tranken Glas um Glas.
Karla fühlte sich nicht angesprochen, deplaziert.
Was machen wir morgen? fragte sie leise.
Bist du unzufrieden?
Ich wollte nur wissen, was du planst.
Keine Ahnung. Wir sehen erst mal, wie das Wetter wird.
Lynn und Al erhoben sich.

Wir müssen morgen zeitig aufstehen. Habt vielen Dank. Und bald wieder bei uns, wir rufen an.
Bill ging mit ihnen zu Tür, kam gleich wieder zurück und wandte sich zur Spüle. Er schaltete den Müllzerkleinerer ein, der mit Getöse die Kartoffelschalen, Apfelkerne, Salatblätter und Eierschalen zu Brei pürierte und in die Abfallkanäle schwemmte. Ganze Leichenteile konnte man auf diese Weise verschwinden lassen.
Karla wurde übel. Am Kaffee konnte es nicht liegen.
Sie sagte gute Nacht und verschwand in ihrem Zimmer. Aber an Einschlafen war nicht zu denken.
Wie sollte sie jetzt ohne das alte Bild von Wilhelm leben? Hatte nicht das Denken an ihn eine Religion ausgebildet, die ihre endgültige Hingabe an die wahre Religion verhinderte? Und hatte sie deswegen ihren Eintritt ins Kloster so lange hingezögert, sich nicht entscheiden können, weil sie im Grunde immer noch hoffte, ihre Vorstellung vom gemeinsamen Leben mit Wilhelm würde eines fernen Tages Wirklichkeit werden, entgegen aller Vernunft, und inzwischen, entgegen ihren religiösen Prinzipien? Was sollte sie mit einem geschiedenen Mann, der noch dazu ihr Cousin war?
Sie konnte es drehen und wenden, nichts ergab mehr einen Sinn, vor allem nicht die vergangenen dreißig Jahre. Bill war ein alter Mann ohne Ideale geworden, ein übellauniger Frühpensionist. Ihre Jugend starb zum zweitenmal. Es starben die Bilder, die alten Photographien, das sorgsam gehütete Inventar von dreißig Jahren. Jetzt mußte sie den Sessel zerhacken, auf dem er in ihrem Münchner Zimmer gesessen hatte. Das Klavier, auf dem er phantasiert hatte, sollte sich draußen im Schnee verziehen, bis die Saiten rissen, das Elfenbein der Tasten absplitterte, bis jeder Ton zum Mißton würde. Alles mußte weggeworfen, erneuert oder ausgetauscht werden. Auch ihre Religiosität hatte gelitten, war erniedrigt und profaniert worden. Mit dem Eintritt ins Kloster konnte sie das nicht ungeschehen machen. Was ergab das für eine Klosterfrau, die ihre Liebesphantasien mit unter den Schleier nahm. Auch das konnte sie jetzt nicht mehr. Ihr Gewissen war eindeutig. Es kam ihr absurd vor, erst unter Wilhelms Fittiche, dann unter Mutters Bevormundung, unter die wohlwollende klösterliche Obhut der Schule, und nun womöglich ins Kloster zu flüchten,

weil die anderen Lebensstützen sich als zu wenig stabil erwiesen hatten, nach Mutters Tod und Wilhelms Verschwinden.
Und warum getraute sie sich nicht endlich, allein zu leben? Sie hatte einen Beruf, der ihr meistens Spaß machte, ihr Haus war abbezahlt, ihre Verwandten mochten sie. Und ihr Äußeres? Seit der Verwandlung ihrer strengen Frisur vor ein paar Tagen sah sie gerne in den Spiegel. Ihre Haare gefielen ihr, und ihr Gesicht mußte nicht mehr ständig die Spannung der straff zurückgekämmten Haare halten. Sie hatte mehr gelacht und geweint, seit sie hier war, als in den Jahren nach Mutters Tod. Mit wem hätte sie auch lachen können?
Annas Humor nährte sich aus ganz anderen Quellen. Sie konnte Tränen lachen, wenn sie sich noch einmal vorstellte, wie Schwester Direktorin auf dem gebohnerten Holzboden im ersten Stock, direkt vor dem Sekretariat, ausgerutscht war, ein paar Treppen tiefer ihre schwarzen Röcke zusammengerafft hatte und rotgesichtig tastend wieder aufgestanden war. Damals war Karla danebengestanden und hatte sozusagen erste Hilfe geleistet. Sie war zu erschrocken gewesen, um das auch noch komisch zu finden. Anna dagegen entdeckte immer wieder neue Einzelheiten, um die Episode auszuschmücken: Stell dir vor, sie hätte sich überschlagen! Denk nur, sie wäre kopfüber hinuntergestürzt, wie vom Sprungbrett! Man hätte ihre heiligen Unterhosen gesehen!
Darüber hatten sie sich, als sie selber noch Schülerinnen waren, den Kopf zerbrochen. Trugen Klosterfrauen BHs, mußten sie die langen Unterhosen mit Bein, die Liebestöter, tragen, oder war ihre Unterwäsche gar auch schwarz?
Der Religionslehrer hatte die Unterwäschenfrage dann sogar in einer Unterrichtsstunde thematisiert. Fazit: Ganz normal! Alles völlig normal! Keine Namen, keine Bezeichnungen!
Wieso hatte er nicht das Interesse an solchen Fragen besprochen? Wieso kamen die Schülerinnen überhaupt auf die Idee, Klosterfrauen seien irgendwie anders, müßten deshalb anatomisch sich von den normalen Sterblichen unterscheiden, dementsprechend auch ihre Unterhemden, Unterröcke, Hosen. Solche profanen Bezeichnungen grenzten schon an Blasphemie - Mater Oberin bei der Morgentoilette, in Unterhosen, unvorstellbar - und deswegen von der Phantasie in immer neuen Varianten abgeändert. Non decet! Mußt du beichten! Unkeusch!

Das war sowieso der Gipfel des Bösen.
Die Neugierde der spekulierenden Schülerinnen gab den Klosterfrauen nicht zu denken. Dumme Fratzen! Unreife Pubertierende! Wie den Schülerinnen immer wieder versichert wurde, herrschte im Kloster eine besondere Art der Freude. Das lustige Klosterleben, das sich aus der Lust am Dienste Gottes speiste! Humor unter den Dienerinnen Jesu! Es gab Witzesammlungen in kirchlichen Verlagen, die das dokumentierten. Im täglichen Schulleben allerdings war von dieser inneren Freude wenig zu spüren. Die Schülerinnen wurden zu gutem Benehmen, wohlgesetzten Worten, feinen Handarbeiten angeleitet, unter den drohenden Liebesworten der herrschenden Dienerinnen Jesu, mit sanften und drakonischen Strafen, mit berechneter Willkür, die Unterwerfung unter unsinnige Befehle lehren sollte.
Was gab es nicht Beispiele aus der Vergangenheit, leuchtende natürlich, übernatürliche: Wie die heilige Theresia als Novizin unter dem Sadismus ihrer Novizenmeisterin erst so richtig zur Heiligen sich emporlitt. Wie man dankbar zu sein hatte für Kränkungen und Beleidigungen, gaben sie doch die einmalige Gelegenheit, das irdische Ich abzutöten, den bösen eigenen Willen auszulöschen und geläutert und widerspruchslos die sinnlosesten Befehle auszuführen, zur höheren Ehre Gottes. Auch das ununterbrochene Zweifeln an der Berufung, die Skrupel über ungenügende Heiligkeit, gehörten zur erstrebten Vollkommenheit. Karla versenkte sich in die Unendlichkeit der Etiketten auf den Weinflaschen: immer verbarg sich hinter dem Bild ein vollständig neues, das herauswuchs, um ein Vielfaches kleiner, aber nicht weniger komplett, und so weiter bis in alle Ewigkeit. Das Donnerwort, und auf einer Weinflasche! Ewige Verdammnis, war das die geheime Offenbarung der Zweifel an den Zweifeln? Im Augenblick der vermeintlichen Vollkommenheit lauerte die größte Gefahr. Da, in diesem Moment, hatte der Teufel selbst einer heiligen Theresia eingeflüstert, daß sie nach langen Kasteiungen eine gute Klosterfrau geworden sei. So schlug der Böse zu! Sei also wachsam, sei nie mit dir zufrieden, sei immer mißtrauisch, wenn andere dir Positives über dich erzählen! Das sind die schmeichlerischen Fratzen der Hölle, die nur darauf warten, dich mitsamt deiner eingebildeten Vollkommenheit zu verschlingen.
Aber wie weiß ich, hatte die zwölfjährige Karla einst gefragt,

ob ich auf dem rechten Weg bin, wenn ich nie merke, daß ich richtig laufe? Gütiges Lächeln. Liebes Kind, habe Vertrauen. Der Glaube hilft immer.
Karla hatte gelernt, daß man nie wußte, ob Gott mit einem war. Genauso gut konnte es der Teufel sein. In diesem Leben war man stets auf Probe, es fand eigentlich nicht statt, hatte nur den Charakter einer Bewährung für das eigentliche Leben, das nach dem Tod kam.
Gott gibt den Sinn.
Frage nicht, bete!
Damit das Leben unter den Fittichen der Nonnen nicht zu intensiv ins Irdische ausartete, ließen sich die Organisatoren allerlei einfallen. Sonntagsgottesdienste, Wochenmessen, gemeinsame Beichttage und Exerzitien gaben der Schulzeit zusätzliches Gerüst. Die jungen Mädchen lernten dabei die Grundbegriffe der Selbstzweifel und Schuldgefühle, die sie ein ganzes Leben lang begleiten sollten. Im Lehrplan hielt man Begriffe wie christliche Lebensführung oder Vertiefung christlicher Lebensauffassung bereit.
Spare dich auf, gelobe Keuschheit bis zum Profeß- oder Traualtar. Klassenweise hatten sie gelobt, kniend im Seitenschiff, vor der herben gotischen Madonna, die in ihrer realistischen Häßlichkeit das Ideal der Frau und Mutter darstellte. Ewige Treue, ewiges Gelöbnis. Wenn etwas wirklich gültig sein sollte, dann mußte es ewig sein.
Ihre Liebe zu Wilhelm war in der gleichen Kategorie beheimatet. Taktvoll sprach niemand von Liebe oder Heirat. Auch Karla hätte sich eher die Zunge abgebissen, als solch einen trivialen Satz wie "Ich liebe dich" ausgesprochen. Statt dessen sagte sie: Niemand versteht mich so wie du, mit keinem kann ich über alles reden wie mit dir. Ohne dich war der ganze Tag nichts wert. Solche Beteuerungen waren bei ihnen üblich, gehörten zum Abschiedskuß auf die Wange.
Was mochte Bill mit Pat besprochen haben? Wo man am besten einkaufen geht? Welche Möbel man ins Wohnzimmer stellte? Nein, das konnte es nicht gewesen sein. Über diese Wohnzimmereinrichtung hatte sich niemand Gedanken gemacht. Wenn sie Bill richtig verstand, war Pat vor allem die Befreiung von der Prüderie gewesen. Nach 1968 allerdings war davon nichts mehr übriggeblieben. Die unmoralischen Wohn-

gemeinschaften, vor denen sie ständig gewarnt worden war, standen bei ihrer Mutter in dem Geruch von Gruppensex und Obszönitäten. Da war Gottseidank Karla gerade mit dem Studium fertig und fing ihre Referendarzeit im Kloster an. Diese Gefahr war gebannt, seufzte Mutter erleichtert auf. Die Gefahr war gebannt, wie allmählich jede Gefahr des Lebens, ja, das Leben überhaupt. Es gab Pflichten, wohin man sah, und der Horizont selbst war begrenzt durch den Bayerischen Wald und auf der anderen Seite durch Donau, Inn und Ilz, durch Schulordnung und Hausordnung. Ordnung war das ganze Leben. Die durch und durch geordnete Persönlichkeit, bei der es keine Überraschungen mehr geben durfte.

15

Karla erwachte vom Rumoren in der Küche; sie ging leise ins Bad und zog sich an. Bill saß schon am Küchentisch.
Sie sah auf ihn herunter, wie er dahockte, den beigen Frotteemantel mit Schmutzrändern an Ärmel und Kragen, mit einer Kordel überm vorstehenden Bauch zusammengezurrt, unrasiert, mit nackten Füßen und langen, gelben Zehennägeln. Seine rechte Hand hielt den Wirtschaftsteil des Chronicle, die linke Hand faßte den Kaffeetopf, führte ihn zum Mund. Bill schlürfte laut, seine großporige Nase triefte. Das also war Wilhelm heute, ein alter Mann, schlaff und fade, dessen einzige Interessen noch aus Geld und Essen bestanden, abgesehen von seinen Freundinnen. Das aber wollte sie sich gar nicht vorstellen, dieser fette Körper, die schlaffen Mundwinkel. Unwillkürlich setzte sie sich gerade hin, drückte den Rücken durch, fühlte, wie gut ihr Körper ihr gehorchte, fühlte ihren Körper seit langem wieder als einen starken Teil ihrer selbst und freute sich ihrer Unabhängigkeit. Die jahrelange, jahrzehntelange Treue zu ihrem Jugendgeliebten schwand vor Bills Gegenwart dahin; sie entwich aus seinem bitter verzogenen Mund, seinen

kraftlosen Händen, seinem hängenden Unterkinn. Genauso sollte das Unglück der vergangenen Zeit verschwinden. Immer freier wurde sie, je länger sie hier war, von Wilhelms früherem Bild. Bald würde der alte Bill den jungen Wilhelm ganz überlagern, ihn unter sich begraben. Sie mußte nur lange genug hinschauen und die Gegenwart speichern.
Bill setzte die Kaffeetasse ab, sah hin zu ihr. Du siehst wirklich erstaunlich jung aus für dein Alter, das kann ich dir sagen. Du nimmst es, rein äußerlich, mit jeder auf, die zehn Jahre jünger ist als du.
Aufnehmen, inwiefern?
Fang nicht schon wieder an mit deinen Fragen, jetzt, wo ich dir gerade ein Kompliment gemacht habe, nach dem andere Frauen sich alle zehn Finger lecken würden.
Mag sein, andere Frauen. Ich nicht. Du machst dich nur lustig über mich, so viel hab ich inzwischen begriffen.
Bill lachte breit. Er räkelte sich, sein schlaffes Geschlecht kam unter dem Bademantel zum Vorschein. Um Gottes willen, das auch noch. Karla sah weg.
Meinst du nicht, altes Mädchen, wir sollten es noch einmal miteinander versuchen, wir beide?
Er rückte näher zu ihr.
Karla goß sich von dem Wasserkaffee noch eine Tasse ein, nicht, weil sie davon trinken wollte, sondern weil sie ihren rechten Arm gegen Bills Näherkommen aufrichten wollte.
Jetzt trank sie aber doch.
Bills linke Hand tappte zu ihren Schultern. Du bist gut gebaut, wirklich. Fast keine Falten am Hals.
Du solltest erst mal meine Seele sehen.
Bills Arm sank auf den Tisch.
Mein Gott, mußt du alles kaputtmachen? Ich war so schön in Fahrt. Du turnst mich an.
Was tue ich?
Du machst mich scharf.
Also wirklich, das ist zu lächerlich. Ich bin fünfzig, ich bin deine Cousine, wir mögen uns vor Jahrzehnten etwas bedeutet haben, aber du hast eine feste Freundin, und ich werde demnächst ins Kloster eintreten. Was soll der Quatsch?
Sie stand auf, fühlte ihre zwei Füße fest auf dem Plastikboden.
So, und jetzt sag mir, warum du mich eingeladen hast. Doch

sicher nicht wegen eines Liebesabenteuers. Dafür bin ich das ungeeignetste Objekt.
Bill sank in sich zusammen, raffte nach den beiden Enden des Morgenrocks, goß sich Kaffee ein und seufzte.
Ich gebe zu, es war etwas in der Art. Ich kann Gloria nicht mehr ertragen. Sie ist neurotisch, ich halte es nicht mehr aus. Aber im Bett ist alles o.k., mißversteh mich nicht. Unser sexlife war immer außergewöhnlich, sonst hätte ich es nicht so lange ausgehalten. In gewisser Weise hat sich's gelohnt. Wir hatten wirklich aufregende Zeiten. Aber sie kann nicht kochen, verwandelt meine Küche in ein Chaos, wenn sie nur eine Dose öffnet, und für ihr eigenes Haus braucht sie einen Gärtner und eine Putzfrau, sonst versinkt sie im Dreck.
Bill sprach vom Dreck, vom Dreck anderer Leute, vom Dreck seiner besten Freundin. Seine Füße standen im fetten Küchendreck, die speckigen Enden seiner Ärmel weichten im verschütteten Kaffee, hinter den grauen Vorhängen hatten sich Spinnennetze zu einem zweiten Store verwoben. Schwarze Fingernägel, überstehende Zehennägel, weißschuppige Haut an den Beinen. Auch seine Falten schienen ihr auf einmal durch Staub und Schmutz verdeutlicht.
Der Beschreibung nach paßt ihr beiden prima zusammen, bemerkte Karla.
Geht denn keine Minute vorbei ohne eine deiner sarkastischen Bosheiten? Es wird mir immer klarer, warum du keinen Mann gekriegt hast, du bissige alte Jungfer.
Karla verlor für einen Moment das Gleichgewicht und dachte, sie müsse sich rächen, jetzt auf der Stelle, ihm eins von seinen scharf geschliffenen Küchenmessern in den Rücken stoßen, ihn mit seiner provisorischen Kordel erdrosseln.
Sie sah kalt auf ihn herunter. Lieber eine alter Jungfer ohne Bauch als ein alter Lebemann mit Hängebauch, sagte sie mehr vor sich hin. Sie konnte seinen Anblick nicht mehr ertragen. Ihr wurde übel. Sie goß sich ein Glas aus der Zweiliterflasche Tonic ein, trank es auf einen Zug leer und sagte freundlich:
Und was werden wir heute Schönes unternehmen? Doch nicht nach Mexiko, oder?

Am Nachmittag, als Bill verschwunden war, entdeckte sie Margos Fahrrad auf der Terrasse. Sie pumpte die Reifen auf und probierte vor der Haustüre einige Runden um den Block herum. Sie steckte Margos Hausschlüssel ein, der am Küchenhaken hing, ließ die Haustüre hinter sich zuschnappen und fühlte sich frei. Sie fuhr die schnurgerade Straße entlang bis zum Supermarkt. Am verlockendsten fand sie die lackiert glänzenden Erdbeeren, von denen sie eine Schale kaufte und gleich auf dem Vorplatz aß. Aber sie schmeckten nur nach Wasser. Verbotene Früchte. Das ist lächerlich, sagte sie zu sich selbst. Schließlich habe ich sie ja von meinem Geld gekauft. Überhaupt kam ihr der ganze harmlose Ausflug zum Supermarkt verrucht vor, hinter Bills Rücken. Und wenn er jetzt schon daheim wäre, sie gar suchte? Dann geschah es ihm recht. Er war schließlich auch weggegangen, ohne ihr Bescheid zu geben, und das gleich in der ersten Nacht. Sie hatte es nicht vergessen. Inzwischen war sie sicher, daß er bei einer seiner Freundinnen übernachtet hatte. Und aus dem damals verschwundenen und dann unvermutet aufgetauchten Notizbuch hatte er sich, neugierig wie er war, einen ersten Überlick über ihre Freunde verschaffen wollen, noch bevor sie ihm davon erzählte.

Seit sie hier war, konnte sie mittags nicht mehr schlafen, schon nach dem ersten Tag nicht mehr. Sie stand ja auch nicht wie zu Hause um 6 Uhr auf, sondern blieb, nachdem sie aufgewacht war, im Bett liegen, um den Geräuschen zu lauschen, die Bills Aufstehen begleiteten. Das Schlurfen der nackten Füße auf dem Linolboden, das Klappern der Tassen, das Zischen des Wasserhahns, dann die knarzende Haustür, vor der die Zeitung lag.

Einmal war sie zur gleichen Zeit in der Küche erschienen wie Bili, wollte Butter und Marmelade aus dem Kühlschrank holen, den Tisch decken. Aber er hatte sie wild angefaucht.

Laß mich das machen. Du weißt nicht, wo die Sachen liegen.

Doch, wollte sie sagen, ich weiß gut Bescheid in deiner Küche. Aber sie schwieg und ging ins Bad. Bill las den halben Vormittag Zeitung, saß mit elektrischem Licht in seiner sonnigen Küche, nur mit dem Schmuddelfrotteemantel bekleidet. Er redete nichts.

Sie nahm sich dann Kaffee, strich sich eine Scheibe feuchtschlabbrigen Toast und stellte ihr Geschirr ins Spülbecken. Spülen war auch nicht erlaubt.

Das kommt in die Maschine, da verbraucht man weniger Wasser als mit der Hand.
Auch darauf sagte sie nichts mehr, versuchte sich unsichtbar zu machen, schlich fast auf Zehenspitzen zurück in ihr Zimmer, schrieb Briefe, Postkarten, machte Stundenentwürfe für die Kollegstufe (Fremdsein in Europa - was spricht für, was gegen ein multikulturelles Europa -) und fühlte sich selbst so fremd und einsam, als wäre sie eine arbeitslose Emigrantin in den Zwanzigern. Sie sehnte sich nach ihrem Strickzeug, dachte an den Mohairpullover, den sie neben dem Ledersessel vor dem Fernseher zurückgelassen hatte, wie an eine unfertige Person, die ihrer bedurfte. Hätte sie nur die Stricknadeln mitgenommen. Mit zwei Nadeln in den Händen war sie überall zu Hause. Aber wer konnte denn ahnen, wie öde Amerika sein konnte, wenn man auf Besuch war bei der großen Liebe seines Lebens.
Als Bill heimkam, war sie schon längst von ihrem Ausflug zurück, saß brav in ihrem Zimmer und schrieb Postkarten.
Wir gehen aus heute abend, rief er an ihre geschlossene Tür.
Beim Abendessen, zu dem Bill sie in ein japanisches Restaurant ausführte und sich auf keinen Fall einladen lassen wollte, machte Karla noch einen Versuch, das angebliche Mißverständnis zur Sprache zu bringen.
Weißt du, fing sie nach dem obligaten Martini an, der in der Kehle brannte, weißt du, ich möchte gerne noch was mit dir besprechen, bevor ich abreise.
Ja? Er lächelte sein Lächeln der ersten Tage.
Sie lächelte ihn auch an und kam sich dabei falsch vor.
Ich möchte unser Verhältnis klären, sagte sie mit ihrer sanftesten Stimme.
Da gibt's nichts zu klären, für mich ist es klar, daß du nichts mehr für mich empfindest, daß du nachtragend bist und bigott. Wir passen nicht zusammen, das hast du ja selber so freundlich formuliert. Und außerdem möchte ich jetzt nicht darüber reden. Jetzt will ich einen schönen Abend haben und mir nicht den Appetit verderben lassen durch deine ständigen Vorwürfe.
Entschuldige, sagte Karla, immer noch sanft und leise. Ich war mir nicht bewußt, einen Vorwurf geäußert zu haben.
Sie sah vor sich auf die schwarzen Teller, auf denen bald ein buntes Gemüse-Stilleben entstehen würde.
Übrigens habe ich Hunger, versuchte sie eine versöhnliche

Ablenkung.
Bill starrte vor sich hin, die Mundwinkel nach unten. Er kippte den Martini hinunter und lehnte sich zurück.
Dann sah er sie an.
Du bist kein übles Mädchen, meinte er, wenn du nur nicht andauernd diesen intellektuellen Scheiß verzapfen würdest. Alles zerreden, wo es nichts zu reden gibt.
Sie stellte sich vor, daß Anna diesen Satz zu ihr sagen würde oder ihre Direktorin oder Dr.Krautgartner. Nein, unmöglich, so sprach niemand zu ihr. Selbst aufmüpfige Schülerinnen hatten einen anderen Wortschatz, wenn sie sich beklagten. Karla war Vertrauenslehrerin für die Mittelstufe und berühmt für ihre Schlichtungsgespräche.
Aber Bill war ganz einfach respektlos. Das mußte sie sich selbst als Gast nicht gefallen lassen.
Du bist auch kein übler Knabe, gab sie zurück, wenn du nur nicht andauernd deinen unintellektuellen Scheiß verzapfen würdest.
Sie grinste ihn an, nahm ihr Glas und trank es aus.
Zum Wohl, auf gute Feindschaft.
Bill starrte sie an. Sie lächelte. Der Kellner kam und brachte eine graue Flüssigkeit, in der dunkelgraue Schwabbelvierecke schwammen.
Meine Lieblingssuppe, bemerkte Bill und schlürfte hörbar den ersten Löffel, ohne auf Karla zu warten. Sie sah ihm zu, wie aus seinem tropfenden Löffel ein Teil der Suppe wieder auf Schüsselchen und Tisch zurücktropfte. Mit so einem Fresser könnte sie sich nirgends sehen lassen. Ob das amerikanisch war?
Sie breitete die schwarze Serviette auf ihrem Rock aus und versuchte den ersten Löffel. Sie hielt inne. Wie sollte sie die ganze Suppe schaffen? Das schmeckte ganz einfach widerlich. In der Jugendherberge hätte sie gesagt, wie Spülwasser. Hier aber zahlte man sicher allerhand dafür.
Woraus sind die kleinen Vierecke? fragte sie Bill.
Tofu, spritzte er zwischen den Zähnen hervor.
Sie war nicht schlauer als vorher, löffelte aber tapfer, wie früher die letzten Grießbreireste. Haltung, Karla, bewahre Haltung, hörte sie ihre Mutter neben sich flüstern.
Ja, sagte Bill, Haltung bewahrst du, das kannst du.

Karla blieb fast der Bissen im Halse stecken.
Deine Intuition ist erstaunlich, brachte sie hervor. Dann schluckte sie den letzten Tofuwürfel hinunter.
Der nächste Gang wird dir besser schmecken. An Miso muß man gewöhnt sein.
Wo hast du japanisch essen gelernt?
In Hiroshima. Da war ich mal beruflich.
Karla zeigte ihr Erstaunen nicht.
Und wie hat dir das Leben dort gefallen?
Es war wunderbar. Die Frauen dort ... Bill hielt inne. Das wird dich nicht interessieren.
Doch, beharrte Karla. Ich unterrichte an einem Mädchengymnasium, vergiß das nicht. Rein berufliches Interesse. Also, wie sind die Frauen dort?
Einfach ideal. Die totalen Dienerinnen der Männer. Von denen kannst du alles lernen. Natürlich mußt du zahlen.
Warum hast du dir nicht ein paar von ihnen mitgebracht? Dein Haushalt könnte sie gebrauchen, soviel ich gesehen habe.
Nicht nur mein Haushalt, das kannst du mir glauben. Aber auf die Dauer geht einem die ewige Zustimmung auf den Wecker. Der Verdacht, daß sie lügen, um dir zu gefallen. Als ich dort war, das halbe Jahr, da war das einfach wunderbar. Deswegen gehe ich gerne japanisch essen. Das bringt einige Erinnerungen wieder.
Die kannst du jetzt, wo du mich vor Augen hast, besonders gut gebrauchen, ich verstehe.
Der Kellner brachte einen viereckigen Teller, der wie eine Schachtel aussah und in Quadrate unterteilt war. In Öl Gebackenes in verschiedenen Farben und Formen präsentierte sich da.
Du mußt das Fleisch in die Soße tauchen, sagte Bill.
Karla versuchte es erst einmal ohne Soße, dann tauchte sie ihren frittierten Fisch ein. Das tat sie aber nicht ein zweites Mal. Die Soße schien ihr aus Essig und Zuckerwasser gemischt.
Bill war zu beschäftigt, um noch auf sie zu achten. Er hantierte geschickt mit seinen Stäbchen, während Karla beständig darauf achten mußte, nichts auf dem Tischtuch zu verlieren.
Ihr Teller war noch halbvoll, als Bill sich zurücklehnte, aufseufzte und die Stäbchen auf die zerknüllte Serviette legte.

Das war gut! Satt sein ist ein herrliches Gefühl!
Sie wühlte mit den Stäbchen im Reis.
Du mußt eine Kugel formen, dreh doch!
Hast du es eilig?
Überhaupt nicht. Genieße dein Essen. Es ist wirklich außergewöhnlich. Muß es ja wohl sein, bei dem Preis.
Karla war es endlich gelungen, eine Portion Fleisch auf dem Reis zu plazieren und die Stäbchen zusammenzuhalten.
Bill trank seinen Wein schnell aus, sah auf die Uhr, suchte nach dem Kellner. Dann bestellte er noch ein Glas Chardonnay.
Auf Karlas Teller kehrte langsam die Übersicht ein, die ihr mit Messer und Gabel gelang. Sie tunkte das Fett auf und sah zu Bill, der mit flinken Augen im Restaurant herumsah.
Schaust du nach schönen Frauen aus?
Ja, natürlich. Eine gute alte Gewohnheit.
Wie alle alten Männer.
Was weißt du schon von Männern.
Sie schwiegen beide.
Bill lächelte, weil er sich als Sieger fühlte.
Karla sah auf ihren sauber abgegessenen Teller. Bill hatte ein Chaos übriggelassen. Wenn Mutter das gesehen hätte!
Versündige dich nicht, du wirst als Bettler enden, wenn du nicht aufißt.
Einmal, bei einer weißlichen Krensoße, hatte Karla gesagt: Das mag ich nicht. Daraufhin war ihre Mutter in der Küche verschwunden, hatte Kartoffeln und Salat mitgenommen und Karla vor ihrer Schleimsoße alleingelassen: Du stehst nicht eher vom Tisch auf, bis du alles aufgegessen hast! Widerstand war zwecklos gewesen. Karla hatte sich die Nase zugehalten und drauflosgeschluckt. Leider mußte sie sich nicht erbrechen. Das hätte sie ihrer Mutter vergönnt. Da siehst du, wie krank du mich machst.
Seit sie magersüchtige Schülerinnen hatte, wunderte sie sich, daß sie sich nicht selber krankgefastet hatte. Alle Voraussetzungen stimmten bei ihr. Vermutlich hatte die Religion sie davor gerettet, oder die Religiosität. Sünde wäre das gewesen, Sünde vor allem gegenüber den andern, der Mutter gegenüber, für die sie ihren Körper gesund halten sollte, denen gegüber, für die sie dazusein hatte. An das Wohlfühlen in der eigenen Haut dachte niemand, das war kein Thema. Wenn es dir gut

geht, dann hast du die Verpflichtung, das abzudienen, andern zu helfen. Das Selbst war kein Wert an sich, es war Objekt, Werkzeug, um Mater Hedwigs Lieblingsspruch zu gebrauchen. Sei Werkzeug! Du bist nur etwas wert im Hinblick auf deinen Nutzen für andere. Was hat Gott mit mir vor? Welche komplizierten Taten der Nächstenliebe fordert er in diesem Moment von mir, welche in der Zukunft?
Möchtest du noch Nachtisch? fragte Bill.
Ja, sagte sie ohne Überlegung.
Einen anständigen Nachtisch, das ist's, was ich brauche. Nachdem ich das ganze Leben gegessen habe, was die andern mir vorsetzten, nach dem Speiseplan der Vorsehung.
Aber das sagte sie nicht.
Sie versuchte Bills umherschweifende Augen zu erreichen.
Ich danke dir für diese Einladung. Sie hat mir zu tiefen Erkenntnissen verholfen.
Das hast du aber wieder metaphysisch-europäisch ausgedrückt, Frau Professor.
Ob metaphysisch oder nicht, ist egal. Jedenfalls wesentlich.
Bill zog die Mundwinkel nach unten.
Dieses Gift der Religion. Immer sollten wir wesentlich sein, stets das Wesentliche im Auge haben. Und es war immer das Wesentliche für die anderen. Seit ich das Unwesentliche tue, aber für mich, geht es mir erheblich besser.
Gibt es keinen Kompromiß zwischen dem, was für dich gut ist und dem, was für die andern gut ist?
Wenn es für mich gut ist, dann ist es für die andern auch nicht schlecht. Indem ich verdiene, erhöhe ich das Bruttosozialprodukt. Indem ich glücklich bin, trage ich zum Glück der Menschheit allgemein bei. Mein bescheidener Beitrag, sozusagen, metaphysisch ausgedrückt. Das verstehst du sicher.
Und wenn du satt gegessen hast, ist schon wieder ein Hungriger weniger auf der Welt. Eine wirklich einleuchtende Rechnung.
Darauf trinken wir noch.
Bill orderte noch einen halben Liter Weißwein.
Du bist übrigens erstaunlich trinkfest.
Das liegt bei uns in der Familie, nehme ich an. Sobald es nach dem Krieg wieder Wein gab, kam er jeden Sonntagmittag auf den Tisch. Das erste Himmlische Moseltröpfchen hab ich bei

euch daheim getrunken, nach dem Abitur, als deine Mutter für mich Karvinatenbuchteln zum Nachtisch gebacken hatte.
Das wurde schon wieder so eine Weißt-du-noch-Unterhaltung. Jeder Satz hatte seine Wurzeln in der Vergangenheit.
Aber Bill war taub geworden. Für ihn war das hier ganz einfach ein trockener, kühler Weißwein, der ihm schmeckte.
Ich hätte trotzdem noch gerne ein Dessert! Karla fand sich mutig, fast unverschämt.
Der Ober brachte die Eiskarte, empfahl Minze-Eis mit Schokoladensoße. Karla war einverstanden. Bill bestellte einen zweiten Löffel.
Sie stellten die grün-braune Mischung zwischen sich und löffelten miteinander aus dem gleichen Schälchen. Das hatten sie in der Studentenzeit gemacht, aus Mangel an Geschirr. Wer hat aus meinem Tellerchen gegessen?
Woran denkst du?
Daß ich diesen Minzegeschmack mag, und die Schokolade drüber. Bill war ganz bei der Sache.
Der Kellner brachte gleich die Rechnung, Bill zahlte und versicherte ihm noch einmal, daß alles wunderbar gewesen war.
Erst fuhren sie durch die erleuchteten Straßen, dann durch die Nacht, nach Hause, zu Bills Haus. Karla flog allein durch die Dunkelheit, sah nicht auf Wilhelm. Die Bilder der Vergangenheit wurden kleiner, blieben hinter ihr, und Wilhelm schrumpfte zu einem gestikulierenden Zwerg. Mutter stand in ihrer ewigen Schürze daneben, schaute zu Erich und Luise, die ihre Köpfe schüttelten über den Winzling, der vor ihnen herumhüpfte und sich mit Streckübungen gegen sein Verschwinden wehrte. Schließlich versanken alle im Nebel. Karla seufzte ihnen einen Abschiedsgruß hinterher, rückte ihren Rock auf dem Sitz zurecht und war erstaunt, daß Wilhelm immer noch neben ihr saß und lenkte, in Lebensgröße. Sie mußten schon bald am Ziel sein, denn links und rechts erschienen die niedrigen Holzhäuser des Wohnviertels mit den Blumennamen. Chestnut street, da waren sie.
Sie hatten die letzte halbe Stunde nichts geredet. Schweigend gingen sie ins Haus, Bill verschwand in seinem Zimmer. Sie bemühte sich um Gelassenheit, ging in ihre dunkle Kammer, zog sich die Schuhe aus und setzte sich aufs Bett.
Was für ein Tag, und mit welch sinnlosen Tätigkeiten hatte sie

ihn vertan. Morgen wollte sie gleich frühzeitig in den Buchladen, um in Ruhe Tagebuch zu schreiben und zwei Briefe, einen an Anna und einen an ihre alte Lehrerin. Im Funzellicht der Deckenlampe las sie noch eine halbe Seite in den Stundengebeten, dann schlief sie ein.

16

Am nächsten Tag schlug Bill vor, einen Ausflug in die nähere Umgebung zu machen. Sie brachen am späten Vormittag auf.
Hinter Watsonville, mitten in den giftgrünen Hügeln von Salinas Valley, fing der Motor an zu husten. Der Wagen stöpselte noch eine Weile vor sich hin, rumpelte an die rechte Fahrbahnseite, stand still.
Jetzt sind wir in ernsten Schwierigkeiten.
Bill stieg aus, hantierte eine Weile unter der offenen Motorhaube, kam zurück, wollte starten, aber alles war tot, nicht einmal die Warnblinken funktionierten noch.
Karla stieg aus, um ihren guten Willen zu demonstrieren.
Aber Bill sah gar nicht hin, ging wieder zu der offenen Motorhaube und wühlte im dunklen Gedärm. Nach einer Weile ließ er sie und das Auto stehen, lief zu einem Wagen, der in die untere Einfahrt einbog, sprach mit dem Fahrer, stieg zu ihm ein, und verschwunden war er. Nicht einmal ein Warndreieck hatte er aufgestellt.
Es war vier Uhr nachmittags. Neben ihr zischten die Autos vorbei. Wenigstens die Schlüssel steckten. Sie zog den ganzen Bund heraus und sperrte den Wagen ab. Draußen wehte jetzt ein heftiger Wind, der Regenwolken herunterdrückte. Über Bills Lederjacke trug sie einen Anorak, den sie fest zuschnürte. Sie balancierte auf dem erhöhten Betonpodest neben der Standspur. Hier mußte sie weg; die Autos rasten in drei Reihen nebeneinander. Das war eine gefährliche Wanderung. Rechts unten, wo eine kleinere Straße einmündete, begann eine eingefaßte Weide, ein Zaun grenzte gegen sie gegen die Autobahn

ab. Auf den Hügel, von dem aus ein Blick auf die Kreuzung möglich gewesen wäre, führte kein Weg.
Karla bog ein paar Meter auf die Seitenstraße ein, ging aber gleich wieder zurück, weil sie das Auto nicht aus dem Auge verlieren wollte.
Ein heubeladener Pickup Truck hielt neben ihr. Zwei Männer riefen laut nach ihr. Sie kehrte um, sah dem Fahrer in die Augen und versuchte einen Satz zu bilden, der ihre Situation plausibel machen sollte.
Ist was mit dem Auto? Die beiden deuteten nach oben.
Ja, kaputt.
Sollen wir anrufen?
Lieber nicht, ich weiß nicht, was mein Freund tun wird.
Amerikaner?
Ja.
Er hat nicht gesagt, wo er hinging?
Nein. Ich werde warten.
Die beiden schauten ernst. Gut, daß Sie ausgestiegen sind. Das Auto steht verdammt gefährlich da. Sie winkten und fuhren mit ihrer Heuladung davon.
Inzwischen war es fünf Uhr. Drei weitere Autos hatten angehalten. Man fragte, war erstaunt, fuhr langsam wieder ab.
Das Gefühl der Verlassenheit und die Dämmerung kamen aus der gleichen Richtung, von Westen. Wenigstens ihren Paß hatte sie, ein paar Reiseschecks, die Autoschlüssel. Was sollte sie tun, wenn es dunkel wurde?
Ein Abschleppwagen hielt hinter dem abgestellten Auto, Bill lief auf sie zu. Wo steckst du denn?
Sie gab ihm die Schlüssel. Kein Wort darüber, daß er sie ohne Erklärung allein gelassen hatte, kein Wort über den gefährlich abgestellten Wagen. Der schwarze Techniker hievte den Ford auf die Ladefläche. Bill und er wechselten unverständliche Sätze.
Die fremden Sprachfetzen stiegen in Wellen hoch, schwammen davon und kamen unversehens wieder. Sie konnte sich Wörter und Satzteile herausgreifen und versuchen, sie mit Sinn auszustatten. Ob sie als Kind ähnlich gelernt hatte, die unverständlichen Sätze der Erwachsenen langsam einzuordnen und nach Tonfall, später nach Grammatik, zu unterscheiden? Welches war ihr erstes Wort gewesen?

Mutter hatte Briefe nach Rußland geschrieben, Feldpostbriefe. Deine ganze Entwicklung! Wie du sprechen, wie du laufen gelernt hast, alles aufgeschrieben! Aber es ist alles verlorengegangen.
Was weißt du noch von mir, außer den Briefen?
Daß du alles spät gelernt hast, Sprechen, Sitzen, Laufen, alles eigentlich viel zu spät. Wir waren sehr beunruhigt, ob du überhaupt normal bist. In unserer Familie haben wir alle viel schneller gelernt, das ist sicher, auch Hilde und Wilhelm, viel früher, eben normal. Was habe ich mir alles anhören müssen! Aber mit einer alleinstehenden Frau, da kann man ja alles machen, die kann sich nicht wehren, da steht kein Mann hinter ihr, auf den sie sich stützen könnte. Immer habe ich alles allein machen müssen.
Ja, Mutter.

In der Werkstatt wurde das Auto heruntergefördert. Sie blieb erst einmal sitzen. Wo hätte sie auch hin sollen? Auch unter die Motorhaube gucken? Das war eine der Gesten, die sie lächerlich fand: Sie wußte, wo sie bei ihrem Auto Benzin und Öl einfüllen mußte, und sie wußte, wie man den Ölstand maß. Alles andere wollte sie gar nicht wissen.
Draußen erhob sich auf einmal lautes Gelächter. Sie stieg aus. Die Mechaniker freuten sich über die Ursache des Defekts: eine tote Maus, vom Keilriemen erdrosselt.

17

Ihr erster Blick ging auf die Gebirgslandschaft, und gleich wußte sie wieder, wo sie war. Sie lauschte. In der Küche klapperte Geschirr. Es war acht Uhr, höchste Zeit aufzustehen, wenn sie heute vormittag zum Buchladen wollte. Sie holte das neue schwarze T-Shirt aus dem Koffer, dazu Bills Jeans und seine Turnschuhe. So würde sie am wenigsten auffallen. Ihre Haare saßen immer noch. Es gefiel ihr immer besser, keine

Spangen und Nadeln am Kopf zu haben. Sie schüttelte ihre Haare und griff sich ihren Badebeutel. Sie öffnete leise die Tür, ging schnell ins Bad, duschte und erschien in der Küche. Hier bot sich das vertraute Bild: Bill ohne Hausschuhe, ohne Strümpfe, die hornigen Füße überkreuz, den schlammfarbenen Bademantel locker zusammengehalten. Er hatte die Zeitung vor sich, auf dem Tisch die offene Thermoskanne mit den Jahresringen aus eingetrockneten Kaffeeresten. Aus seiner Tasse dampfte es.
Guten Morgen.
Du weißt, wo du was zu essen findest.
Könntest du mich heute Vormittag zum bookshop fahren?
Bill sah auf.
O.K. Ich hol dich zum Lunch wieder ab.
Nein, das möchte ich nicht. Ich will heute mal allein essen gehen.
Wilhelm legte die Zeitung weg und sah sie an. Du willst wohl nichts mehr mit mir zu tun haben?
Karla machte den Kühlschrank auf. Sie suchte nach Butter und Marmelade.
Ich bin einfach mal gerne allein.
Sie machte den Tisch sauber, schob den Wust aus Papier und Bleistiften nach hinten, goß sich Kaffee ein und fing an zu essen. Sie wunderte sich, daß es ihr schmeckte.
Beide schwiegen.
Als Karla mit ihrem Frühstück fertig war, unterbrach sie Bills Lektüre:
Bist du in einer halben Stunde soweit?
Mit einem Knall legte er die Zeitung weg. Von mir aus.
Karla machte ihr Bett. Dann legte sie sich ihre dunkelblaue Wolljacke zurecht und ordnete ihre Handtasche neu, überschlug, wie viele Dollars ihr noch blieben, suchte nach zwei Kugelschreibern, dem Heft, dem Briefpapier, den Umschlägen, und ging mit der Tasche wieder in die Küche.
Dort hatte sich nicht viel verändert. Bill saß immer noch unrasiert mit seinem Kaffee da und hatte Krümel um sich verstreut. Sie setzte sich an ihren Platz und griff nach einem Teil der Zeitung.
Bill sah nicht auf. Sein Frotteemantel klaffte auf. Heute trug er Boxershorts.

Karla registrierte es kühl. Sie versuchte, aus dem Feuilleton des Chronicle etwas zu behalten. Emma Kirkby sang heute. Es gab Tosca in der Oper. Und zwei Konzerte mit deutscher Klassik. Seit sie hier war, hatte sie selten Musik gehört.
Gehen eigentlich Busse oder Züge nach San Francisco?
Bill faltete seine Teile des Chronicle schlampig zusammen.
Ist das wieder eine von deinen verschlüsselten Botschaften? Du willst also nach San Francisco heute?
Antworte einfach auf meine Frage.
Ich denke, ich habe mehr als höflich darauf geantwortet.
Aber ich will gar nicht hin. Wir haben ausgemacht, daß du mich zum Buchladen fährst und am Nachmittag wieder abholst. Jetzt ist es 10 Uhr.
Jeder Satz von dir ist ein Vorwurf.
Er wälzte sich aus seinem Stuhl. Brotkrusten und Brösel fielen aus seinem Bademantel auf den Boden.
Ich gehe ja schon, Frau Lehrerin. Aber erst muß ich mich duschen und rasieren. In einer halben Stunde fahren wir. Du kannst ja einstweilen die Zeitung weiterlesen.
Karla hörte ihn im Badezimmer rumoren. Die Dusche rauschte. Draußen schien die Sonne. In der Küche brannte das elektrische Licht über dem Tisch.
Sie fing an aufzuräumen, legte die Socken zusammen, sammelte die Brotscheiben unter dem Papierwust, hing die Schlüssel auf und faltete die Zeitung. Die Briefkuverts stapelte sie im hinteren Ende. Dann wischte sie über die Tischplatte und fing die Brösel mit der Hand auf. Der Boden war grau und flockig. Karla sah einen schütteren Besen in der Ecke lehnen und kehrte die Küche aus, dann den Gang, machte die Haustür auf und schob den Kehricht auf das Rasenstück vor dem Eingang.
Bill war immer noch im Bad.
Sie setzte sich in die aufgeräumte Küche, knipste das Licht aus, rückte den Stuhl ans niedrige Fenster und holte ihr Tagebuch aus der Tasche, die über der Stuhllehne hing.
Es war elf Uhr, als Bill erschien, immer noch im Bademantel, mit nassen Haaren.
Jetzt bin ich hungrig. Ich mach mir erst ein anständiges Frühstück, bevor wir fahren.
Sie schrieb weiter.
Er holte einen Stieltopf, maß zwei Tassen Wasser ab, rührte

dunklen Grieß hinein, brachte den Brei zum Kochen, streute Rosinen darüber und kam zum Tisch. Den heißen Topf mit dem dampfenden Porridge stellte er vor sich hin und begann zu schlürfen.
Guten Appetit.
Den hab ich.
Man hörts.
Alte Gouvernante. Sitzt da über ihren Büchern und gibt ihre Kommentare zu jedem Dreck.
Ach, es ist also doch kein Porridge?
Laß mich in Ruhe essen und verdirb mir nicht auch noch den Appetit. Ständig bist du schlechter Laune, du frustrierte Zicke.
Karla sah angewidert, wie Wilhelm den Brei in sich hineinfraß. Er verteilte sich um seinen Mund herum. Wozu hatte er sich überhaupt gewaschen?
Sie versuchte, sich auf ihr Tagebuch zu konzentrieren. Was sollte sie aufschreiben? Für ihre Enttäuschung fand sie gar keine Worte. Sie sollte lakonisch die Tatsachen notieren, die Stunde des Aufstehens, die Stunden des Wartens, die Beleidigungen.
Jetzt zu Hause sein! In der Ecke sitzen und Musik hören! Die dumpfen Mollakkorde Cohens, seine rauhe sanfte Stimme, die ins Sprechen überging in der Tiefe, ein Liebesgrollen, kurz nach dem Gewitter. Sie kannte alle Texte von der love-and-hate-Schallplatte auswendig, hätte sie gerne Wilhelm vorgesagt, ließ es aber sein. Nein, sie gönnte ihm keinen Blick mehr in ihr Inneres. Ihr Schulaufgabengesicht sollte sie einüben, das wäre jetzt passend. Wie sie streng und aufmerksam die Klassen beaufsichtigte, genauso kühl und mißtrauisch sollte sie sich Wilhelm gegenüber zeigen. Laß mich in Ruhe, du ungezogener Schüler. Mit dir rechne ich ab im Jahreszeugnis. Total ungenügend, Charakter und Betragen inklusive.
Der Traum ihres Lebens, mit Wilhelm zusammen zu sein, war in den vergangenen Tagen zum Alptraum geworden, allerdings nur so lange, bis sie ihre Entscheidung getroffen hatte.
Sie mußte sich zuhause neu einrichten. Sie mußte alle Altäre abreißen. Die Photos zu verbrennen, das wäre zu einfach. Kühl wollte sie die alten Alben durchsehen, sie dann wieder zurückstellen ins Regal. Auch den Gedanken an eine Zukunft im Kloster mußte sie aufgeben. Im Alter ins Kloster zu gehen, das

galt nicht mehr, das war feige.
Gleich nach ihrer Ankunft daheim würde sie das in Angriff nehmen: zu Schwester Hedwig gehen, ihr den Entschluß mitteilen, vielleicht auch die Gründe, ein paar Gründe wenigstens. Von Wilhelm hatte sie ihr nie erzählt. So brauchte er in der Begründung auch nicht aufzutauchen. Er sollte überhaupt nicht mehr auftauchen, weder in Gedanken noch in Werken.
Sie war in Versuchung, ihr neues Lebenskonzept ins Tagebuch zu schreiben. Ganz klar hinzuschreiben: ich werde nicht ins Kloster gehen. Alles Hauptsätze, Satzaussagen. Ich lebe allein. Ich werde allein bleiben.
Vorläufig war sie noch in Amerika. Außer Bill und seinen Freunden hatte sie hier niemanden kennengelernt, bis auf Art aus dem Buchladen. Was für ein Zufall, daß er in der gleichen Bar aufgetaucht war. Beide Male war Bill unfreundlich gewesen. Wie hätte sie da erst beleidigt sein können, ein Leben lang. Sie brauchte einen Raum, in dem nur noch ihre neuen Gedanken sich ausbreiten würden. Nummer zwei, notierte sie bei sich: neue Möbel, ein weißer Teppich, weiße Milchglaslampen, ein weißes Ledersofa. Sonst nichts. Sie fing an, Mutters Teakregale in den Keller zu befördern, die solide Couchgarnitur ins Gästezimmer, den Perser zusammengerollt in die Garage. All die Jahre hatte sie im Geschmack der Mutter gelebt, in den ererbten Gegenständen, die Mutter als unverwüstliche Qualitätsware angeschafft hatte, mit Onkel Erich als Ratgeber. Karla schuf Platz für ihr neues Leben, räumte Zimmer für Zimmer das Inventar ihrer Kindheit weg.
Auch die Menschen bröckelten ab. Die Energie reichte nicht mehr zum Festhalten. Briefe sofort beantworten, zu Geburtstagen anrufen, Abendeinladungen geben, sich zu Wanderungen vereinbaren, oder zu gemeinsamen Einkäufen. Zusehends langweilten sie alle Unternehmungen dieser Art. Und auch in Ausstellungen ging sie mittlerweile lieber allein; sie ertrug Annas sarkastische Bemerkungen zur modernen Kunst nur noch schwer: Das haben meine Kinder schon mit drei Jahren gezeichnet! rief sie regelmäßig bei Miró. Was, du warst im Lenbachhaus ohne mich?
Karla liebte die Münterbilder, diese Mischung aus Expressionismus und Naivität. Die Münter war für sie eine Art Leitfigur, endlich mal eine Frau aus der Müttergeneration, die nicht nur

Kochrezepte hinterlassen hatte. Auf Kandinsky, den treulosen, fühlte sie Wut aufsteigen. Sie beschloß, seine Bilder nicht zu mögen. Die Frauen jener Epoche, die Malweiber (Originalton Mutter) mit ihren Bubiköpfen und Reformkleidern bewunderte sie. Leises Bedauern schwang mit in der Bewunderung. Was konnte man jetzt und heute überhaupt noch erreichen? Hätte sie, hundert Jahre früher, im Fischbeinkorsett nicht sehnsüchtig die Freiheiten der Mutigen aus dem Fenster mit den verschleiernden Musselinvorhängen bestaunt? Ja, wenn ein Befreier erschienen wäre, einer der Sozialisten wie Bebel, im Gefolge die befreiten Frauen hinter sich. Aber schon Marx eignete sich nicht mehr als Beispiel, und Lenin schon gar nicht. Mit den theoretischen Frauenbefreiern war es im Leben nicht weit her.
Welche Rolle spielten ihre Gefühle überhaupt noch, und für wen? Ohne die Schulwelt war sie wie nicht vorhanden, hatte keinen, dem sie von sich erzählen konnte. Zu Hause fiel das nicht ins Gewicht, da besprach sie die laufenden Probleme mit Anna und anderen Kolleginnen, politisierte hin und wieder mit Dr.Krautgartner, sang am Feierabend im Kirchenchor, früher Sopran, jetzt Alt. Jede Woche gingen sie nach der Probe in ein Lokal, tranken Wein oder Bier, und Karla hörte zu, wenn die Musik für die nächsten Feiertage besprochen wurde, wenn man über die wechselnden Verhältnisse des Dirigenten mit den jeweiligen zu Solistinnen erkorenen Sopranen tratschte, sich heimlich über die hohen Quetschtöne der Tenöre lustig machte, Tenöre, die alleamt eher Baritone waren und sich mit Mühe in die oberen Lagen quälten. Einmal im Jahr machte man einen Chorausflug, aber sonst hatte man wenig miteinander zu tun. Nette Bekannte. Karla war eben auch nett, mehr nicht. Sie hatte sich für ihr Fehlen an den Feiertagen entschuldigt, aber es würde weiter nicht auffallen, wie ihre Anwesenheit nicht weiter auffiel. Auch an anderen Jahren fuhr sie über die Feiertage nach München, zu ihren Verwandten. Wie mochte Silvester heuer gewesen sein? Ob Uschi wohl ihren Andi mit nach Hause gebracht hatte? Das war voriges Jahr noch eine strittige Frage gewesen. Erst am Dreikönigstag durfte er zum Kaffee kommen, und Uschi war zum Abendessen bei seiner Familie eingeladen. Inzwischen waren die beiden so gut wie verlobt. Aber das sagte man heute nicht mehr. Einen Gruß an Andi mußte sie noch anfügen, unbedingt, das durfte sie nicht vergessen. Sie mochte

ihn. Als sie ihn das erste Mal sah, erinnerte er sie an den Wilhelm von früher. Auch eine gewisse Ähnlichkeit mit Johann war unverkennbar. Er hätte Uschis Cousin sein können. War das auch eine Familieneigenheit, nach Ähnlichkeit zu suchen, sich nicht allzu weit vorzuwagen? Hilde hatte Johann geheiratet, weil er, vor allem für Außenstehende, das Abbild ihrer eigenen Mutter war, von einer unerschütterlichen Freundlichkeit, die allmählich die Physiognomie prägte. Johann und Luise, das fiel auch bei der Hochzeit auf, lächelten auf die gleiche stille Art vor sich hin, als Onkel Erich seine zitatenreiche Ansprache hielt, vor dem Eisbecher. Ja, Thomas von Aquin hatte wohl recht, similitudo est causa amoris, die Ähnlichkeit war der Grund für Liebe, nur welche Art von Liebe hatte er wohl gemeint? Sicher nicht ihre Variation, die Verwandtenliebe. Sie hatte sich eben auch nicht getraut, ihre Mutter zu verlassen, nicht einmal in den Ferien. Das war jetzt vorbei, sie hatte alle Freiheiten, aber wozu? Auch die Freude über diese Freiheit war schon vorbei, durch Schuldgefühle eingedämmt. Fast alles schien auf einmal vorbei.
Sie sah aus dem Küchenfenster. Immer noch Sonnenschein. Was tat sie hier den ganzen Vormittag? Warten, nichts als Warten.
Karla klappte ihr Tagebuch zu.
Sie stand auf, sah Bill zu, wie er den Topf auskratzte.

18

Am Nachmittag erschien er in ihrem Zimmer: Und jetzt fahren wir noch an den Strand. Ich zeige dir ein denkwürdiges Bühnenbild.
Sie parkten in den Dünen und stiegen einen Pfad zum Meer hinunter.
Karla hielt Abstand, ließ Bill vorausgehen.
In ihren Blick, der von der Sonne schwarz gefleckte Ränder um die Gegenstände legte wie eine Girlande, traten auf einmal die

harten Konturen der Felsen. Sie sah hinunter auf die Brandung, auf den Strand, zu dem hin sie beide liefen.
Sammle Adjektive für bizarr! Synonyme für unheimlich!
Hier an dieser Stelle stand der Kameramann, als er Richard Burton und Liz Taylor filmte, wie sie sich vor dem Felsentor in die Arme fielen, er als Erzieher ihres Sohnes. Sie spielten die Leidenschaft wie kein anderes Paar.
Hast du Kleopatra gesehen?
Das ist die Frau meiner Träume.
Karla sah sich selbst, wie sie mit Kopftuch und Anorak am Strand marschierte, die Augen zusammengekniffen wegen des Winds. Das war eine Kulisse für die Liebe. Felsen im Meer, Sturm und Leidenschaft, der Nachthimmel.
Bill trottete voraus. Aus der Ferne kamen ihnen zwei Männer entgegen mit einem Riesenhund.
Die Vergangenheit war das Wasser, das Meer, in dem sie als Amphibie gelebt hatte, immer den Kopf im anderen Element, aber nie genug Luft, um es lange unter Wasser auszuhalten. Und wie oft schwappte es über ihr zusammen, nahm ihr den Atem, und wenn sie nicht im letzten Moment ihre Schulaufgabenkorrekturen, ihre Vorbereitungen gehabt hätte, wäre ihr Leben im Sog der Vergangenheit versunken. Nur für Stunden gelang ihr das Auftauchen. Was hatte die Gegenwart zu bieten?

Eine alte Liebe, die am Verlöschen war, nicht einmal mehr eine Enttäuschung. Eine greisenhafte Illusion.
Nein, keine alte Liebe mehr.
Dann gab es den Unbekannten aus dem Buchladen, der ihr offen seine Sympathie zeigte. Ob er sie wohl im vergangenen Monat, in ihrer alten Frisur, im grauen Kostüm und den Gesundheitsschuhen bemerkt hätte?
Wer aber, fragte sich Karla, bin ich denn wirklich, daß Äußerlichkeiten, die ich bisher gering schätzte, meinen Charakter und sogar meine Gefühle ändern? Warum hatte sie sich nur jahrzehntelang als graue Maus verkleidet? Aus Angst vor den Männern? Vor Mutters Mißbilligung? Vor einer Anerkennung, die sich nicht auf ihr Wesen, sondern auf ihren Körper bezog? Vor ihrer potentiellen Untreue? Etwas mußte Bestand haben und unerschütterlich durch das ganze Leben bleiben: ihre Treue, das Ewige daran. Und nun gab es diese Treue nicht

mehr. Bill hatte Wilhelm ausgelöscht.
Ich liebe dich wirklich, hatte Bill im echten Wilhelmton ihr ins Gesicht gesagt, als wäre nicht ihre dreißigjährige Liebe dazwischen, als Wand zur Zukunft. Sie wußte nicht, wo sie mit einem neuen Gefühl hätte anknüpfen sollen. Bei ihren Gemeinsamkeiten? Die gab es nicht mehr. Aus Mitleid mit dem altgewordenen Bill, der auf der Suche nach einem bequemen Leben wieder auf sie gestoßen war? Der brauchte ihr Mitleid nicht.
So wollte sie nie leben, etwa als abhängige Ehefrau, ohne Arbeit, ohne Kocherlaubnis, am Ende vielleicht gar ohne eigenes Zimmer, in einem Bett mit Bill. Den Gedanken mußte sie gleich verdrängen. Mit ihm verheiratet zu sein, das war, in Umkehrung ihrer Wünsche, der absolute Horror.
Karla saß vor ihrem Stundenbuch, einem Geschenk von Schwester Hedwig, wollte lesen und sich konzentrieren, beide Ellenbogen aufgestützt, beide Hände auf den Augen. Aber die Meditationsbereitschaft wollte sich nicht einstellen.
Mutters Direktiven, ihre vergessenen Wünsche nach Familienleben, nach Kindern, nach Liebe, die undeutlichen Gefühle für Art, das Zaudern gegenüber der geistlichen Berufung, all das rotierte in ihr.
Sie klappte das Buch zu. Sie klappte einen Teil ihres Lebens zu.

19

Unvermittelt stand Wilhelm unter der Türe.
Du wolltest doch noch einmal nach San Francisco. Nächste Woche haben wir keine Zeit mehr dafür.
Er war schon in seiner Ausgehuniform, mit Lederjacke und Jeans.
Karla nahm Handtasche und Mantel und folgte ihm zum Auto.
Neben dem Highway 101 zog die Bay vorbei.
Palmen, Rosmarin, Asparagus, - das war der Pazifik, und war das Wilhelm? War sie das, die durch diese Landschaft fuhr?

Bedrohlich ins Schwarze führte der Highway, bergauf, bergab; er brach zusammen unter dem welkenden Farnkraut, unter der Sonne, die aus dem Gelb ins Feuer wechselte. Sie stand hoch über Alcatraz, und aus den Kellern, über die Touristen, das fahrende, ruhelose Volk von heute wehten die Fahnen. Victory schrien sie, bestellt und pünktlich, victory auf den Flugplätzen, den Fernsehprogrammen. Die siegreiche Nation ging schlafen mit Schulterklappen, und in der Nacht standen sie auf, schlaflos zum stets wachenden Auge des Fernsehers, woher neue Sensationen strömten. Eine Mayonnaise des Sieges, aus allen Mundwinkeln triefend. Alle Flaggen verschwanden im schwarzen Sog der Flugzeuge, die Tag um Tag aufs neue in den Himmel, aus den Wolken flogen.
Die Gedanken kamen, gingen, hinterließen den Marmeladengeschmack von früher.
Wilhelm und Karla saßen, hatten Hamburger und Draft Beer vor sich, dazu die volle Sicht auf San Francisco, die Sonne schien, es war 6 Tage vor ihrem Abflug, Bill saß neben ihr, den linken Arm um sie gelegt, er lächelte ins Meer hinaus. Es war ein Ewigkeitsmoment.
Karla trank das kalte Bier zur Hälfte aus und merkte Sekunden später die Müdigkeit, die von ihrem Rückgrat aus in Beine und Arme sank.
Sie lehnte sich zurück und schüttelte seinen Arm ab. Ihr war auf einmal alles egal. Sie wollte ihm ihre aufgestaute Wut sofort ins Gesicht schleudern. Du sollst noch an mich denken! Diesen harmlosen Sonntag wirst du nicht so schnell vergessen! Du Schwein, du elendes.
Das hatte sie laut gesagt, in seine Richtung. Da gab es keine Entschuldigung. Du gemeines Nichts, du ekelhaftes.
Ihr Wortschatz war erschöpft. Auf Französisch hätte sie weitermachen können, da gehörten die Schimpfwörter zur Bildung. Auf deutsch - da mußte sie nachdenken, und das paßte nicht mehr zur Wut. Die war schon vorbei, mit dem ersten Suchen nach einem neuen Kraftwort.
Die Tränen rannen ihr über die Wangen, sie weinte hemmungslos.
Bill legte wieder den Arm um sie. Poor Baby, flüsterte er ihr ins Ohr. Wer wird denn weinen, an so einem schönen Tag?

Sie fühlte sich elender, als wenn er zurückgeflucht hätte. Er bewahrte die Fassung, und sie ging aus dem Leim.
Karla schneuzte sich und holte die Sonnenbrille aus der Tasche. Auf dem Weg zum Wagen drückte er sie an sich. Sie stand da und heulte hemmungslos.
Bill murmelte Beruhigungen. Ja, weine nur, das tut gut.
Aber er sagte nicht, worauf sie immer noch wartete. Er sagte nicht: Bleibe hier bei mir. Er sagte nicht: Wir wollen die Vergangenheit auslöschen. Wir wollen neu anfangen. Er sagte nicht: Ich liebe dich immer noch, ich habe im Grunde nur immer dich geliebt.
Solche Sätze gab es nur in der Literatur.
Sie versuchte, tief zu atmen, zu schlucken. Sie schob Bills Arm weg.
So, jetzt hör ich auf. Wir wollten doch noch zur Columbus-Statue auf den Telegraph Hill.
Bill suchte in der Hosentasche nach dem Autoschlüssel. Gehen wir.
Sie fuhren eine Weile die Uferstraße entlang, fanden einen Parkplatz und stiegen zusammen mit einem Touristenschwarm die Treppen hinauf. Nach ein paar Schritten pausierte sie und sah auf den steilen Berg. Ihr fiel das Himmelsleiter-Weihnachtsbuch ein, das ihre Großmutter jeden Abend im Advent vorgelesen hatte. Ein Engel führte einen armen Wanderburschen über eine steile Treppe in den Himmel. Für den hatte sich die Anstrengung gelohnt. Und warum stieg sie da hinauf? Was erwartete sie da oben? Höchstens die Aussicht auf die Stadt, höchstens eine Tasse Kaffee, höchstens ein Sonderstempel der Post.
Bill war schon einen Absatz höher, sah auf sie herunter. Sie wollte ihn fragen, erinnerst du dich noch, hielt aber inne und stieg schweigend weiter. Wieso sollte sie ihm erzählen, woran sie dachte. Seine Erinnerungen lagen so viele Jahrhunderte zurück. Ob er sich überhaupt noch an die Kerzenabende in Großmutters Küche erinnerte? Er lebte wie er ging, mit kurzen Schritten.
Karla blieb mit ihrer Vergangenheit allein, nur in dieser Stunde von Wilhelm begleitet, in einem Schnappschuß ihres Lebens, den man nicht erst ins Album einklebte.
Bill stieg langsam und stetig hinan, während sie sich anstren-

gen mußte, das verlorene Terrain aufzuholen. Sie wischte sich ständig den Schweiß von der Stirn und blieb erneut stehen.
Du bist schnell müde, stelle ich fest, tönte Bill auf sie herunter. Hast wohl keine Kondition?
Karla dachte an ihr Radfahren, die Schulausflüge zweimal im Jahr. Diese steilen Treppen strengten sie an, das sah Bill ganz richtig. Vielleicht sollte sie zu Hause mehr trainieren, mal mit Anna zum Wandern in den Bayerischen Wald fahren oder ins Gebirge. Früher war sie die Rosenkranztreppen nach Maria Hilf hinaufgestiegen, um Sünden abzubüßen, an die sie sich überhaupt nicht mehr erinnerte. Welche Sünden sollte dieser Aufstieg löschen? Wie sie sich auf daheim freute, hier, in dieser lang ersehnten Gegenwart, auf dem Telegraph Hill, bei Sonnenschein, mit ihrer Jugendliebe, unter Palmen, Orangenbäumen, in einer Landschaft des ewigen Frühlings. Vielleicht schneite es in Passau, das Vogelhaus wäre bevölkert, und sie würde sich Holz in den Kamin legen, ja, das beschloß sie jetzt, am Tag meiner Heimkehr werde ich Feuer im Kamin machen, und wenn es noch so spät ist.
Sie stiegen getrennt nach oben. Früher war sie bei Familienspaziergängen vorausgelaufen. Keiner sollte sie mit ihren Verwandten in Verbindung bringen. Bill vor ihr lief und lief, er demonstrierte seine Bergsteigerkondition, seine gesunde Lebensweise, bergan, immer bergan.
Aber als sie endlich mit ihm auf gleicher Höhe war, merkte sie, wie schwer er schnaufte. Damit also erkaufte er sich seinen ersten Platz.
Na, kommst du auch schon?
Karla schwieg. Ihre Füße stiegen nach oben, sie gehorchten einem Metronom, das in ihr tickte. Die Zeit war abgemessen, jetzt schon bald nach Stunden. In so und so viel Stunden werde ich diesen Kontinent verlassen. Schau dich um, das wirst du nie mehr sehen. Schau den alten Wilhelm an, den wirst du nie mehr sehen. Empfinde den Schmerz, den wirst du nie mehr fühlen. Konserviere die Bilder in dir. Mach dir Urlaubsphotos für den Rest des Lebens.
Sie knipste Columbus, der mit einer weiten Geste auf das Land unter sich zeigte. Und alle fielen vor ihm nieder und beteten ihn an, seine Quadratkilometer, seine Atombomben, seine Glücksverheißungen.

Karla stellte ihre Kamera neu ein.
Bill, stell dich unter Columbus. Mach 'cheese'! Zeig deine korrigierten Zähne und deinen Bauch unterm T-Shirt, zeig uns das Urbild des Eroberers, mit kühnem Blick und arthritischen Schultern.
Sie hängte den Photoapparat wieder um.
So, das hab ich jetzt gesehen. Sehr eindrucksvoll. Beautiful.

20

Es begann, was sie die Kaffeezermonie nannte. Ein liturgischer Dialog, der nach einmaliger Probe schon ablief wie einstudiert.
Soll ich den Kaffee machen?
Ja, aber mach ihn nicht so stark wie gestern.
Ich dachte, gestern war er richtig.
Für dich vielleicht, für mich war er viel zu stark.
Dann schütte doch heißes Wasser rein, das wäre die Lösung des Problems.
Er verschwand beleidigt in der Küche, war sicher, nunmehr allein zu bleiben, und bald darauf zog ein schwacher Kaffeeduft durchs Haus.
Karla ließ ihre Türe halb offen, lauschte, ob er rufen würde, hörte das Knallen des Toasters, roch dann das verbrannte Brot und bekam eine Gänsehaut, wenn Bill die schwarzen Brösel in den Ausguß schabte. Viel zu unruhig, sich zum Lesen oder Arbeiten an den Tisch zu setzen, stand sie einen Augenblick unschlüssig da. Dann verließ sie das Zimmer und ging in die Küche, wo Bill barfuß vor seinem Kaffeetopf saß, in die Zeitung vergraben. Er trug den beigen Frotteemorgenrock.
Ist noch ein bißchen Kaffee für mich da?
Bill wies auf die Thermoskanne.
Karla schnitt sich Brot ab, nahm die Ersatzbutter aus dem Kühlschrank, dazu die fettfreie Milch und setzte sich im rechten Winkel zu Bill an den Tisch. Die Zeitungen schob sie vorsichtig zu ihm hin.

Er las weiter.
Sie nahm den Kulturteil des Chronicle. Ob Wilhelm hier schon jemals in der Oper gewesen war?
Der Dollar steht gut. Ich muß gleich meinen Aktienverwalter anrufen.
Bill nahm einen Teil der Zeitung mit und verschwand in seinem Zimmer.
Sie hätte gerne Musik gehört, setzte die Brille auf und versuchte, an einem Knopf der Stereoanlage zu drehen. Aber es rührte sich nichts.
So strich sie sich eine Brotscheibe, goß blaue Milch in ihre Tasse und füllte mit Kaffee aus der Thermoskanne auf.
Es schmeckte nach Jugendherberge, Exerzitienhaus und Nachkriegszeit in einem.
Sie beschloß, heute noch einen Capuccino im Buchladen zu trinken. Nach einem weiteren Schluck schüttete sie die graue Flüssigkeit in den Ausguß, spülte die Tasse und ging in ihr Zimmer.
Bill telephonierte noch.
Was sollte sie tun?
Das war eine Frage, die sie sich sonst nie stellte. Ihr Leben war eine Folge von notwendigen Arbeiten. Müßiggang kam darin nicht vor.
Jetzt wußte sie nicht, was notwendig war. Nichts war notwendig, sie war überflüssig. Ihre Arbeit wurde nicht gebraucht, ihre Gegenwart war lästig für Bill. Sie ordnete ihren Koffer neu, beschloß, Wäsche mit der Hand zu waschen, sortierte Adressen und gekaufte Postkarten. Das Tagebuch lag aufgeschlagen da, von vorgestern. Noch knapp eine Woche mußte sie ausharren, bis das Flugzeug ging.
Wollte er nicht nach Sacramento fahren wegen einer Steuersache? Bis zum letzten Moment würde er sie im Ungewissen lassen über seine Pläne, vielleicht weil er selbst nicht wußte, was er im nächsten Augenblick beschließen würde.
Seit sie hier war, gab es keine unabhängigen Gefühle mehr. Sie konnte die Gegenwart Bills nicht abschütteln, nicht in ihr Zimmer gehen, einen alten Brief wiederlesen und ihr Bild zur Wirklichkeit machen. Schon die Kammer hier drängte ihr Bills Gegenwärtigkeit auf, seine Unordnung, die grauen Wände, der schmuddelige Fußboden, die Ameisen zwischen Reis und Nu-

deln. Karla nahm mit Entsetzen Empfindungen wahr, die sie noch nie gehabt hatte. Sie mußte sich eingestehen, Bill in Gedanken einige Male mitten ins Gesicht geschlagen zu haben. Wenn sie ihn dann ansah, war sie erstaunt, keinen roten Fleck auf seiner Wange zu sehen.

Karla stellte ihre Augen unscharf ein. Vielleicht konnte sie auf diese Weise besser sehen, was sich verändert hatte, seit sie hier war. Sie suchte immer noch nach dem Anfang ihres Zwists, nach den ersten Sätzen, dem Gefühl, das sie so plötzlich verlassen hatte. Oder war es eher die langjährige Treue zu ihrem Gefühl, die ihr nicht mehr gelang? Davon würde sie Bill nie erzählen können. Jetzt stellte sie sich vor, wie er über das Aufbewahren der Photos und Briefe spötteln würde, wie er ihre Andachtsstunden, halb Gottesdienst, halb Trauerfeier, als religiös perverse Phantastereien einer alten Jungfer lächerlich machen würde.
Ohne diese Gefühle zu leben, das würde schwer werden. Keine Kerzenstunden mehr im Winter mit Bills Briefen. Das alte Paßphoto aus dem Seitenfach des Geldbeutels entfernen. Die Schallplatten von früher ganz weit nach hinten befördern. Was für ein Abschied!
Sie stand auf, ging zu der Tür, die in die Garage führte, auf der Suche nach einem von Bills Rädern, weil sie Margos Rad nicht noch einmal benutzen wollte .
Als sie den Lichtschalter gedrückt hatte, erstarrte sie. Das war keine Garage, nicht einmal eine Rumpelkammer. Das war ein Abfallhaufen, der zur Mitte hin anstieg und sich an manchen Stellen fast bis zur Decke türmte. Ein schmaler Gang ließ einen Weg frei zur Kühltruhe und zur Waschmaschine. Karla zählte drei Fernsehapparate, zwei Computer, dazwischen Taschentücher, Bildbände, von öldurchtränkten Lappen umhüllt, einen Elektroherd, einen Gasherd, Autoreifen, ein ehemals geblümtes Sofa, aus dem die Federn heraushingen, aufeinandergestapelte rostige Gartenstühle, mit grauen Stores zugedeckt, Blumentöpfe, zur Hälfte mit Erde gefüllt, auf Rucksäcken, zwischen Koffern und ausgetretenen Bergschuhen. Von einem Fahrrad keine Spur. Ob es hinter dem Haus im Garten stand? Sie versuchte, den eingerosteten Schlüssel der Glastüre umzudrehen.
Hinter ihr raschelte es. Was spionierst du hier herum? Bills

Stimme klang dumpf. Habe ich dir erlaubt, hier herumzusuchen? Was suchst du ausgerechnet hier?
Karla kämpfte um ihre Stimme. Sie räusperte sich. Ich habe nach einem Fahrrad gesucht. Es ist so schön draußen, und du warst nicht da ...
Habe ich mich nicht abgemeldet, meine Dame? Du hättest ja bloß was sagen brauchen, dann hätte ich dir ein Fahrrad hergerichtet. Deswegen mußt du hier nicht alles durcheinanderbringen.
Du kannst sicher sein, daß ich kein Jota verändert habe.
Komm jetzt.
Bill versuchte erst gar nicht, den rostigen Schlüssel umzudrehen. Er wartete, bis Karla wieder durch die schmale Bresche getastet kam.
Raus hier!
Du hörst dich an wie dein Vater.
Bill gab keine Antwort, ging zur Haustür hinaus und öffnete die seitliche Gartentüre. Sie folgte ihm und brach in ein Gelächter aus. Gleich hinter der schützenden Hecke thronte eine rosarote Closchüssel, mitten auf dem kleinen Weg. Daneben, an die Hauswand gelehnt, fünf Fahrräder. Mit keinem hätte sie fahren wollen. Sie rosteten sicher seit Jahrzehnten vor sich hin.
Bill ignorierte ihr Lachen, schob eins von den antiken Vehikeln nach vorn, und ein Oldie mit Gesundheitslenker zeigte sich.
Da hast du ja ein Museumsstück, ein Puchrad aus den Fünfzigern.
Ja, meinte Bill stolz, Investitionen zahlen sich aus. Damit kann man immer noch fahren.
Er hob das Hinterrad hoch und ließ die Pedale kreisen.
Die Kette braucht nur ein bißchen Öl. Und den Lenker muß ich justieren. Das mach ich gleich morgen früh. Heute sind wir bei Pat zum Dinner eingeladen.
Was, bei deiner früheren Frau?
Warum nicht? Wenn sie knapp bei Kasse ist, kommt sie auch wochenlang und läßt sich von mir durchfüttern.
Weiß sie von mir?
Wozu sie mit dem Schnee von gestern belasten. Du warst und bist meine Cousine. Das stimmt doch, oder? Und jetzt sei ein braves Mädchen und mach dich schön.
Karla zog die Schultern ein. Sie fühlte sich wie nach einer Nie-

derlage.
Mit dem Radfahren war es also heute nichts.
Wann fahren wir?
So gegen fünf. Wir brauchen über eine Stunde. Du kannst dir ja selber Lunch machen. Bei Pat gibts dann Dinner, wenn wir Glück haben. John kommt wahrscheinlich auch noch. Seit ihr Mann tot ist, möchte mein alter Kumpel gerne bei ihr landen. Er hat kein Haus, und Pats Zimmer stehen praktisch leer. Sie will ihr Haus verkaufen, schon seit einem Jahr. Sie hat immer große Pläne, aber bisher hat nichts geklappt. Wenn sie wirklich etwas unternehmen sollte, dann legt sie die Hände in den Schoß und wartet. Die Rente, die sie von Jack bezieht, reicht nicht. Da müßte sie ganz schön dazuverdienen, wenn sie Haus und Standard halten will. Bis jetzt hat sie so an die 10.000 geliehen von mir.
Dollars?
Natürlich. Sobald sie das Haus verkauft hat, zahlt sie mich aus. Dann mache ich eine Weltreise.
Er lachte.
Du siehst, weshalb sie es mit dem Verkauf nicht eilig hat. Mit nichts hatte sie es jemals eilig, nicht einmal, als sie mich verließ. Das hat sie ganz bedächtig vorbereitet, fast ein halbes Jahr lang. Es war ein Verbrechen mit Plan und Vorsatz, das zählt doppelt.
Und du? Warst du immer treu?
Was für Fragen. Wir waren immerhin fast 15 Jahre verheiratet. Denkst du, da ist man noch verliebt?
Du meinst, du hattest auch eine Freundin?
Ach, Karla, bitte, laß mich in Frieden. Du würdest das ohnehin nicht verstehen.
Weil ich eine alte Jungfer bin?
Genau. Versuch es erst gar nicht. Es ist ohnehin zu spät.
Karla sank zusammen. Am Türgriff hielt sie sich fest.
Als sie auf ihrer rauhen Decke lag, versuchte sie wieder einmal, ihr Bild von Wilhelm zu ordnen. Da war der junge Priesterkandidat, der aus Glaubenszweifeln zur Anglistik überwechselte; der schüchterne Student, der sie am Abend versteckt bei der Hand nahm, der sie vor der Haustür sanft auf die Wange küßte, der zu Hause am Familientisch schwieg, wenn sein Vater ihn bespöttelte. Der Bill von heute war ein völlig durch-

schnittliches Mannsbild, einer, der geschieden war und seine Exfrau regelmäßig besuchte, obwohl er sie betrogen hatte und sie ihn auch, obwohl er gegenwärtig mit einer anderen Frau liiert war.
Es wollte sich keine Verbindung zwischen beiden ergeben. Sie waren so verschieden, wie es Leute nur sein konnten, die aus unterschiedlichen Familien, Kulturen, Erdteilen stammten.
Schön sollte sie sich machen. Was war schön in Bills Augen? Sicher nicht ihr graues Kostüm, sicher nicht ihr schwarzer Samtrock, sicher nicht ihr ungeschminktes Gesicht. Karla hatte im Badezimmerschrank Glorias Schminkutensilien entdeckt. Die wollte sie jetzt ausprobieren.
Zuerst duschte sie sich, vermied dabei, Wasser in die Haare zu bringen. Dann schwärzte sie sich die Wimpern, puderte sich Nase und Wangen, holte ihren Lippenstift aus der braunen Plastiktasche. Was fehlte noch? Die Frisur mußte aufgeplustert werden, erst gebürstet in alle Richtungen, dann mit Kamm und Haarspray bearbeitet. Karla lächelte sich im Spiegel zu und überlegte einen Moment, ob sie nicht mit Selbstauslöser ein Photo von sich knipsen sollte, zur Bestätigung ihrer Verwandlung.
Sie machte sich ein Käsebrot, las in der Zeitung, schrieb ein paar Postkarten und ruhte sich aus, bis sie Bills Schritte im Gang hörte.
Dann zog sie den Samtrock an, dazu einen grauen Baumwollpullover, schwarze Strümpfe und Schuhe. Den Mantel warf sie über die Schulter.
Sie ging in die Küche, um zu sehen, ob Bill schon fertig war. Er stand vor dem Kühlschrank und griff nach einer Weinflasche.
Die bringen wir mit, damit es wenigstens etwas Anständiges zu trinken gibt. Pat ist eine lausige Köchin, ich hätte dich warnen sollen. Ich habe grade ein Sandwich gegessen, für alle Fälle. Hast du Hunger?
Nicht besonders.
Karla vermißte ihr Obst, den einzigen Eßluxus, den sie sich das Jahr über leistete. Es gab Bilderbuchorangen, lackierte Äpfel und Birnen in den Supermärkten hier, aber Bill kaufte nur Bananen für seinen Frühstücksbrei. Sie wollte keine Wünsche äußern, als sie mit ihm einkaufen ging, und selbst kam sie nicht

dazu, für sich etwas einzukaufen.
Bill machte den Mustang flott, die Zeremonien der blockierenden Stange, der umständlichen Türöffnung, der klemmenden Fenster.
Als sie neben ihm saß, die Türen endlich zum Schließen gebracht waren, musterte Bill sie eingehend.
Du siehst ja aus, als wärst du in Trauer. Sogar schwarze Strümpfe.
Wahrscheinlich bin ich in Trauer. Ich stehe dazu.

Bill zog die Mundwinkel nach unten, startete den Motor und sagte nichts mehr.
Sie fuhren wieder die breiten, leeren Vorstadtstraßen entlang, in Richtung Sacramento.
Karla atmete tief durch. Sie wollte sich ganz dem Eindruck der Landschaft überlassen, der langsam untergehenden Sonne, dem Pazifik.
Pince-mi. Zwick mich. Sie war versucht, sich zu kneifen. Sie fuhr in Wilhelms Auto aus den Fünfzigern an einem Panorama vorbei, das sie nur aus Filmen kannte. Hatte sie das nicht immer erträumt? Sie versuchte, das Gefühl aus ihren Tagträumen und ihre gegenwärtige Empfindung zusammenzubringen. Es ging nicht.
Sie könnte sich in Bills Arme werfen, könnte damit ihre Unterwerfung sichtbar machen, ohne die mit ihm nicht auszukommen war. Unterwerfung unter seine Launen, seine Vorurteile. So und nicht anders mußte eine Frau sein, so mußte sie reden, so kochen, so einkaufen, so angezogen sein, bis zu den Strümpfen. Ein ständiges Defilee vor Männerblicken: Wie stark der Kaffee zu sein hatte, wie warm die Brötchen, wie salzig der Salat, wie weich die Eier, wie mehlig die Kartoffeln. Aber was gestern noch gelobt wurde, konnte am nächsten Tag schon zum Verhängnis werden. Neben Bill war es unwichtig, was sie selber wollte. Sie mußte vorher erraten, welche Vorlieben an bestimmten Stunden und Tagen hervorbrechen würden, um ihnen zuvorzukommen. Dann aber konnte sie seiner Verachtung sicher sein, weil sie sich angepaßt hatte.
Karla kurbelte das Fenster herunter, schloß die Augen und atmete die kühle Luft ein. Sie wollte ihre Bitterkeit und Enttäuschung nicht Platz greifen lassen. Es ist sowieso vorbei, sagte

sie sich, es ist endgültig vorbei.
So bogen von der Küstenstraße ab, in eine bewaldete Hügelgegend, saftig grün, jetzt mitten im Winter. Dann fuhren sie auf Waldwegen, landeten vor einer neugotischen Holzkirche, passierten einsame Farmhäuser und hielten am Ende einer Schotterstraße, auf einer Anhöhe.
Da sind wir. Versuche nett zu sein. Pat hat so ihre Vorurteile über Deutsche. Die mußt du ja nicht gerade bestätigen.
Im Gartentor stand eine weißblonde Frau. Sie trug geblümte Hosen in rot, grün und schwarz. Ein verwaschenes T-Shirt hing ihr über die Hüften. Eine stämmig gebaute, mittelgroße Endfünfzigerin in einem abgetragenen Hausanzug.
Bill umarmte sie. Das ist meine Cousine aus Deutschland. Ich glaube, du kennst sie von alten Photos.
Oh, wie schön, ein Teil von Bills Urgeschichte!
Sie lachte, daß ihre künstlichen Vorderzähne aufleuchteten.
Kommt herein.
Durch die Garage, in der ein dunkelroter Buick stand, gelangten sie direkt in die Küche. Neben der Kochzeile war ein Gartentischchen mit zwei Klappstühlen plaziert.
Letzte Woche habe ich den Eßtisch und die vier Stühle verkauft, sehr günstig, an ein junges Ehepaar im Nachbarhaus. Wozu brauche ich so viele Stühle?
Karla schaute auf den Herd. Kein Topf, keine Pfanne, nichts, was darauf hindeutete, daß jemand zum Abendessen kommen würde. Auch der kleine Blechtisch war nicht gedeckt.
Wir sehen, du bist mitten in den Vorbereitungen fürs Dinner, lachte Bill.
Ich hatte keine Zeit mehr zum Einkaufen, weil ich den ganzen Nachmittag mit Kaufinteressenten telephoniert habe. Als es zu spät war, um noch wegzufahren, habe ich gedacht, wir könnten gleich miteinander einkaufen gehen. Der Supermarkt ist nur eine Viertelstunde von hier. Wartet ein bißchen, ich ziehe mich schnell um. Geht ins Wohnzimmer und nehmt Platz. Vielleicht kannst du den Fernsehapparat wieder richten, Bill. Gestern ging er plötzlich nicht mehr.
Das Wohnzimmer, groß und hell und mit beigem Teppichboden belegt, war leer bis auf eine braune Sitzgruppe dem Bildschirm gegenüber.
Bill schraubte am Apparat herum, drückte auf Tasten, folgte

der Leitung mit den Händen und war so beschäftigt, daß er nicht auf Karla achtete. Sie stand mitten im Zimmer und sah auf den eingezäunten Garten hinaus. In den Fensterscheiben beobachtete Karla sich, wie sie dastand, eine Hand um die Handtasche, die andere wie leblos herunterhängend, den Hals eingezogen. Halte dich gerade, Käthchen! Überall spukten die Sprichwörter herum, bildeten die Aura der Vergangenheit, in der sie sich bewegte wie im Kokon. Gelegentlich brach ein Teil der Verpuppung, und die Sprüche regneten herein. Parzival und Kleist, Goethe und die Bibel, alles war den Altvorderen recht gewesen im Kampf um die Zähmung der Jugend. Sogar die Gegenwart blieb so durchdrungen von den Weisheiten der Vergangenheit, daß sie keinen Raum mehr ließ für eigene Sprüche. Folgerichtig müßte jetzt an der Wand mit Leuchtschrift das Menetekel der Spätkulturen erscheinen, der letzte Lähmungsversuch der Alten, daß es nichts Neues mehr zu formulieren gäbe unter der Sonne.

Wo hatte sie diese Situation schon erlebt, im leeren Raum zu stehen, auf einen demolierten Kunstgarten zu blicken, im Rücken Menschen, denen sie völlig gleichgültig war. Die Isolation inmitten all der anderen, die am richtigen Platz standen, die einfach da waren und die Zimmer mit ihrer Gegenwart füllten. Waren sie die Lilien auf dem Felde, die ihr Leben leben konnten ohne Suche nach Zweck und Sinn?

Ihr Blick fiel durch die Küchentür. Bill und Pat standen vor dem Kühlschrank. Sie redeten laut und gestikulierten. Karla bemühte sich gar nicht erst, einzelne Wörter zu unterscheiden. Dem undurchschaubaren Verhältnis der beiden entsprach der Sprachkreisel, den sie nicht stoppen konnte und der sich weiterdrehte, ohne daß sich für sie ein Sinn daraus ergab. Halt, wollte sie schreien, haltet an, hier bin ich, ich verstehe überhaupt nichts, verstehe nicht, weshalb wir zum Abendessen kommen in dieses leere Haus.

Kommst du mit, fragte Bill. Wir fahren jetzt einkaufen. Du kannst aber auch hierbleiben.

Ja, sagte Karla bestimmt, ich bleibe lieber hier und lese.

Pat wies auf den Beistelltisch neben dem Sofa: Hier hast du jede Menge Bücher und Zeitschriften.

Die beiden verschwanden.

Sie setzte sich auf das Sofa. Das bilderlose Wohnzimmer gab

den Blick frei auf einen Swimmingpool mit Betonfelsen. Von Vorsprüngen rieselten winzige Wasserfälle zu Tal.
Der plötzlich einsetzende Kühlschrank erschreckte sie. Was, wenn man sie hier ließ, in diesem Haus, mit dem Gartentisch, den zwei Hockern, dem halbleeren Kühlschrank, den unsichtbaren Nachbarn? Wie lange würde sie das Leben hier aushalten?
Sie würde lange schlafen, um Kalorien zu sparen, würde Gymnastik treiben, um sich in Form zu halten, Englisch lernen aus dem Fernsehprogramm. Und lesen. Lesen?
Sie sah nach den Büchern auf dem Tischchen. Esoterik, Populärpsychologie, zwei Mc Bain-Krimis, eine Fernsehzeitschrift und eine Immobilienzeitung. Sie kuschelte sich in das weiche Ledersofa und stopfte ein Kissen unter ihren Kopf. Draußen ging die Dämmerung langsam in Nacht über.
In einem Kreuzgang, der um einen Garten herum angelegt war, lief sie ihrer Mutter nach, die zwischen den Säulen verschwand und auf einmal aus einem der Fenster im ersten Stock nach ihr winkte. Mutter! schrie sie weinend, bleib doch hier, warte auf mich.

21

Bill sah ihr ins Gesicht.
Wird schon wieder. Wir waren einkaufen, es gibt Pizza, sie ist ganz frisch. Er ging zum Fernseher und stellte die Wallstreet-Nachrichten ein. Unten am Bildrand zogen Buchstaben und Zahlen vorbei, während zwei Japaner vor einem Wolkenkratzer plauderten.
Karla setzte sich langsam auf.
Wie weit Bill von ihr entfernt war. Er saß im selben Zimmer, und gleich würden sie an einem Tisch gemeinsam zu Abend essen. Aber ihre Träume interessierten ihn ebensowenig wie ihre Gedanken.
Geh doch mal in die Küche und sieh zu, daß es endlich weiter-

geht. Ich habe wirklich Hunger.
Pat stand vor dem Gartentisch und stellte drei ausgespülte Senfgläser auf drei Plastiksets.
Ich habe nur noch zwei Teller, stell dir vor, sagte sie lachend. Aber wir haben ja die Aluplatte der Pizza. Die ist genauso gut wie ein Teller. Was möchtest du gerne trinken?
Vielleicht den Weißwein, den Bill mitgebracht hat.
Zum Essen? Trinken die Europäer wirklich so viel? Sie rauchen ja auch noch. Das tun wir hier nicht mehr, höchstens Unterschichtler rauchen noch. Wir hatten die großen Antiraucherprogramme, vor Jahren schon.
Was mich angeht, sagte Karla, stimmt das alles. Ich trinke Schnaps und Bier und Wein und rauche Zigarren und Pfeife.
Bill brüllte etwas Unverständliches aus dem Wohnzimmer, worauf Pat in schallendes Gelächter ausbrach. O.K., Charly, fragte sie, machst du mal die Flasche auf?
Die Pizza bedeckte fast den Gartentisch.
Pat wühlte im Gemüsefach des Kühlschranks. Hab ich mich doch richtig erinnert, da war noch Salat.
Sie fing an, Blättchen für Blättchen zu waschen, zerkleinerte sie dann mit dem Messer und füllte drei Plastikschälchen damit.
Bill erschien in der Tür. Wie schön, Pat, daß du einen Salat für uns machst.
Ich habe ein wunderbares Dressing entdeckt, letzthin, in der französichen Abteilung.
Endlich saßen sie auf den Klappstühlchen. Pat legte jedem ein viereckiges Alutütchen neben das Gedeck. So, jetzt probiert mal das french dressing. Es ist mit Roquefort. I love it! Und mit Joghurt, sehr gesund!
Karla schnitt mit dem Messer ein Eckchen von der Verpackung ab und träufelte die weißgraue Soße über ihren Salat. Bill schob sich gleich zweimal hintereinander weißtriefende Salatschnipsel in den Mund und ließ alle beim Kauen zuschauen. Wunderbar, Pat.
Der Wein ist ja schon offen! Hast du die Flasche aufgemacht, Karla? Das macht man nur mit Rotwein.
Bill ließ keinen Zweifel an seiner Kompetenz. Mein Lieblingswein, dieser Chardonnay! Ein teurer Jahrgang! Aber für euch nur das Beste, meine Damen!

Bill schenkte sich ein und trank das halbe Glas in einem Zug aus.
Die Pizza war schon in vier Teile zerlegt. Pat und Karla nahmen ein Viertel. Bill rückte den Aluteller zu sich heran. Das Gartentischchen wackelte, als Karla anfing, mit dem Messer zu schneiden. Pat und Bill nahmen ihr Stück gleich in die Hand.
Schau Karla, so ißt man Pizza auf amerikanisch. Keine überflüssigen Tischsitten, kein umständliches Zeremoniell. Leg das Messer weg, Charly, du bist in Amerika!
Die beiden bissen tief in ihre Pizzastücke, der Käse zog lange Fäden, die auf den Teller zurückschlingerten oder an Fingern und Mund hängenblieben.
Karla aß mit Messer und Gabel.
Ach, die Lady macht sich mit dem Volke nicht gemein, höhnte Bill.
So ist es.
Pat sah freundlich auf sie beide, sie hatte offenbar nichts verstanden.
Man erkennt die Europäer im Flugzeug immer sofort, sagte sie. Mein Gott, was essen sie bravourös mit Messer und Gabel! Ich bewundere das, habe es natürlich auch versucht, aber ohne Erfolg. du siehst, wir sind nicht so zivilisiert. Aber es schmeckt, oder?
Karla lächelte Pat an. Die Pizza sank schwer in ihren leeren Magen.
Bill war vor ihnen fertig und nahm sich das letzte Pizzaviertel. Er goß sich Wein ins leere Glas, goß auch Pat und Karla nach. Jeder war ganz mit Essen beschäftigt.
Pat stand auf und schaltete das Radio an. Eine durchdringende Stimme warnte vor Cholesterol.
Soweit ich verstehe, ist das der passende Kommentar zu dieser gesunden Mahlzeit, bemerkte Karla, die ihr Stück erst zu Hälfte geschafft hatte und Messer und Gabel weglegte. Ich esse morgen weiter. Das kann man ja sicher aufwärmen.
Bill sah feindlich zu ihr hin. Schmeckt es dir nicht? Das ist die beste Pizza, Pat, die ich in meinem Leben gegessen habe.
Ja, Bill, ich glaubs dir. Pat wandte sich an Karla: Sein Leben ist voll von besten Pizzas.
Karla konnte sich an überhaupt keine Pizza in ihrem Leben erinnern. Vielleicht in Rom beim vorletzten Abiturausflug,

vielleicht bei einem abendlichen Kollegenessen... Auf jeden Fall spielten Pizzen keine Rolle in ihren Erinnerungen.
Ja, sagte sie zu Pat gewandt, deine Pizza ist wunderbar. Aber ich kann nicht mehr. Ich werde sie morgen daheim aufwärmen. Da schmeckt sie nicht mehr.
Pat stopfte den letzten Rest ihres Stückes in den Mund und ließ den Teigrand auf dem Teller liegen. Das sind zu viele Kohlehydrate. Sie warf den Pizzarest von Karlas Teller dazu.
Karla wollte protestieren, aber es war schon zu spät. Pat setzte sich wieder an den Tisch, stützte die Ellbogen auf. Da kippte die Metallplatte in ihre Richtung, alle Gläser fielen um, eins rollte auf den Boden und zerbrach.
Karla sprang auf, suchte nach einem Lappen oder Besen und wollte die Scherben beseitigen. Die beiden anderen blieben sitzen und lachten Tränen.
Wo ist denn hier ein Kehrbesen?
Bill hörte gar nicht hin. Er faßte Pat bei der Hand und trommelte vor Vergnügen auf die Blechplatte, daß es schepperte.
Karla stand unter der Neonlampe in der Mitte der Küche und sah auf Pat und Bill, die immer noch lachten und redeten, inmitten der Scherben und der verschütteten Getränke. Bill zog Pat zu sich heran, küßte sie lange auf den Mund. Auf einmal war es still. Karla wollte aus der Küche gehen, aber wohin sollte sie?
Setz dich wieder. Bill holte drei Plastikbecher und griff sich aus dem Kühlschrank eine neue Weinflasche.
Du erlaubst doch, Pat, daß wir auch von deinem Spezialwein noch was genießen? Weißt du, Charly, wir haben uns eben an früher erinnert, als wir uns unter Abfällen und schmutzigem Geschirr liebten. Spült diese Frau gleich nach dem Essen? Das war meine Testfrage. Pat kann tagelang zwischen ungespülten Geschirrbergen leben, das war für mich früher wichtig. Nur nicht diese ständige, fleißige Betriebsamkeit. Das kannte ich von zuhause, und nie und nimmer wollte ich so eine ordentliche Hausfrau, wie mir das zwangsweise in Deutschland geblüht hätte.
Da hast du ja genau gekriegt, was du wolltest.
Karla setzte sich wieder an den Tisch, auf dem zwischen Weinlachen und Tomatenspritzern der Rest der Pizza auf dem Aluteller schwamm.

Gieß mir noch ein Glas ein, sagte sie. Oder, gib gleich die Flasche her. Trinken wir aus der Flasche, dann brauchen wir überhaupt nicht mehr zu spülen.
Sie setzte die Flasche an den Mund und trank daraus wie aus einer Wasserflasche. Bill warf Pat einen raschen Blick zu und hörte auf zu lachen.
Deinen Sarkasmus kannst du dir sparen, du deutsche Maid.
Karla hätte Bill am liebsten die aufgeweichte Pizza ins Gesicht geworfen. Sie stellte sich vor, wie er käse- und tomatenverschmiert ins Bad rennen würde.
Sie wandte sich an Pat. Vielen Dank fürs Essen. Es war in der Tat beeindruckend. Ich möchte gerne heimfahren. Es ist spät, ich bin furchtbar müde.
Beim Aufstehen geriet sie ins Wanken.
Bill stand auf und trat hinter Pats Stuhl. Er faßte mit beiden Händen nach ihrer Taille.
Also, Karla, mit dem Heimfahren wird es heute nichts mehr. Du siehst ja, ich habe Wein getrunken, da setze ich mich nicht mehr ans Steuer. Du bist übrigens auch nicht mehr nüchtern. Wir bleiben hier über Nacht. Du kannst dich ja auf dem Wohnzimmersofa einrichten, das kennst du inzwischen.
Seine Hände tasteten sich höher. Er vergrub sich in Pats Haaren.
Weißt du was, meine Alte? Du machst mich immer noch scharf. Los, komm mit.
Pat kreischte auf. Sie stand auf und verschwand in Richtung Gang. Bill folgte ihr.
Karla wurde schwindelig. Sie schwankte zur Badezimmertür, griff sich ein großes Badetuch, zog ihre Kleider aus und schlüpfte in einen Frotteemantel, der über der Wanne hing. Ihr Gesicht im Spiegel kam ihr fremd und undeutlich vor. Sie hielt sich am Waschbecken fest.
Was war denn bloß? Ihr wurde schwarz vor den Augen. Sie hatte Wein getrunken, sie war durstig gewesen, und jetzt mußte sie schlafen. Das Badetuch unterm Arm, gelangte sie zum Wohnzimmersofa und fiel schwer auf das Leder. Als sie die Augen schloß, drehte sich das Zimmer, sie wirbelte im Kettenkarussell auf der Passauer Maidult und schluckte, um die Fischsemmel nicht zu verlieren. "Petite fleur" drang aus der Geisterbahn oder aus einer der Schießbuden, und zwei Stim-

men von ferne, vielleicht aus dem alten Lokschuppen in der Grünau, riefen nach ihr. Nein, schrie sie gegen den heftigen Luftzug, ich kann jetzt nicht kommen, ich fliege. Warum weinte sie? War der Wind schuld oder die vertrauten Laute aus Wilhelms Mund, der plötzlich den Flug stoppte, neben ihr auf dem Bett saß und sie streichelte? Der Gürtel des Bademantels hatte sich gelöst und Bill beugte sich über sie.
Komm, Baby, ich weiß, daß du auf mich gewartet hast. Ich werde dich in unser großes Bett tragen, Pat wartet schon. Bill küßte sie auf den Mund, schob seine Arme unter sie und trug sie weg, wahrscheinlich auf die Liegewiese hinterm Chinesischen Turm, zu ihrem Lieblingsplatz. Siehst du, flüsterte er, ich trage dich auf Händen, ich werde dich lieben, wie du es dir nicht vorstellen kannst.
Sie schwebte davon, durch den dunklen Gang, aus dessen Wänden Kerzen wuchsen, La Belle et la Bête, und ihre langen Gewänder schleiften über die Steintreppe. Das Gesicht über ihr war breit und behaart, aber sie wußte, daß Jean Marais dahintersteckte und sich gleich zeigen würde. Sanft wurde sie auf weiche Kissen gebettet, eine nackte Frau beugte sich zu ihr. Da bringe ich dir unser Baby, hörte sie Jean Marais flüstern, aber er sprach nicht französisch, sondern englisch. Schau sie dir an, ganz neu und unerfahren, dafür garantiere ich. Die Frau zog behutsam an den Ärmeln, bis der Bademantel auf den Boden fiel. Sie legte ihr die Hände auf die Augen und murmelte beschwörend, sei ganz still, meine Süße, sei ganz ruhig. Wir lieben dich. Wir lieben dich sehr, das wirst du noch erfahren.
Karlas Leben rollte weg, mit dem Teufelswaggon aus der Geisterbahn. Sie versuchte, den goldenen Fisch neben dem Kinderkarussell zu erwischen, aber der kurze Speer fiel ihr aus der Hand. Sie mußte sich an der Pferdemähne festhalten, und das Holzroß lachte mit einer hohen Stimme. Sie griff nach der Eisenstange, aber die fühlte sich weich und warm an. Dann lag sie unter dem Pferdebauch, der Holzboden drehte sich. An ihr vorbei zogen bekannte Gestalten. Sie standen am gleichen Platz, wenn sie wieder an ihnen vorbeikam: Albert Schweitzer mit seinem Tropenhut, Soeur Sourire, die Gitarre in der Hand, Schwester Oberin mit aufgerissenen Augen, neben ihr Anna, die in die Hände klatschte. Sie machte keinen Versuch mehr, im Vorbeifliegen Einzelheiten zu erkennen. Die Gesichter ver-

sanken. Sie hörte Posaunen und Trompeten aus dem Festzelt, die pochenden Bässe. Ihr Kopf war die Pauke. Nein, es war ihr Bauch, der unter dem Trommelwirbel zuckte und vibrierte.
Karla wachte auf. Sie war nackt und fror.
Links von ihr lag Bill, rechts Pat, beide mit nacktem Oberkörper, in Decken eingerollt.
Mit einem Ruck setzte sie sich auf. Ihr Kopf fühlte sich geschwollen an, unförmig, viel zu groß, um bewegt zu werden. Sie fischte nach der dritten Decke. Wo war ihr Bademantel? Wie war sie zwischen die beiden geraten?
Sie schloß die Augen, konzentrierte sich auf den gestrigen Abend, aber sie erinnerte sich nur an Weißwein und Pizza. Beides wollte sie sich nicht vorstellen. Ihr war übel. Und dieses merkwürdige Brennen zwischen ihren Schenkeln? Sie tastete mit den Fingern nach und fühlte ihr Schamhaar verkrustet.
Da dämmerte ihr, wie der gestrige Abend verlaufen sein mußte. Es gab einen Zusammenhang zwischen ihrem flauen Gefühl, dem ziehenden Schmerz im Bauch und dem Ort des Aufwachens.
Sie mußten ihr etwas in den Wein geschüttet haben. Zwei Gläser Wein hatten sie noch nie betrunken gemacht, was heißt betrunken, - bewußtlos war sie gewesen. Wie war sie vom Wohnzimmer ins Schlafzimmer gekommen?
Oder war das Zuckerwasser aus Pats Kühlschrank kein Wein gewesen? Und sie hatte in großen Zügen aus der Flasche getrunken!
Eine ohnmächtige Wut stieg in ihr hoch. Sie fühlte, wie ihr Leben davonschwamm, ihr entglitt, wie es irgendwo ans Ufer prallte. Einer anderen Person mußte das passiert sein, und eine andere Person ballte ihre Hand zur Faust und schlug sie erst Bill, dann Pat auf den Kopf. Das sollt ihr mir büßen! Ihr drekkigen Schweine!
Pat richtete sich auf. Hey, what are you doing?
Und Bill, der langsam seine Arme aufstützte, benommen um sich schaute, wieder ins Kissen sank und versuchte, die Bettdecke über den Kopf zu ziehen, murmelte nur:Laßt mich in Ruhe.
Aber Karla riß ihm die Decke weg.
Du gemeiner Kerl, du falscher Hund!

Jetzt kam Bill zu sich. Er versuchte, ihre Hand festzuhalten. Aber sie war schneller. Sie riß den Radiowecker von der Kommode und prügelte damit auf Bill ein. Pat wollte eingreifen, aber Karla packte sie an den Haaren und warf sie aus dem Bett.
Geh mir vom Leib, du Miststück, schrie sie.
Pat blieb auf dem Flockenteppich sitzen und schielte blöde zu Karla hinauf, die weiter auf Bill eindrosch. Dir werd ichs heimzahlen, ich schlag dich tot!
Bill sprang aus dem Bett. Hör auf, hör doch endlich auf, du bist ja verrückt!
Ihr seid verrückt, ihr Verbrecher!
Karla warf den Wecker nach ihm und traf ihn zwischen den Rippen.
Au, hör auf. Du bist nicht ganz bei Trost.
Wer ist hier nicht bei Trost, du Mistkerl! Du mußt mich erst betrunken machen, damit du mich kriegst. Du erbärmlicher Kretin! Und diese blöde Kuh macht alles mit!
Bill brachte sich in Sicherheit und floh aus dem Zimmer. Ich hole die Polizei!
Ja, schrie Karla ihm nach. Ruf die Polizei! Die kann euch gleich beide mitnehmen. Ich denke, Vergewaltigung ist auch in Amerika strafbar!
Karla wickelte sich in ein Laken und rannte zum Gang.
Und du fährst mich augenblicklich heim, sonst demoliere ich das ganze Haus.

Das Schweigen im Auto, die Magenschmerzen. Es war wie mit Mutter, und es war schlimmer. Es war endgültig.
Das Ende.
Draußen zogen die gleichen Wiesen, Häuser, Bäume vorbei wie gestern.
Die Fensterscheiben warfen grauen Schmutz zurück, der sich auf ihre Hände und Kleider legte.

22

Bill fuhr zu seinem Haus, rumorte in seinem Zimmer und verschwand gleich wieder.
Karla war allein.
Sie zog sich Jeans und Jacke an, griff sich Margos Hausschlüssel und ihr Rad. Nur weg hier! Weit weg zum Buchladen.
Als sie in die große Einkaufsstraße einbog, stieg sie ab, schaute in die üppig dekorierten Fenster und blieb vor einem Antiquitätenladen stehen, in dem alte Gläser und Keramiken ausgestellt waren.
Hallo.
Eine tiefe Stimme. Ein Schatten im Fenster. Sie drehte sich um.
Art.
Das ist eine Überraschung!
Nein, es ist nicht so sehr eine Überraschung, sagte er. Ich habe schon ein paar Tage auf Sie gewartet.
Auf mich? Waren Sie jeden Tag im bookshop?
Ja.
Beruflich?
Ja und nein.
Und heute?
Heute war ich auch wieder dort, seit ungefähr zwei Stunden. Ich habe meine Besprechung dorthin verlegt, und danach habe ich noch drei Kaffee getrunken. Dann bin ich gegangen, und nun habe ich Sie glücklich wiedergefunden. Ich habe jeden Tag an Sie gedacht. Ich wollte Sie unbedingt wieder treffen, wußte aber Ihren Namen nicht und auch nicht, wo Ihr Cousin wohnt.
Wollten Sie etwas mit mir besprechen?
Art faßte mit beiden Händen ihre rechte Hand.
Ja, eine Menge. Haben Sie Zeit?
Ich bin in Ferien, das habe ich Ihnen ja erzählt. Und ich habe so viel Zeit, wie ich will.
Art lachte sie an. I am happy, strahlte er.
Ich auch, sagte Karla leise.
Am besten, wir stellen das Fahrrad irgendwo ab. Ich lade Sie zum Lunch ein. Mein Auto steht gleich um die Ecke vor dem Photogeschäft.

Art schob das Fahrrad vor den Buchladen, rangierte es in einen rostigen Ständer, und Karla gab ihm den Schlüssel für den Eisenring.
Sie beobachtete ihn. Er hatte wieder die Jeans an, ein weißes T-Shirt, eine graue Wolljacke übergehängt.
Als er fertig war, nahm er ihre Hand. So, jetzt zeige ich Ihnen meinen großen amerikanischen Wagen.
Er steuerte auf einen roten VW zu, mit offenem Verdeck.
Ach, ist der süß! Mit so einem VW habe ich meine Fahrprüfung gemacht, vor vielen Jahren.
Ich habe ihn schon sieben Jahre, er läuft immer noch gut. Und ich putze ihn oft, außen und innen, den Motor. Viele Ölwechsel. Das hält ihn jung.
Art hielt ihr die Autotüre auf, und sie stieg ein.
Sie überquerten ein paar breite Straßen, bogen wieder in Seitengassen und fuhren in eine Tiefgarage.
Voilà, sagte Art. Hier sind wir. Da drüben ist mein Lieblingsrestaurant, hauptsächlich vegetarisch. Ich hoffe, Sie sind hungrig. Hier kann man essen, so viel man will.
Ja, sagte sie, ich habe seit gestern nichts mehr gegessen.
Art legte leicht den Arm auf ihre Schulter.
Sollte sie das erlauben?
Er nahm den Arm weg.
Entschuldigung, wenn das bei Ihnen nicht üblich ist. Ich bin ganz einfach froh, sie in meiner Nähe zu haben.
Karla sagte nichts. Sie schloß für einen Moment die Augen und dachte, sie träumte.
Art faßte sie an der Hand. Darf ich?
Ja.
Beide gingen über den blumengeschmückten Platz zum Restaurant, das außen grün bemalt war. "Garden of Eden", der Name paßte.
Auch im Innern ein helles Grün, weiße Tische und eine Riesentheke, an der man sich selbst bedienen konnte: Suppen, Salate, Salatgarnituren, Salatsoßen, Nüsse, Gemüse, Obst, Obstsalate, Gebäck, Säfte, Kaffee, Tee.
Karla fühlte, wie die Helligkeit des Raums sich in ihr ausbreitete. Ja, das könnte auch ihr Lieblingsrestaurant sein.
In welche Gasthäuser hatte Bill sie bisher geführt? Und in welche ging sie daheim?

Art ging vor ihr die Theke entlang, zeigte ihr, wo die pikanteste Salatsoße, wo die Sesam- und Sonnenblumenkerne standen, die das Ganze krönten.
Sie fanden einen Tisch am Fenster, unter Palmen.
Das ist für mich eine große Überraschung, sagte Karla, als sie sich Art gegenüber gesetzt hatte und auf ihren vollen Teller sah. Herzlichen Dank für die Einladung!
Art hob sein Saftglas. Prost! Ich bin ein Glückspilz. Heute hätte ich aufgegeben. Eine ganze Woche habe ich gewartet. Und ich denke, ich habe mir unser gemeinsames Lunch verdient.
Sie aßen beide mit Appetit, priesen einzelne Salate, - Karla besonders die Sojasprossen, die sie nicht kannte, und die sich so angenehm frisch bissen - und sahen sich zwischendurch lächelnd an.
Als Karla fertig war, fragte Art, ob er noch Obstsalat holen sollte, welche Früchte sie am liebsten hätte, ob sie noch Kaffee wolle und honey bran.
Ja, ich möchte gerne noch Obst, am liebsten Ananas. Ja, und auch Kaffee und Kuchen. Es hat mir seit langem nicht mehr so gut geschmeckt.
Art nahm die gebrauchten Teller mit und schob sie in große Stellagen. Nach einer Weile setzte er ein Tablett mit Früchten, Obstsalat, Kaffee und Kuchen ab.
Karla aß mit neuerlichem Appetit.
Ich könnte immer zuschauen, wie gut es dir schmeckt!
Karla sah auf. Er hatte sie geduzt.
Habe ich etwas Falsches gesagt?
Karla lachte.
Aber nein. Sie dürfen das. Amerikaner dürfen Du sagen, sie sind es nicht anders gewohnt.
Art lächelte. Dürfte ich auch Du sagen, wenn ich kein Amerikaner wäre?
Das weiß ich nicht so genau. Ich habe langjährige Freunde, die immer noch Sie zu mir sagen.
Wirkliche Freunde?
Nein, eigentlich nicht. Ich habe nicht viele wirkliche Freunde.
Lebst du allein?
Ja.
Ganz allein?
Ja.

Was arbeitest du? Auch Kunst?
Im weitesten Sinne, ja. Aber nicht die Kunst, die schwarze Stellen am Buchschnitt hinterläßt.
Ach! Jetzt verstehe ich. Du bist wirklich clever!
Karla schüttelte den Kopf. Höchstens intelligent. Clever war ich noch nie.
Sie schwiegen beide, tranken Kaffee, zerbröselten den mürben honey bran.
Nenn mich bitte Art, und sag du. Willst du? Sag mir deinen Vornamen.
Sie hoben ihre Saftgläser, prosteten sich zu.
Ich habe noch nie eine Frau wie dich getroffen. Du verbirgst nichts. Ich habe das Gefühl, ich kenne dich schon lange.
Art strahlte sie an. Bitte gib mir deine Adresse und Telefonnummer.
Aber ich fliege in vier Tagen zurück.
Ich weiß. Das hast du damals in der Bar gesagt. Ich habe es mir gemerkt.
Karla wurde schwindelig. Sie überlegte, was sie tun sollte. Die Warnungen ihrer Mutter fielen ihr ein. Dreißig Jahre lagen diese Litaneien des Mißtrauens zurück: Geh nie mit Fremden aus, gib nie deine Telefonnummer preis. Stets hatte sie das befolgt. Was blieb ihr auch anderes übrig, sie wohnte ja mit Mutter in einem Haus, und ihr Vergehen wäre sofort bemerkt und bestraft worden. Was konnte ihr heute ernsthaft passieren? Daß ein Amerikaner sie in Passau besuchen kam? Das war unwahrscheinlich.
Möchtest du meine Adresse in Deutschland?
Bitte.
Und warum? Willst du mich besuchen?
Ich möchte doch wissen, wie du lebst, und wo, und was du tust.
Aber, flüsterte Karla, aber ... ich habe so etwas noch nie gemacht. Ich werde dir erzählen, wie ich lebe, und dann magst du neu überlegen, ob du mich noch einmal treffen willst. Ich bin 52 Jahre alt, unterrichte Deutsch und Französisch, habe bis vor 5 Jahren immer mit meiner Mutter zusammengelebt. Seit sie tot ist, lebe ich allein. Ich war nie verheiratet. Ich hatte einmal einen Verlobten, aber das ist 30 Jahre her. Ich bin, wie man bei uns so unbarmherzig sagt, eine alte Jungfer, die nach der Schule gerne am Kamin sitzt, Musik hört, im Kirchenchor

singt, in den Ferien malt und außer Frankreich nicht viel von der Welt gesehen hat. Ich bin das erste Mal in Amerika.
Vous parlez français? Meine Wurzeln sind in Frankreich. Ich habe von einem Großonkel ein Haus in der Bretagne geerbt.
Ich glaube, sagte Karla, ich kenne Frankreich besser als Deutschland. Seit fünf Jahren verbringe ich dort meine Ferien, immer in einer anderen Gegend.
Ich lade dich in mein Haus ein! Es liegt nicht weit entfernt von Brest, ziemlich nahe am Meer!
Das klingt verlockend. Und du wohnst hier?
Das zeige ich dir gleich. Magst du einen Tee trinken bei mir?
Sie zögerte. Ich bin keine große Teetrinkerin. Meistens schmeckt er mir nicht, und Teebeutel verabscheue ich.
Du kannst auch Whisky haben oder Saft oder Milch. Es ist gleich, was du trinkst, ich möchte dir zeigen, wo ich wohne und dir erzählen, wie ich lebe. Du hast mich nicht gefragt.
Ich wollte nicht neugierig sein.
Aber du bist doch neugierig, oder?
Ja, natürlich.
Aber?
Ich kenne mich mit den amerikanischen Bräuchen nicht aus. Wenn ich mitkomme, dann für eine halbe Stunde.
Hast du ein Rendezvous?
Ja, sozusagen. Ich habe versprochen, gegen Abend wieder zurück zu sein. Mein Cousin wartet auf mich.
Um fünf Uhr bist du bestimmt wieder zurück. Ich habe ja meinen Luxuswagen.
Er stand auf.
Bitte.
Ja, gut, ich sehe mir an, wo du wohnst. Was machst du beruflich?
Ich bin in der Kunstbranche.
Du unterrichtest?
Kunstgeschichte und Design, und nicht nur für Stanford-Studenten. Aber nur noch ein paar Tage, dann fängt mein Sabbatical an.
Was fängt an?
Mein Freisemester. Ich unterrichte das nächste Semester nicht, ich habe Gelegenheit zur Forschung, zum Schreiben, und wenn ich will, zum Reisen. Das liegt bei mir, ich muß nur einen

glaubhaften Bericht liefern und handfeste Ergebnisse.
Das finde ich eine gute Idee. So ein freies halbes Jahr könnte ich auch gebrauchen. Die meisten unserer Lehrer kommen nie aus ihrer Umlaufbahn heraus, sie sitzen brav hinterm Ofen.
Und du?
Ich gehöre wohl auch dazu. Mir haben sie die Flügel gestutzt, als es noch geholfen hat, also ziemlich früh. Meine Extravaganzen sind rein spirituell.
Sie gingen wieder zur Tiefgarage. Art öffnete galant die niedrige Tür. Eine Grandezza im umgekehrten Verhältnis zum Komfort.
Als sie im dröhnenden Käfer saßen, versuchte Karla, ihre Gedanken zu ordnen. Nicht nur, daß sie sich von einem Fremden zum Essen einladen ließ, sie fuhr mit ihm auch noch zu seiner Wohnung.
Sie kamen gerade durch die bookshop-Straße.
Bitte laß mich aussteigen.
Sie mußte es zweimal sagen.
Er hielt in einer Parkbucht.
Aber du wolltest doch ...
Ich habe es mir überlegt. Es geht nicht. Ich will nicht. Ich tue so etwas nicht. Ich habe noch nie...
Sie reichte ihm die Hand. Danke für den Lunch, danke für die Einladung. Vielleicht ein andermal.
Ich lasse dich nicht gehen.
Da wird dir gar nichts anderes übrigbleiben. Ich mache einfach die Autotüre auf und steige aus.
Und wenn ich dich bitte.
Das hast du schon.
Und?
Es geht nicht. Wir kennen uns überhaupt nicht. Es ist ganz einfach nicht meine Art, mit Unbekannten in ihre Wohnung zu gehen, bitte versteh das.
Aber ich bin doch kein Unbekannter.
Doch, das bist du. Ich finde dich sympathisch, intelligent, mir gefällt dein Auto und dein Lieblingsrestaurant, aber das ist noch kein Grund, mit dir in eine Wohnung irgendwo in Amerika zu gehen.
Irgendwo in Amerika? Ich bin doch kein Menschenfresser.
Sie mußte lachen.

Nein, sicher nicht. Sei mir nicht böse. Ich habe dir erzählt, aus was für einer Welt ich komme. Ich habe so etwas ganz einfach noch nie gemacht, und ich bin über 50 Jahre alt und kann mich nicht so schnell ändern.
Du sollst dich auch gar nicht ändern. Ich mag alles, was du sagst. Ich verstehe dich. Bitte entschuldige, ich wollte nicht aufdringlich sein. Ich war eben einfach so froh, dich heute wiedergetroffen zu haben. Deine Adresse und Telefonnummer darf ich aber haben?
Er reichte ihr sein Notizbuch. Bitte schreib alles auf, in Druckbuchstaben.
Sein abgegriffenes Heft lag vor ihr. Sie schrieb ihre deutsche Adresse hinein.
Willst du auch meine Adresse, fragte Art.
Ja, bitte.
Er gab ihr eine Karte.
Danke.
Sie steckte die Visitenkarte in ihren Geldbeutel.
Und jetzt? Willst du drei Stunden im Buchladen sitzen? Komm, wir gehen noch ins Café, ich habe auch noch Zeit.
Sie gingen einige Meter weiter auf der Hauptstraße, wo Tische und Stühle auch auf dem Gehsteig standen.
Ich bin so froh, daß du noch mitgekommen bist, wenigstens ins Café. Wirst du morgen wieder im bookshop sein?
Ich hoffe schon. Aber wenn man auf Besuch ist, muß man sich nach den anderen richten.
Art hörte nur den ersten Satz. Ich werde da sein, zwischen 10 und 12 am Vormittag. Wir könnten wieder miteinander essen gehen. Ich habe noch ein Lieblingsrestaurant.
Bist du verheiratet?
Karla fand sich schrecklich plump. Aber es mußte gefragt sein.
Nein. Vor 20 Jahren war ich einmal verheiratet, und seit 15 Jahren bin ich geschieden. Keine Kinder, kein Kontakt zur Exfrau, die an der Ostküste lebt und wieder verheiratet ist. Genug Biographie?
Entschuldige, ich bin zu direkt. Ich kann mich schlecht verstellten.
Du bist unique.
Art faßte über den Tisch hinweg nach ihrer Hand. Ich mag dich sehr.

Ich dich auch, antwortete Karla leise und sah ihn nicht an. Und jetzt gehe ich.
Sie stand auf, schob den Stuhl wieder an den Tisch und ging schnell weg.
Sie lief fast, sie fühlte, daß sie gleich stolpern würde, vielleicht der Länge nach hinschlagen auf dieses saubere Pflaster. Aber ihre Füße gehorchten ihr. Fuß vor Fuß, so gelangte sie ins Dunkel des Buchladens, versteckte sich hinter dem Belletristikregal und holte sich Thomas Manns Zauberberg heraus, auf Englisch.
Sie schlug das Buch auf, irgendwo mittendrin. Wie lautete ihr Lieblingssatz, den sie immer noch auswendig wußte, auf Englisch: Der Mensch soll um der Güte und Liebe willen dem Tode keine Herrschaft einräumen über seine Gedanken!
Im letzten Drittel mußte er stehen, im Schneesturmkapitel, das für den Helden so glimpflich ausging.
Aber sie war überhaupt nicht in der Lage zu lesen. Sie hielt das Buch aufgeschlagen in beiden Händen und verstand keinen Satz. Was für ein Tag! Sie wollte zum Buchladen, um sich von Bill zu befreien, um allein zu sein, um Tagebuch zu schreiben und ihre Gedanken zu ordnen. Stattdessen ging sie mit einem Fremden essen und fuhr in seinem Auto. Sie setzte sich auf einen der herumstehenden Hocker. Es war schon 4 Uhr vorbei. Sie müßte jetzt bald heimfahren. Wie sollte sie sich verhalten?
Sie verließ ihr Bücherversteck. Ein Cognac wäre jetzt das Richtige. Thomas Mann stellte sie wieder ins Regal, nahm ihre Handtasche vom Boden und ging langsam zum vorderen Teil des Ladens. An der Theke versuchte sie zu ergründen, ob es hier überhaupt Alkohol gab. Nirgendwo stand eine Flasche mit Wein oder Likör. Sie bestellte einen Tee und setzte sich an einen der kleinen Tische. Die Mappe mit dem Briefpapier lag vor ihr.
Liebe Anna, vielleicht ist dieser Brief langsamer als ich. In vier Tagen geht mein Flugzeug. Meine Karte aus Sacramento wirst du inzwischen erhalten haben. Du siehst, wir sind nicht nach Mexiko gefahren, sondern ich habe einen Teil von Kaliforniern näher kennengelernt. Die Landschaft ist wie im Bilderbuch - es hat erst zweimal geregnet, aber nur kurz. Sonst ist es wie bei uns im Frühling. Ich laufe in Jeans und T-Shirts herum, habe mir Turnschuhe gekauft, bin zum Friseur gegangen und sehe

fast schon so aus, als wäre ich ständig hier. Vielleicht erscheine ich am ersten Schultag in meinem neuen outfit. Du wirst mich nicht wiedererkennen. Auch sonst hat sich viel verändert. Ich merke, daß ich dir mehr schreiben möchte, als ich Dir erzählen würde. Also laß ich's sein. Du wirst sowieso alles erraten, clever wie Du bist. Karla.
Keine Abschiedsformulierungen, keine Grüße wie sonst.
Karla klappte die Briefmappe zu. Als sie ihr Rad aufsperren wollte, merkte sie, daß sie den Schlüssel nicht hatte. Art hatte ihn eingesteckt.
Karla kramte nach seiner Karte in ihrer Jackentasche. Im Buchladen war ein Telefon.
Es dauerte eine Weile, bis sie mit dem Wählen zurechtkam.
Hier ist Karla. Du hast meinen Fahrradschlüssel eingesteckt. Wo bist du? Ich komme sofort.
Karla wartete vor dem Laden.
Es wurde schon dämmerig. Wenn sie jetzt heimfuhr, dann mußte sie heute abend allein mit Wilhelm sein. Unmöglich!
Arts Auto hielt vor ihr.
Aber er lächelte.
Wie schön, dich so bald wiederzusehen.
Ja, sagte Karla, das hast du gut gemacht, du bist durchschaut.
Und?
Was und?
Böse?
Ja, sehr.
Karla mußte auch lächeln. Er war ein Schlitzohr, und offenbar lag ihm wirklich etwas an ihr.
Art faßte ihre Hand und drückte einen Kuß darauf. Wie du mich durchschaut hast, you are a smart cookie. Und du verzeihst mir. Ich liebe dich. I love you. Komm mit, jetzt gleich. Oder geh wenigstens mit mir zum Abendessen.
Ich möchte dich um etwas anderes bitten. Könntest du mit dem Auto zu mir fahren, es ist ganz nahe.
Sie beschrieb ihm den Weg, er stieg ins Auto, und sie fuhr mit dem Rad los.
Als sie nach zehn Minuten in die kleine Straße einbog, sah sie schon Arts VW parken.
Bills Auto stand noch nicht vor dem Haus.
Bitte, komm noch einen Augenblick mit mir. Es ist wichtig.

Sie gingen beide ins Haus und setzten sich an den Küchentisch, der wie üblich unter Zeitungen, Essensresten und gebrauchtem Geschirr verschwand.
Art sah sich um. Hier bist du nicht am richtigen Ort.
Karla nickte.
Ein Grund mehr, mit mir zu kommen.
Nein, sagte sie, mit dir komme ich nicht mit. Ich bin in solchen Dingen sehr langsam. Oder besser: ich habe überhaupt keine Erfahrung. Und deswegen brauche ich länger als andere. Wenn ich mich für einen Menschen entscheide, dann geht das nicht in ein paar Stunden. Ich muß erst darüber nachdenken, und zwar gründlich.
Was willst du denn überlegen? Ob du zu mir paßt, oder ob ich zu dir passe? Das kannst du lange überlegen, und du wirst zu keinem Ergebnis kommen. Aber wenn du mit mir zusammenlebst, dann kannst du mich kennenlernen. Alles andere ist doch nur Theorie.
Du meinst, die Lösung wäre, auf Probe zusammenzuleben, und dann, wenn es nicht geht, wieder auseinanderzugehen?
Oder zusammen zu bleiben. Was ist daran so falsch?
Die Ewigkeit der Gefühle, wollte Karla sagen. Ja, die Ewigkeit. Es gab keine Ewigkeit, das hatte sie erfahren. Was gab es dann? Den Irrtum, das Wechseln der Empfindungen, den Umschwung, die dauernde Veränderung? Wo blieb da die Sicherheit? Daß man auf sich, auf den anderen bauen konnte, ein ganzes Leben lang?
Art stand auf. Ich will dich nicht überreden. Ich weiß nicht, wie ich dir erklären soll, was ich für dich empfinde. Ich kann es nicht erklären.
Ich möchte dich um etwas bitten. Ja, ich will hier wirklich weg.
Kann ich verstehen.
Nein, ich glaube nicht.
Ich verstehe nicht?
Das kannst du nicht.
Dann erkläre es mir.
Es fällt mir schwer. Also, Bill und ich, vor 30 Jahren, wir waren mal verlobt, jedenfalls so ähnlich. Aber er hat dann in Amerika geheiratet, und ich bin in Deutschland geblieben bei meiner Mutter.
Habt ihr euch wiedergesehen?

Nur einmal, ganz kurz, nach seiner Scheidung. Und dann hat er mich hierher eingeladen, mir ein Ticket geschickt zum 50. Geburtstag.
Liebst du ihn noch?
Nein.
Wo ist dann das Problem?.
Da ist gestern was passiert, in Sacramento. Bill hat seine Exfrau besucht. Sie haben mich mit irgendetwas betrunken gemacht. Und dann bin ich heute morgen in ihrem Bett aufgewacht, zwischen beiden, ohne Kleider. Es war so ein Schock für mich, aber ich kann's nicht erklären. Ich bin katholisch erzogen, und auch mit Wilhelm, ich meine, Bill, früher, nie, das war einfach undenkbar. Aber er ist so anders geworden, so total anders, und alles, was uns früher heilig war, bedeutet nichts mehr für ihn. Und deswegen, heute morgen, als mir klar wurde, als ich spürte, was mit mir passiert war, da wollte ich die beiden umbringen. Bill hat mich heimgefahren, ich bin dann einfach losgeradelt zum bookshop und habe dich getroffen. Den Rest des Tages kennst du. Es sind jetzt noch vier Tage, bis mein Flugzeug geht. Und ich will auf keinen Fall hier bleiben. Ich will weg.
Klar. Hast du deine Sachen gepackt?
Zum großen Teil. Ich habe hier ohnehin aus dem Koffer gelebt, weil alle Schränke voll waren. Ich muß nur noch meinen Schreibtisch abräumen. Und du bringst mich ins Hotel?
Ja.
Karla ging in ihr Zimmer, schloß den Koffer, packte ihre Bücher in die Aktentasche und sah sich um. Die Zelle war wieder leer.
Art stand noch in der Küche. Beide sahen auf das Gepäck. Art faßte ihre Hand. Ich weiß nicht, wie ich dir erklären soll, was ich für dich empfinde. Ich weiß nur, daß ich dich wirklich liebe.
Karla kamen die Tränen. Und, für sie selbst unerwartet, fiel sie ihm um den Hals und küßte ihn. Sie hörten nicht, wie die Haustüre geöffnet wurde. Bill kam herein und pflanzte sich vor ihnen auf.
Hast du Worte! brüllte er. Darf ich die ergreifende Liebesszene in meinem Haus vielleicht kurz unterbrechen. Ich will nur an meinen Kühlschrank.

Art und Karla erstarrten, vergaßen, sich loszulassen. Sie sahen entgeistert auf Bill, der eine braune Papiertüte mit Lebensmitteln vor sich hielt.
So sieht das also aus. Da spielt sie die Nonne, macht ein Höllentheater, wenn man sich ihr nähert, und hinter meinem Rücken treibt sie sich mit dem Erstbesten herum, mit einer Zufallsbekanntschaft, die sie irgendwo aufgegabelt hat. So einem wirft sie sich an den Hals. Und Koffer habt ihr auch schon gepackt für den Honeymoon!
Karla ließ Art los und ging einen Schritt auf Bill zu: Gerade du mußt den Mund aufreißen. Ich bin dir keine Rechenschaft schuldig, aber schon gar nicht.
Art legte seinen Arm um sie.
An Ihrer Stelle würde ich jetzt die Gelegenheit nutzen und mich entschuldigen.
Ich mich entschuldigen? Ihr seid völlig verrückt.
Von draußen blitzten für einen Moment Autolichter in die Küche. Jemand kam auf das Haus zu.
Margo stand in der Türe und sah auf die Szene: Art, der Karla an sich drückte. Bill vor ihnen, die Tüte in beiden Händen.
Da schau dir deine Tante genau an, schrie Bill, die siehst du so bald nicht wieder.
Warum schreist du denn so? Offensichtlich hat sie jemanden gefunden, den sie liebt. Freu dich doch. Hi, Charly, meinen Glückwunsch.
Sie ging auf die beiden zu.
Bill hielt sie auf. Du hältst dich da raus, das geht dich nichts an. Das ist eine Sache zwischen dem da und mir.
Ich versteh dich nicht, Dad. was bringt dich so in Wut? Stell die Tüte ab und rede normal, statt so zu brüllen.
Sie machte sich los, aber Bill stellte sich ihr in den Weg.
Verschwinde, schrie er, go home, get out of here. Er warf die Tüte auf den Tisch und wollte Margo auf den Gang hinausdrängen. Aber sie wehrte sich mit aller Kraft.
So laß ich mit mir nicht reden, schrie sie. Wen, meinst du, daß du vor dir hast? Ich komme hier friedlich herein, und du machst eine Szene, und keiner weiß, warum. Ich bin nicht Mutter. Ich lasse mir das nicht gefallen!
Bill trat einen Schritt zurück:
Du halt den Mund! Jedes Wort, das du sagst, stinkt nach deiner

Mutter. Wenn du nicht sofort aufhörst, dann brauchst du hier nie mehr erscheinen. Meinst du, ich weiß nicht, daß du nur hinter meinem Geld her bist? Meinst du, ich weiß nicht, wie du mit deiner Mutter über mich redest? Geh doch los, erzähl ihr, wie deine Tante hier ihre Liebhaber empfängt.
Mach dich nicht lächerlich, gab Margo zurück. Man könnte glauben, du wärst selber ein eifersüchtiger Liebhaber. Dabei hättest du doch jeden Grund, tolerant zu sein, wenn man an deine Freundinnen denkt. Von dir laß ich mich jedenfalls nicht rausschmeißen. Und wenn du Tante Karla vor die Türe setzt, dann werde ich auch gehen, aber von selber, und du siehst mich hier nicht mehr, höchstens vor Gericht, wenn ich meinen Unterhalt einklage. Meinst du, ich habe nicht bemerkt, wie du sie hin und her kommandiert hast, wie ekelhaft du zu ihr warst, nachdem die erste Begeisterung verflogen war? Weswegen hast du sie überhaupt eingeladen, wenn sie dich gar so sehr nervt und langweilt, wie du überall herumerzählst?
Wer hat dir ... wollte Bill anfangen.
Aber Margo unterbrach ihn gleich.
Nicht sie tut mir leid, sondern du. Du denkst, du bist allen überlegen, du kriegst Mutter immer wieder rum, und sie glaubt dir, wird aber jedesmal enttäuscht, ganz gleich, was du ihr erzählst. Ich würde meine Türe vor dir zuschließen, sobald ich nur dein Auto vorm Haus stehen sähe, das garantiere ich dir. Ich kann dir gar nicht sagen, wie sehr du mich anekelst, wie ich dich verachte, schon allein deswegen, was Mutter durchgemacht hat mit dir. Und daß sie jetzt ihr Haus verkauft und dir glaubt, daß du mit ihr neu anfangen willst, daß sie zu dir hierherziehen soll, damit du wieder jemand hast, den du herumkommandieren kannst, daß sie das noch glaubt, das verstehe ich nicht.
Karla trat zu den beiden: Aber Wilhelm, um Gottes Willen, ich bitte dich, hör mir mal in Ruhe zu.
Bill rang nach Luft. Hau hier ab, raus, verschwinde.
Und als Karla stumm blieb, wiederholte er heiser: Du sollst hier verschwinden, alle sollt ihr hier verschwinden, raus, raus!
Er griff sich unvermittelt ans Herz, wollte einen Stuhl zu sich heranziehen, fand aber keinen Halt mehr und schlug der Länge nach auf den Küchenboden. Karla und Margo beugten sich über ihn. Bill! ... Dad! ...

Art stand bewegungslos da, dann schüttelte er sich, suchte das Telefon und rief den Rettungsdienst.
Aber wir müssen doch etwas tun.
Karla sah zu Margo, die weinend neben ihrem Vater kauerte.
Am besten, sagte Art, lassen wir ihn so, wie er ist.
Er ging auf die Straße und schaute nach dem Sanitätsauto.
Karla kniete neben Margo. Sie wollte ihr etwas Tröstendes sagen. Aber es fiel ihr nichts ein.
Noch gestern hatte sie Bill verwünscht. Gab es das, sich so lange in einen Fluch hineinzuwünschen, bis er Wirklichkeit wurde? Daß er sterben sollte - dieser Wunsch jedenfalls schien in Erfüllung zu gehen. Bill lag hier, und sie forschte nach seinem Atem. Er lag auf dem anderen Planeten, so weit weg, daß sie ihn nicht erreichte.
Die Türe wurde aufgerissen, zwei Sanitäter stürmten mit einer Bahre herein, und Wilhelm wurde abtransportiert.
Art fuhr mit Karla und Margo zum Krankenhaus. Margo stand weinend vor dem Aufnahmepult, gab einer Schwester Namen und Daten an.
Karla setzte sich auf einen der Stühle im Gang. Art kam auf sie zu.
Fahr heim, sagte sie zu ihm. Hier kannst du nichts mehr tun.
Aber ich will dich nicht allein lassen. Ich will dich überhaupt nie mehr allein lassen.
Bitte, quäl mich nicht. Hätte ich dich nur nicht angerufen! Wärst du doch nicht gekommen!
Meinst du nicht, daß es dann einen anderen Konflikt gegeben hätte, an einem anderen Tag, aus einem anderen Anlaß? Du kannst nicht ja und nein gleichzeitig sagen. In den nächsten drei Tagen hättest du dich so oder so entscheiden müssen, und, soviel ich begriffen habe, hattest du ja für dich schon beschlossen, allein wieder nach Europa zu fahren. Oder täusche ich mich?
Art ging langsam die Treppe hinunter. Karla folgte ihm mit den Augen. Er war verschwunden, für immer. Nie würde sie ihn wiedersehen. Und sie würde ihn auch nicht anrufen. Wenn Bill wieder gesund wird, werde ich ihn nie mehr treffen. Das sollte ihr Opfer sein. Liebe gegen Gesundheit, das mußte ein guter Tausch sein für die himmlischen Mächte.
Margo kam aus einer der Türen und trat auf sie zu: Ein Herzin-

farkt. Heute dürfen wir nicht mehr zu ihm. Wir fahren jetzt mit dem Taxi nach Hause, und dort warten wir, bis die Schwester uns anruft. Zu Hause brachten sie die Küche in Ordnung. Weißt du was, sagte Margo, jetzt machen wir uns was Warmes, am besten eine Suppe. Sie setzte Wasser auf und suchte nach einer Fertigsuppe. Karla ging in ihr Zimmer, setzte sich aufs Bett und starrte vor sich hin. Oh, Haus des Mordes und Entsetzens! Schon wieder kam die Literatur daher, wenn sie nach ihren Gefühlen suchte. Entscheiden mußte sie sich, klar denken. In der Theorie, in den Schulstunden, den Literaturgeschichtslektionen, ja, da konnte sie über das "Sapere aude!" reden, darüber, welchen Mut man aufwenden mußte, sich seines eigenen Verstandes zu bedienen. Beispiele aus der Philosophie und Geschichte! Und Zitate jede Menge! Alle Probleme hatte sie im Kopf gelöst, als hätten sie mit ihrem Leben nichts zu tun. Und doch hätte die Frage lauten sollen: Habe ich den Mut, mich meines Verstandes zu bedienen? Und die verneinende Antwort trug den Zusatz: Um des lieben Friedens willen. Ja, Mutter, dein Frieden hat meine Entschlüsse begraben.

Margos Stimme holte sie von weit her.
Sie saßen schweigend vor ihrer heißen Suppe und löffelten lustlos.
Das Telefon läutete.
Margo hob ab.
Ja. Ich habe verstanden. Ich komme.
Wilhelm war tot.

23

Die elegante Dame, die im grauen Trenchcoat auf der rechten Fensterseite des Flugzeugs saß, kramte in ihrer Handtasche. Sie riß am roten Faden einer Kaugummipackung, entfernte das Stanniolpapier und steckte sich den Gummi in den Mund. Dann holte sie ein Taschenbuch hervor, schnallte sich an und fing an zu kauen und zu lesen. Die übrigen Passagiere verstauten ihr Handgepäck, lachten und schwatzten. Sie sprach niemand an, und der Platz neben ihr war noch unbesetzt.

Karla versuchte, den Gedanken des Descartes'schen Discours zu folgen. Sie las die ersten Sätze nach dem Lesezeichen zweimal, dreimal, ohne den Inhalt zu begreifen. Das Buch hielt sie vor sich wie einen Schutzschild, und die Augen starrten auf die Schatten der Buchstaben. Kein Satz ergab mehr einen Sinn. Sie selbst kam sich vor wie Papier, leicht, mühelos umzublättern, und doch unlesbar. In ihr war es so still, als hätte sie für immer die Luft angehalten. Die Stimmen um sie herum flüsterten, sie waren die Geister, die man aus der Rumpelkammer aufgescheucht hatte und die auf unerklärliche Weise in dieses Flugzeug geraten waren, wie sie selbst. Sie saß noch immer im Totenhaus, um sie herum die Schatten auf Menschen und Gegenständen, die länger wurden, je aufdringlicher die Sonne sie beschien.

Sie sah sich selbst von oben, als Mittelpunkt einer Szene, die im Stimmungsbild der sechsten Klasse "Vor dem Abflug" oder "Im Flugzeug" heißen würde. Schon nächste Woche sollte sie wieder vor ihren Schülerinnen stehen und ihnen erklären, wie erst aus dem Gefühl die richtigen Worte für eine Schilderung entstehen konnten. Wie fühlt sich jemand, der vor dem Start im Flugzeug sitzt? Aufregung, Angst, freudige Erwartung, Ungeduld - das alles käme in die Stoffsammlung. Und keines dieser Attribute paßte zu ihr. Jemand hatte sie zum Trocknen aufgehängt, und dabei waren alle Lebenssäfte aus ihr herausgeflossen. Ihr Skelett besetzte diesen Platz.

Und ihre leere Hülle war dabeigewesen, als Wilhelm eingeäschert wurde, als der Unitarier-Geitliche tröstende Worte sprach, die mit dem Toten nichts zu tun hatten, als sie allein hinter Pat und Margo stand, in einer Art blumengeschmücktem Wohnzimmer, mit Händels Largo im Hintergrund.

Margo fuhr mit ihr heim zum Kofferpacken, und sie war mit ihr zum Flugplatz gefahren. Jetzt saß Karla hier und versuchte sich in die vertraute Welt der Philosophie zu retten. Noch vor zwei Wochen war es ihr gelungen, ihre Biographie mit den Gedanken des Descartes zu verbinden, voll Zuversicht, daß die eigene Welt nicht losgelöst irgendwo baumelte, sondern ein Fundament hatte.

Hinter dem Fenster schoben sich Wolken aufs Rollfeld. Aber weder Elizabeth Taylor noch Richard Burton tauchten dahinter auf. Ihre Geschichte war so unbegreiflich wie die der Johanna von Orleans. Was sind, so fragten die Kommentare, die treibenden Kräfte, die das Verhängnis unausweichlich machen? Wer stellt sich ihnen entgegen, wer agiert als Mitläufer - und was hättest du getan, wenn? Eifrig mischte sich die Literatur ins Leben ein und brachte die Schüler zum Aufseufzen. Das war doch vor Jahrhunderten! Was hat das mit mir zu tun? Heute trugen alle Mädchen Männerkleider. Das Unbegreifliche mußte sie begreiflich machen, Stunde um Stunde. Wann war das gewesen? In einem Film mußte das gewesen sein, in einem anderen Leben.
Karla schloß die Augen.
Auf den Platz neben sie setzte sich jemand.
Und jemand legte seine Hand auf ihre Hand.
Und eine Stimme sagte, hallo Karla, ich bin glücklich. Du ahnst nicht, wieviel Zeit und Geld mich dieser Platz neben dir gekostet hat.